Sabine Dittrich

Tage der Wahrheit

Druck und Bindung des vorliegenden Buches erfolgten in Deutschland

Das verwendete Papier ist FSC-zertifiziert. Als unabhängige, gemeinnützige, nichtstaatliche Organisation hat sich der Forest Stewardship Council *(FSC) die Förderung des verantwortungsvollen und nachhaltigen Umgangs mit den Wäldern der Welt zum Ziel gesetzt*

MIX
Papier aus verantwortungsvollen Quellen
FSC® C083411

Dieses Buch ist auch als E-Book erhältlich:
ISBN 978-3-86256-780-5

Die Deutsche Bibliothek verzeichnet diese Publikation in der Deutschen Nationalbibliografie; detaillierte bibliografische Daten sind im Internet über www.d-nb.de abrufbar

Lektorat: Dr. Thomas Baumann
Umschlaggestaltung: spoon design, Olaf Johannson
Umschlagbilder: nevodka, OK-SANA, Binkski, alle Shutterstock.com
Porträtfoto der Autorin: © Christine Kemnitzer-Pettirsch, Fotostudio R. Schwarzenbach/Hof
Satz: Neufeld Verlag
Herstellung: CPI – Clausen & Bosse, Leck

ISBN 978-3-86256-081-3, Bestell-Nummer 590 081

www.neufeld-verlag.de / www.neufeld-verlag.ch

Bleiben Sie auf dem Laufenden:
newsletter.neufeld-verlag.de
www.**facebook**.com/NeufeldVerlag
www.neufeld-verlag.de/**blog**

NEUFELD VERLAG

Sabine Dittrich

Tage der Wahrheit

ROMAN

NEUFELD VERLAG

Für Přemysl Pitter
und Olga Fierz

1

ANNE LISCHKA ZOG DIE TÜR hinter sich zu. Ohne Licht zu machen, schlüpfte sie in die Nische zwischen Kopiergerät und dem Regal mit den Sandspielsachen. In der kleinen Abstellkammer roch es muffig. Durch das winzige Fenster fiel nur ein schmaler milchiger Lichtstrahl, auf dem man den Staub tanzen sehen konnte.

Sie hatte diesen Moment kommen sehen. Seit mehreren Wochen schon. Trotzdem war sie genauso wenig darauf vorbereitet, als wenn alles aus heiterem Himmel über sie hereingebrochen wäre. Auf die Begegnung mit Sven Kittel konnte sie sich nicht vorbereiten. Wie auch?

»Anne, Anne, wo bist du?«

Fröhliche Kinderstimmen, Getrappel draußen auf dem Flur. Offenbar hatte ihre Kollegin Renate die Kleinen auf die Suche nach ihr geschickt.

Atmen, dachte sie, *ganz ruhig atmen. Da draußen ist nichts weiter als ein Mann, der seinen Nachwuchs anmelden will. Und du bist hier die Chefin.*

Sie holte noch zweimal tief Luft, langsam ein – Pause – und aus, strich dann mit zitternden Fingern eine Haarsträhne aus der Stirn. Sie lauschte. Auf dem Gang waren näherkommende

Schritte zu hören. Die Tür flog auf und rumpelte gegen das Regal. Ben und Katinka stürmten herein, die beiden Vierjährigen.

»Ich hab dich defunden«, krähte Ben begeistert, »wir haben die Anne defunden.«

Gut, dass sich Ben und Katinka nicht darüber wunderten, was sie im Dunkel der Abstellkammer gemacht hatte. Die Kinder zogen sie am Arm auf den Flur, wo sich die ganze elfköpfige Rasselbande um sie herum versammelte.

»Ge-funden heißt das, Ben. Ge-funden. Was gibt es denn so Wichtiges, Kinder?« Sie erschrak über ihre eigene Stimme. Gepresst und viel zu hoch, um echte Überraschung auszudrücken. Sie war eine schlechte Schauspielerin.

Im Flur, ihnen gegenüber, stand ein Mann mit einem größeren dunkelhaarigen Buben an der linken und einem kleineren blondlockigen an der rechten Hand. Sven.

»Grüß dich, Anneli. Lang nicht gesehen.«

Auch mit Anfang Dreißig hatte er dieses jungenhafte Grinsen noch nicht abgelegt. Die blonden Haare waren deutlich weniger geworden. Genaugenommen war kaum noch etwas davon zu sehen, so kurz trug er sie jetzt. Sven sah aus wie der soeben einem Actionthriller entsprungene Held. Durchtrainiert, braungebrannt, lässig, selbstbewusst. Wie früher. Genau, wie es Anne befürchtet hatte.

Renate kam aus dem Gruppenraum in den Flur.

»Los, Kinder, kommt wieder rein. Vielleicht wollen die beiden Jungs ja mit euch spielen, so lange ihr Papa und Anne die Anmeldung machen?«

»Na, los, schaut mal, was es hier für tolle Spielsachen gibt.« Sven schob seine Söhne in Renates Richtung. Sie verschwanden mit der ganzen Horde im Zimmer.

Anne hatte immer noch nichts gesagt. Sie wandte sich zur Bürotür, schloss auf und ließ Sven an ihr vorbei eintreten. Dann ging sie um den Schreibtisch herum, setzte sich und zeigte auf den Besucherstuhl ihr gegenüber.

»Hallo, Sven. Du willst deine Jungs hier anmelden?«

»Ja, klar. Wir wohnen jetzt in Eichberg. Hast du doch sicher schon mitgekriegt?«

Natürlich, das hatte sie. Es zu leugnen, wäre eine zu offensichtliche Lüge. In diesem Dorf gab es keine Geheimnisse. Jedenfalls nicht darüber, dass ein Ex-Dorfbewohner nach etlichen Jahren wieder zurückkehrte, um im Haus der inzwischen verstorbenen Mutter zu wohnen. Anne öffnete die Schreibtischschublade und nahm ein Formular heraus.

»So, dann wollen wir mal.«

»He, Anneli, so einen kühlen Empfang habe ich wirklich nicht verdient, oder?«

»Was hast du denn erwartet? Dass ich dir um den Hals falle?«

»Na klar, mindestens. Jetzt mal ernsthaft: Können wir nicht wie normale Leute miteinander umgehen?«

»Ich muss mich erst daran gewöhnen, dass du wieder da bist. Du weißt ja: Ich bin ein wenig hysterisch.«

»Ach, Anneli! Vergiss das doch endlich, es war nicht so gemeint damals.«

»Doch, das war es. Du weißt das ganz genau.«

»Anneli, hör mal … «, Sven langte über den Schreibtisch und fasste nach ihrer Hand. Sie wollte sich losreißen, aber er hielt sie nachdrücklich fest.

»Das ist damals dumm gelaufen mit uns, aber inzwischen sind zwölf lange Jahre vergangen. Bitte lass uns wieder gut miteinander sein.«

Sie sah ihm zum ersten Mal direkt ins Gesicht. Diese blaugrauen Augen. Früher hatte er es nicht lange ausgehalten, wenn sie ihn so angesehen hatte. Doch heute hielt er ihrem Blick stand. Da war etwas Neues in seinem Gesichtsausdruck, eine ungewohnte Entschlossenheit. Diesmal war sie es, die die Augenlider senkte.

Anne schnaubte unwillig und versuchte noch einmal, ihre Hand aus Svens Griff zu winden. Jetzt ließ er sie los.

»Also gut, Sven, für den Anfang lass uns wie ganz normale Leute miteinander reden. Zuerst die Daten deiner Jungs.«

»Max Kittel, geboren 10.2.11, der Kleine heißt Luis, 30.8.12.«

»Allergien? Besonderheiten? Probleme, über die wir hier Bescheid wissen sollten?«

»Nicht, dass ich wüsste. In der letzten Kita gab es keine Probleme mit den beiden.«

»Okay. Gut zu wissen. Welche Betreuungszeiten möchtest du buchen? Es gibt zwei Möglichkeiten: vormittags zwischen sieben und dreizehn Uhr und ganztags zwischen sieben und siebzehn Uhr. Mittagessen kochen wir selber. Zusammen mit den Kindern – wir achten auf gesunde Ernährung.«

»Länger als bis siebzehn Uhr geht es bei euch nicht?«

»Nein, der Bedarf ist nicht da. Die meisten Kinder werden schon eher abgeholt. Wir haben ja nur elf im Kindergarten und zwei, die nach Schulende kommen. Wenn das ein Problem für euch ist, müsst ihr in der Stadt nach Plätzen schauen.«

Sven überlegte kurz.

»Wenn wir unsere Tochter nicht in den Schulhort geben, sondern auch zu dir, könnte sie die Jungs nachmittags mit nach Hause nehmen. Dann wären sie maximal zwei Stunden alleine, bis ich von der Arbeit komme. Das gilt aber nur für Tage, an denen Jutta Spätschicht hat. Falls sie den Job in der Klinik überhaupt bekommt. Sie ist gerade beim Vorstellungsgespräch.«

»Wie alt ist deine Tochter?«

»Sina wird – zwölf?«

»Natürlich, dumme Frage. Fünfte oder sechste Klasse?«

»Fünfte, Gymnasium. Keine Allergien, keine Besonderheiten.«

»Das genaue Geburtsdatum bitte.«

»18.6.2004.«

Anne trug alle Daten langsam und sorgfältig ein. Ihre Hand mit dem Stift zitterte. Also war Sina tatsächlich schon im Juni geboren worden. Dann schob sie den Bogen zu Sven hinüber.

»Den Rest bitte zusammen mit deiner Frau ausfüllen. Auf der Rückseite steht, was es kostet und wohin man die Beiträge überweisen soll. Die Impfbücher würde ich gerne mal sehen. Es reicht, wenn ihr sie mit dem Formular zusammen am ersten Tag mitbringt.«

»Geht es gleich ab morgen?«

»Natürlich.«

»Dann kommt Jutta früh mit den Jungs und mittags mit Sina her?«

»Gerne. Wäre gut, wenn sie bis 8 Uhr da sind. Wir fangen immer gemeinsam mit einem Morgenkreis an.«

Anne stand auf, auch Sven erhob sich langsam.

»Du bist nicht mehr bei der Bundeswehr?«

»Nein, ich arbeite jetzt wieder bei BMW Müller. Als Werkstattleiter. Hab' beim Bund die Meisterprüfung gemacht.«

»Klingt gut.«

»Ja. Na dann – danke, Anneli.«

»Bitte sag nicht mehr Anneli zu mir. Kein Mensch in Eichberg nennt mich noch so. Die alte Stracke ist gestorben und Anne Moosmann weggezogen.«

Anneli und Annemo waren Frau Strackes Erfindung, um die beiden Annes in ihrer Grundschulklasse auseinander zu halten.

Bevor Sven die Bürotür öffnete, drehte er sich unvermittelt noch einmal um. Er stand jetzt ganz nahe vor ihr. Gefährlich nahe.

»Für mich wirst du immer das Anneli bleiben. Nur dass du das weißt«, sagte er leise.

Sie spürte, wie ihr die Röte ins Gesicht stieg. Schnell drängte sie sich an Sven vorbei hinaus auf den Flur.

»Geh bitte schon mal rüber in die Gruppe. Ich komme gleich«, rief sie ihm über die Schulter zu.

Diesmal rettete sie sich nicht in den Abstellraum, sondern in die Mitarbeiter-Toilette. Sie drehte den Wasserhahn auf kalt, machte einige Papierhandtücher nass und drückte sie sich auf das Gesicht.

Gut, dass sie in der Arbeit nie Make-up trug, das wäre jetzt gehörig verschmiert. Nachdem die erfrischende Wirkung nachgelassen hatte, warf sie den nassen Papierklumpen in den Abfallkorb. Dann schaute sie in den Spiegel. Die Röte war bis auf zwei Stellen an den Wangen verschwunden. Sie zog den Zopfgummi von ihrem Pferdeschwanz, strich die Haare nach hinten und band sie wieder straff zusammen.

»Du bist Anne!«, sagte sie entschlossen zu ihrem Spiegelbild, bevor sie sich auf den Weg in den Gruppenraum machte.

Renate und die Praktikantin sangen gerade mit den Kindern das neue Frühlingslied. Sie standen alle im Kreis und machten begeistert die dazugehörigen Bewegungen und Geräusche mit. Luis hatte offensichtlich großen Spaß daran, wie ein Frosch zu quaken oder wie eine Ziege zu meckern. Max stand mit gesenktem Blick still da. Vielleicht war er ja nur schüchtern.

Sven hatte sich mit dem Rücken zum Fenster gestellt, die Arme verschränkt. Sein Gesicht war im Gegenlicht nicht zu erkennen.

Nach der letzten Liedstrophe sagte er: »Max, Luis, jetzt gehen wir nach Hause und schauen mal, ob die Mama schon wieder da ist.«

»Nein, will dableiben«, quengelte Luis und setzte sich demonstrativ auf einen Stuhl.

Anne ging vor Luis in die Hocke. »Morgen darfst du wiederkommen und den ganzen Tag mit uns spielen. Weißt du, wir gehen auch alle bald nach Hause.«

Sven kam mit Luis' Jacke in der Hand zu ihnen. Max stand bereits fertig angezogen neben der Tür vor einem Lernposter mit Buchstaben und Tieren, das dort an der Wand hing.

Inzwischen betraten noch zwei andere Mütter den Raum, um ihre Kinder abzuholen. Daraufhin ließ sich auch Luis widerstandslos in die Jacke helfen und fasste nach der Hand seines Vaters.

»Tschüss, bis zum nächsten Mal – Anne.«

Sie nickte Sven zu.

Spätestens in einer Stunde würden alle Kinder abgeholt sein.

Dann war endlich Feierabend.

»Luis und Max kommen schon ab morgen? Ganztags?«, fragte Renate.

»Ja. Nachmittags kommt dann noch ihre Schwester. Sina. Fünfte Klasse.«

»Toll, drei Neue. Da wird der Lohmann Gift und Galle spucken«, lachte Renate und rieb sich die Hände.

Anne schmunzelte in sich hinein. Bürgermeister Lohmann mit seiner sauertöpfischen Miene. Er spekulierte schon seit Längerem darauf, die Kita wegen Unterschreitung der Mindestzahl schließen zu können. *Diesen Klotz am Bein, der die Gemeindefinanzen unverhältnismäßig in den Abgrund zieht*, wie er regelmäßig betonte. Bisher waren ihre Arbeitsplätze immer haarscharf gerettet worden. Renate hatte nicht mehr lange bis zur Rente. Aber für sie selbst war es nicht gerade eine lustige Vorstellung, sich einen anderen Arbeitsplatz suchen zu müssen.

»Renate, wenn du magst, kannst du schon gehen. Den Rest schaffe ich alleine.«

»Du bist ein Schatz. Ich muss heute noch in den Megakauf fahren. Hab nichts mehr zum Essen daheim, aber zwei hungrige Männer. Also, mach's gut, bis morgen.«

Wenig später waren alle Kinder abgeholt und die Putzfrau eingetroffen. Endlich Feierabend.

Anne fuhr, so oft es ging, mit dem Fahrrad in die Arbeit. Ein großer Vorteil, wenn man den Arbeitsplatz am Wohnort hatte. Etliche Eichberger mussten jeden Tag weite Strecken zurücklegen. In die nächste Stadt waren es 21 Kilometer. Wer einen Facharzt brauchte, eine höhere Schule besuchen oder im Discounter einkaufen wollte, hatte keine andere Möglichkeit. Grund- und Regelschule, ein kleiner Nahkauf sowie eine Landarztpraxis befanden sich im nächsten Ort. Aber auch dorthin musste man acht Kilometer fahren. Der Linienverkehr war auf drei Verbindungen an Werktagen eingedampft worden. Eigentlich nutzten nur noch Schüler den Bus. In Eichberg leben ohne Auto? Schwierig.

Früher war hier alles anders, dachte sie, als sie die Hauptstraße mit den krummen Fachwerkhäusern entlangradelte. Im Schaufenster des Bäckerladens hingen jetzt normale Gardinen, davor stand eine Milchkanne mit angestaubten Sonnenblumen aus Kunststoff. Wie hatte sie diesen Laden geliebt! Dort roch es so lecker nach frischem Brot und je nachdem, vor welchem Regal man sich in dem kleinen Verkaufsraum befand, zusätzlich nach Waschpulver oder Sauerkraut. Sie hatte diese seltsamen Düfte noch in der Nase, auch wenn das Geschäft schon seit vielen Jahren geschlossen war. Den *Roten Ochsen* gegenüber gab es noch; ihre Metzgerei hatten die Wirtsleute aber schon längst aufgegeben und den Ladenraum vermietet. Dort brannte Licht. Ivi war noch da.

Anne bremste, stieg ab und lehnte das Fahrrad gegen die Hauswand. Ein neuer Haarschnitt war längst überfällig. Ihre Freundin kam gerade aus der Tür, das Licht war jetzt aus.

»Hallo, Anne, du hast Glück, dass du mich noch erwischst.«

»Ich will dich nicht lange aufhalten. Hast du morgen mal Zeit für mich? Da ist mein freier Nachmittag.«

»Nur schnell nachschneiden?«

»Nein, ich dachte eigentlich an eine komplette Runderneuerung.«

»Also, schneiden, Farbe, Fingernägel – das volle Programm?«

Ivi zog ihren Terminkalender aus der Handtasche. Er war in rotes Kuhfellimitat eingebunden.

»Um halb eins muss ich dem kompletten Clan vom Berglerhof die Harre schneiden. Komm doch einfach so kurz nach drei. Bis dahin bin ich auf jeden Fall wieder zurück. Endlich können wir uns mal wieder richtig ausquatschen.«

Ivi schloss die Salontür mit der knallroten Aufschrift »Ivonnes Lockenladen« ab. Anne fasste den Lenker ihres Fahrrades.

»Kommst du ein Stück mit?«, fragte ihre Freundin, »mein Auto steht an der Kirche. Vorhin hat der Bierlaster hier alle Parkmöglichkeiten blockiert.«

»Klar.« Sie schob ihr Fahrrad und lief neben Ivi her.

»Sven ist wieder da.«

»Ich weiß. Er war heute bei mir in der Kita.«

»Und?«

»Er hat seine Kinder angemeldet.«

»Hast du seine Frau schon gesehen?«

»Nein, nur die zwei Jungs.«

»Bin gespannt, was das für eine Tussi ist.«

»Ich nicht.«

»Das soll ich dir jetzt glauben?«

»Die Jungs sind jedenfalls putzig. Max, der ältere, ist ein ganz Stiller, Luis ein aufgeweckter Kerl. Der sieht Sven auch ziemlich ähnlich.«

»Du lenkst ab.«

Sie waren vor Ivis Auto angekommen.

»Morgen sag ich dir, wie sie aussieht, falls du ihr nicht sowieso über den Weg läufst, okay? Sie bringt die Kinder in die Kita.«

Ivis roter Fiat 500 stand direkt vor dem Pfarrhaustor. Hinter dem Wischerblatt klemmte ein Zettel. Sie nahm ihn ab und las vor:

»*Bitte parken Sie ab morgen nicht hier vor dem Eingang. Wir haben Bauarbeiten. Vielen Dank für Ihr Verständnis.* Die Unterschrift kann ich nicht lesen. Guck mal, Anne.«

»Pfarrer – irgendwas.«

»Weißt du nicht, wie der neue Pfarrer heißt?«

»Ich habe es vergessen. Heute Abend frag ich Opa Willi. Auch, was das mit der Baustelle soll. Er müsste es ja wissen.«

»Okay, dann bis morgen. Ich freu mich auf dich.« Ivi stieg in ihr Auto.

Anne schwang sich wieder auf das Rad und trat kräftig in die Pedale. Die Abenddämmerung hatte schon eingesetzt. Zeit, endlich nach Hause zu kommen.

Die letzten zweihundert Meter ging es steil bergauf. Sie schaltete in den ersten Gang, aber auch das nützte nichts. Keine Puste mehr. Über den Winter hatte sich ihre Kondition verflüchtigt. Also absteigen und schieben. Gott sei Dank kam hier auf der schmalen Allee nur selten ein Auto. Die Eichen am Straßenrand reckten ihre nackten schwarzen Äste gegen den samtblauen Abendhimmel, der mit lila- und rosafarbenen Streifen durchwirkt war. Es duftete herrlich nach frisch gepflügter Erde. Sie ging einige Meter ganz langsam mit geschlossenen Augen.

Vor ihrem Elternhaus oben auf dem Berg machte die schnurgerade Straße eine Neunzig-Grad-Kurve. Wenn man weiterfuhr, erreichte man nach etwa zweihundert Metern nur noch einen Wanderparkplatz am Waldrand.

Das allein stehende Fachwerkhaus winkte ihr zu. Sie lächelte. Die Haustür lag genau in der Mitte und bildete mit den beiden von hellbraunen Läden eingerahmten Fenstern im ersten Stock ein Gesicht mit Mund und Augen. Der Lattenzaun war die Halskette, der Dachgiebel ein Hut. Als Kind hatte sie sich immer vorgestellt, dass das alte Haus mit den Augen zwinkern, lachen oder sein Gesicht trotzig verschließen konnte.

Noch bevor sie Opa Willi hinter der Hecke am Zaun stehen sah, stieg ihr der angenehme Duft seines Pfeifentabaks in die Nase. Er hielt ihr das Gartentor auf.

»Na, Mädel, schöner Abend heute. Wird langsam Frühling.«

»Ist dir nicht kalt – so ohne Jacke? Komm, wir gehen rein. Ich habe einen Bärenhunger.«

Sie stellte das Fahrrad in den Flur.

Opa Willi lachte und kam hinter ihr her. Er hatte sein blaukariertes Flanellhemd bis zu den Ellenbogen hochgekrempelt. Die graue Arbeitshose spannte ein wenig über seinem Bäuchlein. Er hätte sie auch ohne die breiten angeknöpften Hosenträger nicht verloren.

»Es gibt heute Bauernkäse. Trinken wir ein Bier dazu?«

Opa Willi hatte das Abendessen schon vorbereitet.

»Ich geh nur schnell mal hoch und wasche meine Hände. Du kannst das Bier schon eingießen. Bis gleich.« Sie nahm zwei Stufen auf einmal die alte ausgetretene Holztreppe hoch, welche vom Flur in ihre Wohnung im ersten Stock führte.

Opa Willi bereitete oft das Abendessen für sie beide vor. Es gab immer belegte Brote. Dazu im Sommer Tomaten, Gurken oder was sonst noch im Garten wuchs. Ein warmes Mittagessen hatte sie ja schon in der Kita gehabt. Opa ging jeden Tag in den *Roten Ochsen*. Der Wirt kochte mittags ein günstiges Tagesessen für seine Stammkunden: Handwerker und etliche meist alleinstehende Eichberger.

Anne schlüpfte in ihre kuscheligen rosa Plüschpantoffel, Ivis letztes Geburtstagsgeschenk, und eilte die Treppe hinunter in die Wohnküche.

Auf dem Esstisch lag schon die rotkarierte Decke, darauf zwei Holzbrettchen und Besteck, in der Mitte ein Teller mit kleinen weiß-gelblichen Bauernkäsen, von Zwiebelringen umgeben, außerdem Butter und das Brotbrett mit einem runden frischen Laib. Opa Willi saß auf seinem Stuhl und schenkte gerade das Bier in ihr Glas. Ihr lief das Wasser im Mund zusammen. Bauernkäse mit frischem Brot, lecker. Sie rutschte auf die lange Seite der Eckbank. Oma Hildes Platz an der Stirnseite blieb seit letztem Frühjahr leer.

Sie faltete die Hände. Opa Willi betete wie jeden Tag:

»Vater, segne diese Speise. Uns zur Kraft und dir zum Preise. Amen.«

Dann zog er das Brotbrett zu sich, machte andächtig drei Kreuzeszeichen über dem frischen Laib. Erst danach schnitt er einige Scheiben ab.

Sie nahm sich den Kanten, strich Butter darauf und biss hinein.

»Was gab es denn beim Wirt heute zum Mittagessen?«

»Pellkartoffeln mit Quark und Leinöl. Hinterher noch Kaffee und ein kleines Stück Streuselkuchen. Den hatten sie vom Sonntag übrig. War gut.«

Während der nächsten Minuten aßen sie in der Stille. Der Bauernkäse war genau richtig durchgezogen. Innen schön gelb, aber noch nicht überreif.

»Sven Kittel ist mit seiner Familie am Wochenende eingezogen.«

»Ich weiß. Er war heute bei mir. Wegen der Anmeldung.«

Opa Willi schaute kauend zu ihr herüber. Hoffentlich fing er jetzt nicht auch noch an, dieses Thema auszuwalzen. Sie kam ihm zuvor.

»Wie heißt eigentlich nochmal der neue Pfarrer? Ich habe es leider vergessen.«

»Martin von Stein.«

»Von Stein? Ist das ein echter Adliger?«

»Das musst du ihn am besten selbst fragen.«

«Und sag mal: Was gibt es denn im alten Pfarrhaus für Bauarbeiten? Ivi hatte einen Zettel am Auto, dass sie nicht mehr davor parken darf.«

»Sie soll sich nur nicht mehr ausgerechnet vor die Hofeinfahrt stellen. Pfarrer von Stein wird demnächst einziehen. Im Haus sind ein paar Renovierungen notwendig. Es stand ja viele Jahre leer.«

»Hat er eine Familie? Kinder?«

»Nein, er ist ledig.«

Also war vorerst keine Kundschaft für die Kita in Sicht.

»Ist das Pfarrhaus nicht ein bisschen groß für eine einzige Person?«

»Er wird nur im Dachgeschoss wohnen. Das sind drei kleine Zimmer.«

»Und unten bleibt es dann leer?«

»Nein.«

»Wird vermietet?«

»Sozusagen.«

»Ach Opa, lass dir doch nicht alles aus der Nase ziehen!«

»Mädel, mehr darf ich dir nicht verraten. Morgen oder übermorgen wirst du eine Einladung von Lohmann bekommen: nicht öffentliche Gemeinderatsitzung.«

»Warum bin ich dann dabei, wenn sie nicht öffentlich ist?«

»Es betrifft auch deinen Kindergarten. Bitte frag nicht weiter und sprich auch vorerst mit niemandem darüber. Die Eichberger Buschtrommeln sollten besser nicht mit wilden Spekulationen in Gang gesetzt werden.«

»Muss ich mir deshalb Sorgen machen?«

»Nein, im Gegenteil. Du wirst schon sehen. Übrigens kannst du bei der Sitzung gleich den neuen Pfarrer kennenlernen. Ist ein patenter Kerl.«

Immerhin hatte sie es geschafft, Opa Willi an diesem Abend von weiteren Fragen nach Sven Kittel abzulenken. In ihrem Kopf lief jedoch die ganze Zeit ein Hintergrundprogramm von Bildern und Erinnerungen ab.

Sie auf dem Rücksitz von Svens Motorrad, die Arme um seinen Bauch geschlungen, das Gesicht seitlich an seinen Rücken geschmiegt. Fahrtwind, der nach Heu duftete. Ihr geheimes Plätzchen, unten am Teich. Svens warme Hand auf ihrem Rücken unter dem Pullover. Näher, immer näher, bis es nicht mehr näher ging.

Wo war nur die Stopp-Taste?

Später kuschelte sie sich unter ihre Bettdecke und nahm das oberste Buch von dem Stapel auf ihrem Nachttisch. Lesen half ihr eigentlich immer, um abzuschalten. Sie vertiefte sich in

Work and Travel in Australien und Neuseeland. Verschwinden, einfach verschwinden. Mal eine Zeitlang ganz woanders leben und was anderes machen. Äpfel oder Weintrauben pflücken statt verklebte Kindermünder abwischen. Am besten einfach nur am Ende der Welt im warmen Sand sitzen und dem Meeresrauschen zuhören.

Sie war irgendwann in einen tiefen Schlaf hinübergeglitten. Das Licht ging um elf von selbst aus. Opa Willi hatte eine Zeitschaltuhr eingebaut, damit die Lampe nicht mehr die ganze Nacht brannte, wenn sie beim Lesen oder Musikhören einschlief.

Morgens saß Anne auf dem Bettrand. Das Buch lag aufgeschlagen auf dem Boden. Sie hob es auf und strich sorgfältig die zerknitterten Seiten glatt. Heute war so ein Tag, an dem sie sich am liebsten wieder unter die warme Decke verkriechen würde. Sie war spät dran.

»Los, raff dich endlich auf«, feuerte sie sich an. Schließlich gelang es ihr doch noch, pünktlich aus dem Haus zu gehen.

Drei Kinder standen schon um kurz vor sieben mit einer Oma vor dem Eingang. Ihre Mütter waren längst auf dem Weg in die Arbeit. Sie beneidete diese Frauen nicht. Die jonglierten jeden Tag Beruf, Haushalt und Kinder – das waren in Annes Augen echte Heldinnen des Alltags.

Der Vormittag verging erfreulich schnell. Um kurz nach drei saß sie auf einem Korbstuhl in Ivis Lockenladen.

»Willst du einen Cappuccino oder lieber Latte macchiato caramel?«

Ivi besaß seit neuestem eine Kapsel-Kaffeemaschine, mit der man allerlei Heißgetränke zaubern konnte.

»Eine Latte, bitte.«

»Nehm ich auch. Die schmeckt sündhaft gut. Wenn nur die Kapseln nicht so teuer wären. Überleg mal: eine Packung kostet 5,39 Euro. Um das nach allen Kosten zusätzlich übrig zu haben, muss ich zweimal Waschen und Legen machen. Oder drei Maschinenhaarschnitte.«

»Hast du schon mal überlegt, deine Preise ein wenig zu erhöhen?«

»Geht nicht. Dann verliere ich meine Hausbesuche an die *Rasende Schere.*« Das war eine mobile Friseurin aus dem Nachbarort, die keinen Salon betrieb und nur auf den Dörfern herumfuhr. Ernsthafte Konkurrenz für Ivi, wenn es mehr auf den Preis als auf die Frisur ankam.

»Also dann: hoch die Gläser. Auf uns.«

Sie nippten vorsichtig, die Latte war höllisch heiß.

»So, und jetzt erzähl mal. Ich bin Svens Angetrauter nämlich noch nicht persönlich begegnet und platze vor Neugier.«

»Sie heißt Jutta und spricht schwäbisch. Hört sich lustig an. Auch wenn sie hochdeutsch redet, klingt der Dialekt deutlich heraus. Ich finde sie auf den ersten Blick ganz sympathisch.«

»Wie sieht sie denn aus?«

»Dunkler Typ, schwarze, kurze Haare, Brille. Jeans, Pulli. Nicht besonders modisch. Sie ist größer als ich und ein wenig … fülliger.«

»Also mit einem Satz: langweilig, aber nett.«

»Sie ist OP-Schwester. Momentan auf Abruf, wenn im Klinikum Personalengpass ist. Die haben ihr eine feste Stelle versprochen, irgendwann, wenn was frei wird.«

»Und wie geht es dir damit, Sven und Jutta im trauten Familienglück zu sehen, Anne?«

Sie konnte sich darauf verlassen, dass Ivi ihre Antwort verstehen und streng vertraulich behandeln würde.

»Gar nicht, Ivi. Irgendwie geht es mir – gar nicht.«

»Wie meinst du das?«

»Die Sache mit Sven ist in meinem Kopf längst abgehakt. Trotzdem muss ich jetzt immer an die alten Zeiten denken. Komischerweise nur an die schönen Momente. Schmetterlinge im Bauch und so. Und wenn er in meine Nähe kommt, dann …«

Sie überlegte, wie dieses seltsame Gefühl zu beschreiben war.

»… wird es dir um den Bauchnabel herum ganz anders?«

»Ja, blöd.«

»Ich kenn das. Deswegen bin ich damals von Harald nicht losgekommen. Bei jedem Treffen wollte ich mit ihm Schluss machen, nachdem ich begriffen hatte, dass er sich wegen mir niemals scheiden lässt. Immer wieder hat er mich rumgekriegt. Wegen diesem blöden Bauchnabelschmetterlingsgefühl.«

»Aber irgendwann hast du ihn ja doch in die Wüste geschickt.«

Sie waren seit Kindertagen befreundet und hatten schon viele Höhen und Tiefen miteinander durchgestanden. Die Monate, bis Ivi diesem schleimigen Kerl endlich den Laufpass gab, zählten definitiv zu den Tiefen.

»Anne, eines habe ich dadurch gelernt: Man muss wissen, was einem guttut und was nicht. Langfristig, meine ich. Entweder erkämpft man sich den Ehefrauen-Status oder man geht gleich auf Distanz. Dazwischen gibt es nichts Akzeptables. Das habe ich inzwischen begriffen.«

»Sehe ich genauso.«

»Also denk an mich, wenn Großwildjäger Sven wieder auf der Pirsch ist und leichte Beute wittert. Zum Beispiel dich.«

»Ich glaube nicht, dass er noch so ist. Er hat sich verändert.«

»Für mich wäre das Weltwunder Nummer acht. Du, ich will nicht, dass der Kerl dir wieder weh tut!«

Die Latte war inzwischen auf angenehme Trinktemperatur abgekühlt. Sie nahm einen großen Schluck und ließ den karamelligen Nachgeschmack auf der Zunge zergehen.

»Übrigens – der neue Pfarrer heißt Martin von Stein.«

»Der ist aber nicht aus der Gegend. Von Stein? Klingt nach alter Knacker, oder?«

»Keine Ahnung. Vielleicht sieht man ihn mal bei den Bauarbeiten. Opa Willi hat gemeint, du sollst nur nicht direkt vor dem Tor parken.«

»Was bauen die denn dort?«

»Sie renovieren ein bisschen. Der Pfarrer zieht her.«

»Echt? Nach Eichberg?«

»Mehr weiß ich leider auch nicht.«

Ihre Freundin stand auf.

»Na gut, dann lass uns schauen, was wir mit deinen Haaren machen.«

Sie legte einige Frisurenmagazine und Farbkarten auf den kleinen Tisch zwischen die leeren Latte-Gläser.

Anne blätterte in einem der Magazine.

»Du weißt ja, ein Zopf muss möglich sein. Wegen der Arbeit. Vielleicht so?« Sie zeigte auf ein Schwarz-weiß-Foto im Retro-Stil.

Ivi warf den Kopf in den Nacken und brach in lautes Lachen aus. »Die ewige Sophie Scholl. Da kannst du gleich so wieder heimgehen. Das ist im Grunde deine jetzige Frisur mit extremem Seitenscheitel und etwas Föhnschaum drin.«

Als sie vor Jahren miteinander den Kinofilm über die *Weiße Rose* gesehen hatten, war Ivi sofort Annes Ähnlichkeit mit der Hauptdarstellerin aufgefallen. Seither neckte Ivi sie ab und zu damit.

»Was ist daran so schlimm, wie Sophie Scholl auszusehen?«

»Nichts, wenn man 1943 lebt – ich stelle mir unter Runderneuerung nur etwas Großartigeres vor: rote Strähnen, Raspelschnitt, Undercut, Platinblond.«

Sie prusteten beide los. Mit platinblondem Raspelschnitt würden ihre Kita-Kinder sie vermutlich gar nicht mehr erkennen.

Schließlich tippte sie mit dem Finger auf ein anderes Frisurenfoto.

»Wie wäre es mit einer Tönung, vielleicht in so einem Kastanienrot? Und ungefähr drei Zentimeter abschneiden?«

»Konstruktive Idee. Allerdings würde ich dir lieber hellere Strähnchen in deiner natürlichen Braunnuance verpassen. Das lässt deinen sanften Bambi-Blick strahlen und macht dich nicht so käsig.«

»Du bist hier die Expertin.«

Ivi war wirklich eine Meisterin ihres Fachs. Zusammen bestaunten sie zwei Stunden später die Runderneuerung im Spiegel.

»Schade, dass dich heute nur noch dein Opa zu sehen bekommt. Wir sollten mal zusammen zu einer Singleparty gehen und dir endlich einen Mann aussuchen«, schlug ihre Freundin kichernd vor.

»Was sagt denn Torsten dazu, wenn du mit mir auf eine Singleparty gehst?«

»Ach, der hätte vollstes Verständnis, dass ich dich endlich unter die Haube bringen muss.«

Ivi war seit zwei Jahren glücklich verheiratet. Mit Torsten Lohmann, dem ältesten Sohn des Bürgermeisters, der von der Art her genau das Gegenteil seines Vaters war.

»Irgendwann läuft mir auch ohne Singleparty einer über den Weg.«

»Hier in Eichberg? Das glaubst du doch selbst nicht. Die sind alle vergeben oder ätzend.«

»Ich finde mein Leben ohne Mann derzeit eigentlich gar nicht so übel.«

Sie meinte das in diesem Moment wirklich ernst.

Die Straßenlampen verbreiteten auf der Heimfahrt schon ihr gelbes, tranfunzeliges Licht. Lohmann hatte auf energiesparende Modelle umstellen lassen. Das kam auf die Dauer billiger für die Gemeinde. Aber die Beleuchtung war schrecklich. Während sie keuchend ihr Rad den Berg hinaufschob, nahm sie sich fest vor, ab sofort an ihrer Kondition zu arbeiten.

Tatsächlich lag eine Ladung zur Gemeinderatssitzung auf der Anrichte. Genau, wie Opa Willi es prophezeit hatte. Ausgerechnet an einem Samstag um dreizehn Uhr im Pfarrhaus. Was für eine blöde Uhrzeit. Das würde knapp werden.

Endlich zog der Frühling ins Land. Fast jeden Tag schien die Sonne. Die wenigen warmen Regenschauer ließen das Grün in der Natur geradezu explodieren. Anne schien es, dass die Menschen viel fröhlicher und umgänglicher waren als während der Wintermonate. Sogar die Kinder quengelten weniger und tobten mit Riesenspaß draußen auf dem Spielplatz. Luis hatte sich in der kurzen Zeit schon prima eingelebt. Auch Max machte jetzt mit. Wenn man ihn ansprach, gab er Antwort. Von selbst sagte er allerdings so gut wie nie etwas. Anne hatte beobachtet, dass er besonders gerne Bilderbücher anschaute. Am liebsten holte er sich in der Mittagsruhe die Bände von *Wieso? Weshalb? Warum?*.

Nachmittags, als die Kinder im Sandkasten spielten, meinte Renate leise zu ihr: »Stille Wasser sind tief. Wusstest du, dass unser Max lesen kann?«

»Was, mit fünf? Wie hast du das gemerkt?«

»Sina hat es mir verraten. Max hat sie nach den Buchstaben gefragt und sich das Lesen im Grunde selbst beigebracht.«

»Ach du große Schande, der kleine Bursche ist ...?«

»Ziemlich intelligent, Anne. Und ein kleines bisschen autistisch veranlagt, wenn du mich fragst.«

»Seine Eltern haben noch nichts gemerkt?«

»Sieht nicht so aus. Sina betrachtet es als ihr Geheimnis, dass ihr Bruder lesen kann. Wir sollten mal einen Test mit Max machen. Wer weiß, was er sonst noch für Fähigkeiten hat. Vielleicht wäre er in der Schule besser aufgehoben. Wenn du einverstanden bist, gehe ich mal die üblichen Bögen mit ihm durch.«

»Gut, ich bin gespannt, was dabei herauskommt.«

»Ich auch.«

Renates langjährige Erfahrung als Kinderpflegerin waren von unschätzbarem Wert. Besonders, wenn ein Kind nicht in die gängigen Normen von Entwicklungskurven und Schulreife einzuordnen war. Das kam in den letzten Jahren ein paarmal vor. Aber diese Kinder hatten sich nicht selbst das Lesen beigebracht, sondern besonderer Förderung bedurft.

2

MARTIN VON STEIN PARKTE DEN VW-Bus in der Einfahrt eines Feldweges. Von hier aus hatte man die schönste Aussicht auf Eichberg. Er stieg aus, ging ein paar Schritte und lehnte sich dann mit verschränkten Armen an den Stamm eines großen Baumes, der hier einsam auf der Anhöhe stand. Eine wilde Kirsche. In den mit weißen Blüten besetzten Ästen über ihm summte und brummte es leise. Ein wunderbarer blauer Frühlingshimmel spannte sich über den hügeligen Horizont. Vor seinen Füßen steckten leuchtend gelbe Löwenzahnblüten ihre Köpfe aus dem Gras. *Pappelstöck* nannte man die bei ihm zu Hause. Martin lachte in sich hinein. Dieses Wort kannte hier garantiert niemand.

Eichberg breitete sich an dem Hang gegenüber aus. Der schwarzgeschieferte Zwiebelturm lugte zwischen den Häusern heraus. Das schräg neben der Kirche liegende Pfarrhaus war nicht auszumachen, nur ein grünes Knäuel hoher Laubbäume zeigte an, wo sich der dazugehörende Garten befand. Den *Roten Ochsen* an der Hauptstraße konnte man gut an seinen rotbraunen Ziegeln erkennen. Er stach aus der sonst für diese Gegend typischen schiefergrau-weißen Fachwerkidylle heraus. Das blau gestrichene kleine Gebäude unten am Dorfeingang war der Kindergarten. *Blaubärschloss*, witziger Name. Die Leiterin, Herrn Lischkas Enkelin, würde er heute Mittag auf der Sitzung treffen. Bisher kannte er nur die Männer und Frauen des vierköpfigen Gemeindekirchenrats näher. Zu Willi Lischka, dem Vorsitzenden, hatte er sofort einen Draht gefunden, obwohl der sein Großvater sein könnte. Überhaupt war die Gemeinde ziemlich überaltert.

Keiner seiner Kollegen aus dem Kirchenkreis hatte sich nach der 25-Prozent-Stelle in Eichberg gedrängt. Seit etlichen Jahren war nur noch ein Gottesdienst pro Monat gehalten und Beerdigungen, Trauungen oder Taufen unter den Kollegen aufgeteilt worden. Im Vorjahr hatte es fünfzehn Beisetzungen gegeben, aber keine einzige Hochzeit oder Taufe.

Seit diesem März hatte er alle Amtshandlungen übernommen und wieder jeden Sonntag einen Gottesdienst gehalten. Die Besucherzahl war von sechzehn auf regelmäßig über zwanzig Personen angestiegen. Immerhin, eine Steigerung um mehr als dreißig Prozent. Martin schmunzelte wieder.

»Ich hoffe, Sie wissen, auf was Sie sich da einlassen«, hatte der Superintendent ihn gewarnt und dabei an seinem weißen Vollbart gezupft, »Eichberg ist ein schwieriges Pflaster. Es gibt so gut wie kein Gemeindeleben mehr. Sie können das nicht mit Ihrer fränkischen Heimat vergleichen. Erwarten Sie nicht zu viel.«

Genau deshalb hatte er sich ja auf diese Stelle beworben, denn er war nicht Pfarrer geworden, um irgendwo bis zur Rente eine schrumpfende Herde Gemeindeschäflein zu verwalten.

Außerdem eignete sich das Eichberger Pfarrhaus bestens für seine Pläne. Er hatte nicht damit gerechnet, dass die Mitglieder des Gemeindekirchenrates auf seinen Vorschlag für die Belebung des alten Pfarrhauses so positiv reagieren würden: Sie waren von Anfang an Feuer und Flamme.

»Jetzt müssen wir nur noch die anderen Eichberger überzeugen. Wie das klappen soll, weiß ich nicht. Danke, dass du mir heute Mittag die richtigen Worte schenken wirst. Ich vertrau dir«, betete er leise. Dann schickte er in Gedanken einen Segenswunsch zu den Eichbergern hinüber.

Dieser Ort war viel mehr als eine Ansammlung von Gebäuden. Es ging um die Menschen hinter den Mauern. Würde er einen Weg zu ihren Herzen finden? Auch das lag nicht in seiner Hand und war letztlich Chefsache – oder altmodisch ausgedrückt: Gottes Gnade.

Mit diesen Gedanken kehrte Martin zu seinem dunkelblauen VW-Bus zurück, stieg ein und fuhr ins Tal hinunter.

Noch eine knappe Stunde bis zum Termin. Martin hatte alle Stühle, die er im Haus finden konnte, in das große Erdgeschosszimmer auf der Gartenseite gestellt. Hoffentlich reichten sie aus.

Draußen bewegte sich etwas. Er ging ans Fenster. Herr Lischka stand nachdenklich vor dem verwilderten Hochbeet. Martin eilte zu ihm hinaus.

»Grüß Gott, Herr Lischka. Schön, dass Sie schon da sind.«

»Guten Tag, Herr Pfarrer. Können Sie mir helfen? Ich möchte gerne das Beet ausmessen, aber meine Arme sind zu kurz.« Er zog ein Bandmaß aus seiner Jackentasche.

In kurzer Zeit hatten sie miteinander Breite und Länge ermittelt.

»Gut, passt sehr gut«, nickte der alte Mann und lächelte verschmitzt, »wegen der Kurvenradien. Ich würde nämlich gerne einen persönlichen Beitrag zu unserem Projekt leisten. Vorausgesetzt, Sie wollen hier keine Radieschen anbauen.«

»Nein, nein, Herr Lischka. Mein Gemüse kaufe ich mir im Supermarkt. Was haben Sie denn vor?«

»Wenn wir unser Kirchgartenfest veranstalten, brauchen wir Attraktionen, damit viele Leute kommen, richtig?«

Martin nickte. Darüber hatten sie bei ihrer letzten Versammlung gebrütet: wie sie die Mehrzahl der Eichberger hinter dem Ofen vorlocken könnten, die sonst nichts mit der Kirche am Hut hatten.

»Ich baue einen Teil meiner Garteneisenbahn auf und lasse ein paar Raritäten aus meiner Sammlung fahren. Wenn ich das im *Roten Ochsen* unters Volk bringe, kommt das ganze Dorf.«

»Das ist ja eine tolle Idee!«

»Bis vor zwei Jahren haben wir jeden Sommer einen Gartenbahn-Fahrtag bei uns zu Hause veranstaltet. Damals konnte meine Frau noch. Das war immer ein schönes Fest für ganz Eichberg und Umgebung.«

Martin wusste, dass Lischkas Frau vor etwas mehr als einem Jahr gestorben war. Immer, wenn der alte Herr über sie sprach, legte sich ein trauriger Schatten auf sein Gesicht. Jetzt drehte er sich um und zeigte zum Haus.

»Alles klar da drin für die Schlacht, Herr Pfarrer?«

»Im Haus schon, aber – ich bin, ehrlich gesagt, ziemlich nervös.«

»Lassen Sie sich nicht vom Bürgermeister einschüchtern. Der kocht auch nur mit Wasser.«

Lischka legte ermutigend seine Hand auf Martins Schulter.

»Also, junger Mann, dann gehen wir es an – mit Gottes Hilfe.«

Die beiden gingen zurück ins Haus. Kurz darauf trafen nacheinander die anderen Kirchenältesten und Gemeinderäte ein. Zuletzt fuhr Bürgermeister Lohmann mit seinem weißen BMW direkt vor den Eingang. Doch eine Sitzungsteilnehmerin fehlte noch. Wo blieb nur die Kita-Leiterin?

Die Kirchturmuhr hatte gerade viermal die kleine und einmal die große Glocke geschlagen, da huschte eine junge Frau ins Zimmer und ließ sich auf den letzten freien Stuhl fallen. Jetzt war die Versammlung komplett. Martin setzte sich vorsichtig auf die Fensterbank.

Nachdem der Bürgermeister alle begrüßt hatte, bat er ihn, sich vorzustellen und sein Anliegen zu erläutern.

Er bekam einen Kloß im Hals, als sich alle Blicke auf ihn richteten. In seinen Ohren rauschte es. Willi Lischka nickte ihm ermunternd zu. Martin hustete, versuchte mit der linken Fußsohle bewusst den Kontakt zum Boden zu spüren, und fing mit einer kurzen Vorstellung seiner Person und Aufgaben an. Schnell wurde seine Stimme fester.

»Den anderen Teil meiner Arbeitszeit bin ich für die Diakonie tätig. Vor allem in dem großen Übergangslager der Stadt. Ich habe eine Zusatzausbildung als Psychologischer Seelsorger und betreue sowohl das Personal als auch Flüchtlinge. Sie wissen vielleicht, wie schwierig die Situation im Lager ist. Es ist hoffnungslos überbelegt mit Menschen, die oftmals Schreckliches durchgemacht haben. Vor allem alleinstehende Frauen mit Kindern leiden ohne Ende unter diesen Bedingungen. Unsere Idee ist, einigen dieser Menschen eine Oase der Sicherheit und Erholung zu schenken, damit sie wieder Mut schöpfen und sich auf das Leben in Deutschland vorbereiten können. Deshalb würden wir die Räume im Erdgeschoss gerne renovieren, so dass maximal acht Personen Platz finden. Ich selber werde ins Dachgeschoss ziehen und verantwortlicher Ansprechpartner der Wohngruppe sein.«

Hier machte er eine Pause. Im Raum war es mehrere Atemzüge lang vollkommen still.

»Wer finanziert das?« Zwischen Lohmanns Augenbrauen stand eine steile Falte.

»Der Großteil kommt vom Landratsamt, die Seelsorgestiftung gibt einen festen Betrag dazu, den Rest wollen wir durch Spenden aufbringen und dafür einen Unterstützer-Verein gründen.«

»Was könnten wir vom Gemeinderat außer der Genehmigung denn noch für Sie tun?«, fragte die einzige Frau im Gremium.

»Die Kinder sollten den Kindergarten besuchen und möglichst schnell gut Deutsch lernen. Die Mütter natürlich auch. Können Sie uns darin irgendwie unterstützen?«

Alle sahen zu Willi Lischkas Enkelin hin, die jetzt steif wie ein Stock auf ihrem Stuhl saß und ihn mit halboffenem Mund anstarrte.

Der Bürgermeister polterte los. Zu der Zornfalte war jetzt noch eine entsprechende Gesichtsfarbe gekommen.

»Wie stellen Sie sich das vor, Herr Pfarrer? Ich kann doch nicht mein Personal für Ihre Flüchtlinge abstellen? Wer bezahlt überhaupt deren Kitabeiträge? Bei Mittellosen trifft das die Kommune! Ganz davon abgesehen: Ich glaube nicht, dass Sie sich in Eichberg mit dieser Idee nur Freunde machen werden. Sie wissen doch, dass die Abneigung gegen Flüchtlinge in der Bevölkerung grundsätzlich wächst. Und unser Ort ist nicht multikulti. Ich will keinen Ärger hier.«

»Aber es geht doch um Frauen und Kinder, um echte Flüchtlinge, hat der Pfarrer gesagt«, warf die Gemeinderätin ein, »ich finde, da könnten wir schon etwas tun. Die Blankenhausener haben doch auch gute Erfahrungen mit ihren Syrern gemacht.«

In Blankenhausen lebte schon länger eine Gruppe Syrer in einem ehemaligen Gasthof. Als letzten Oktober starke Regenfälle den Fluss über die Ufer treten ließen, waren die Männer sofort zur Stelle, schippten und schleppten Sandsack um Sandsack an der Seite der Feuerwehrleute und die Frauen kochten

Tee für die Helfer. Und das, obwohl ihre Unterkunft ungefährdet auf einem Hügel lag. Seitdem waren die syrischen Familien im Ort integriert. Martin wusste davon.

»Das ist ein einziges gutes Beispiel, Erika. Ich kann dir mindestens zehn negative im Landkreis nennen«, konterte der Bürgermeister.

»Aber keines mit Frauen und Kindern.« Die Dame ließ sich nicht so schnell unterkriegen.

Martin fiel auf, dass sich die Kita-Leiterin meldete. *Süß, wie ein Schulmädchen*, dachte er.

»Frau Lischka, Sie wollen etwas sagen?«

»Ich würde gerne erst mit meinem Team darüber sprechen. Und irgendwo habe ich gelesen, dass es Geld vom Bund für Integrationsarbeit im Erziehungsbereich gibt. Ich muss nochmal genau nachschauen. Den Fall hatten wir bisher ja noch nicht. Bestimmt können wir etwas beitragen, ohne Herrn Lohmanns Kasse zu belasten. Ehrenamtlich.«

»Wie oft soll ich es denn noch sagen, Frau Lischka: Das ist nicht meine Kasse, sondern die Kasse aller Eichberger!«, explodierte der Bürgermeister schon wieder.

Sie wurde rot, presste die Lippen zusammen und senkte den Kopf. Als Martin ein paar Sekunden später noch einmal besorgt zu ihr hinsah, merkte er, dass sie sich nur das Lachen verkniff.

»Ach, Lohmännchen, wir wissen doch alle, dass du unsere Gemeindekasse treu wie ein Drache bewachst. Und wir sind dir fraktionsübergreifend dankbar dafür. Lasst uns jetzt bitte konstruktiv über die Sache abstimmen.«

»Erika hat recht«, ließ sich ein anderer Gemeinderat vernehmen, »wir haben bestimmt alle noch etwas anderes vor heute Nachmittag.«

Zustimmendes Gemurmel erklang.

»Also: Dann lesen Sie uns ihren Antrag bitte nochmal vor«, wandte sich Lohmann an Martin.

»Genehmigung der Umbaumaßnahmen für den Zweck, Frauen und Kinder, anerkannte Flüchtlinge, hier aufzunehmen. Schriftlich hat es die Kirchengemeinde ja schon bei Ihnen eingereicht.«

»Wer ist dagegen?«

Martin hielt kurz die Luft an. Niemand hob den Arm.

»Dafür?« Mehrere Hände gingen hoch.

»Enthaltungen? Zwei.« Eine davon war Lohmann selber.

»Also gut, Herr Pfarrer, Sie können loslegen. Schriftlich haben Sie es nächste Woche.«

Alle standen auf. Willi Lischka bot an, durch die Räume zu führen, um die geplanten Renovierungen im Detail zu erklären.

Die Kita-Leiterin kam auf Martin zu.

»Pfarrer Martin von Stein«, lächelte er mit einer kleinen Verbeugung, »aber ›Martin‹ reicht vollkommen.«

»Ich bin Anne – das Lischka können Sie auch weglassen. Entschuldigung, dass ich vorhin so spät dran war. Ich kam nicht rechtzeitig aus meinem Englischkurs weg. Und dann rote Welle in der Stadt.«

Sie hielt ihm die Hand hin. Zögernd zog er seine Rechte hinter dem Rücken vor. Er sah das Erschrecken in ihrem Gesichtsausdruck, aber dann drückte sie ganz zart seine vernarbte Hand.

»Keine Angst, es tut nicht weh.«

Sie lächelte befreit und drückte noch einmal fester.

»Wann sollen die Flüchtlinge denn hier einziehen?«

»Ich denke, bis August sind wir so weit.«

»Am Montag rede ich gleich mit meinem Team. Danach sollten wir beide uns zusammensetzen. Am besten im Blaubärschloss, kurz nach siebzehn Uhr. Ginge das bei Ihnen?«

»Gerne, vielleicht am Mittwoch?«

»Gut, dann bis Mittwoch. Machen Sie es gut, Martin.« Sie hielt ihm noch einmal ihre Hand hin. So ein ehrlicher Händedruck tat richtig gut. Jemand, der sich nicht von seinem Makel abschrecken ließ. Zumindest nicht von diesem. Von dem anderen hatte sie noch gar nichts gemerkt, der war nicht so offensichtlich.

»Vielleicht sehen wir uns ja schon morgen? Im Gottesdienst? Würde mich freuen«, lud er sie ein.

»Eher nicht, ich hab schon was vor.«

Er begleitete sie noch auf den Flur und stieg dann langsam die Treppe hoch ins Dachgeschoss.

»Danke, dass alles so gut gelaufen ist«, flüsterte er dabei.

3

WAS FÜR EIN WUNDERBARER MORGEN. Anne öffnete beide Flügel ihres Schlafzimmerfensters und sog die frische Luft ein. Ideale Bedingungen, um mit den guten Vorsätzen zu starten. Schnell schlüpfte sie in Sporthose, Sweatshirt und Laufschuhe. Die Haare noch mit dem dicken Zopfgummi aus dem Gesicht gebunden, dann die Treppe mit möglichst wenig Geknarze hinuntergeschlichen.

Doch Opa Willi war schon auf und steckte den Kopf aus der Küche.

»Guten Morgen, Mädel, herrlicher Sonnenaufgang heute. Ich bleib nach dem Gottesdienst gleich im Dorf. Beim Wirt gibt es Spanferkel mit Klößen. Magst du auch kommen oder kochst du dir selber etwas?«

»Spanferkel ist nicht so mein Ding, Opa. Ich mach mir Gemüsenudeln.«

»Na dann viel Spaß beim Laufen.«

Sie winkte ihm fröhlich zu und trat vor das Haus. Am liebsten mochte sie die Wald-Runde vom Wanderparkplatz aus. Die konnte man spontan um den Teich herum verlängern, wenn man sich noch fit fühlte. Anne begann abwechselnd eine Minute zu laufen, dann eine zu gehen. Am nächsten Tag kam dann die Steigerung auf zwei Minuten laufen, eine gehen. Und so weiter. Spätestens in vier Wochen würde sie erfahrungsgemäß die ganzen fünf Kilometer am Stück durchhalten.

Ist das schön hier. Dieser Tannenduft. Und das lustige Vogelgezwitscher überall. Bestimmt schwatzen sie miteinander. Ob Krähen und Meisen sich verstehen – oder ob jede Vogelart eine eigene Sprache hat?

Was man sich für abgefahrene Gedanken machen konnte, während man durch den Wald schnaufte. Anne grinste vor sich hin. Lächeln beim Laufen war wichtig. Es erleichterte die Anstrengung.

Trotzdem war sie froh, als sie bald darauf an ihrem Lieblingsplatz an den Felsen vorbeikam, denn hier wollte sie eine kleine Pause einlegen. Ein kleiner Trampelpfad bog von dem Waldweg ab und endete nur etwa zwanzig Meter entfernt an einer Gruppe Felsen, die direkt am Abhang standen. Hundert Meter tiefer, unten im Tal, glitzerte das bleigraue Wasser des großen Waldteiches.

Der flache Felsen war schon ganz warm von den Sonnenstrahlen. Sie legte sich auf den Stein, schloss die Augen und lauschte. Wie friedlich es war; man hörte hier nur Naturgeräusche: Vogelgezwitscher, Hummeln, die durch die Heidekrautstauden torkelten, ein leises Knacken in den Bäumen oder ein Rauschen, wenn der Wind die Äste bewegte.

Meistens wurden diese stillen Momente nach einer Weile durch Flugzeuge unterbrochen, die am Himmel ihre weißen Streifen hinterließen. Einmal hatte sie gleichzeitig drei Jets gesehen, die direkt über sie hinweg in unterschiedliche Richtungen davonflogen. Doch heute war es ruhig da oben. Nach einer Weile rappelte sie sich auf, lief zurück auf den Waldweg und nahm das letzte Stück in Angriff.

An der Abzweigung, die zum Teich hinunterführte, zögerte sie. Sollte sie die Extrarunde laufen? Eigentlich hatte sie keine Lust auf den steilen Anstieg, der dann am Ende auf sie warten würde. Aber dort unten am Teich war es immer so idyllisch. Ob schon kleine Frösche aus den Kaulquappen geworden waren? Anne nahm den Pfad hinunter in den Teichgrund, langsam, Schritt für Schritt. Wer sagte denn, dass man unbedingt die ganze Zeit joggen musste? Sie konnte ja auch ein Stück gemütlich spazieren gehen.

Viele Büsche wuchsen jetzt am Ufer. Viel mehr als früher. Anne zwängte sich durch die Äste. So ein blödes Gestrüpp! Der schmale Pfad war darin kaum zu erkennen. Ach du Schreck, da war jemand auf dem kleinen Steg. Ein Angler. Damit hatte sie nicht gerechnet. Sie wollte umkehren. Doch er hatte sie schon entdeckt.

»Anneli – was machst du denn hier?«

»Nichts. Und du?«

»Auch nichts, wie du siehst«, lachte Sven, »ich warte nur, dass das Mittagessen endlich anbeißt.«

Er klemmte die Angel zwischen den Brettern des Steges fest.

»Magst du Kaffee? Komm, ich gieße dir einen ein.«

Sven holte eine silberfarbene Thermoskanne aus seinem Rucksack.

Sie machte zwei Schritte auf ihn zu und blieb unschlüssig stehen.

»Setz dich doch ein bisschen. Das Holz ist ganz trocken und warm.«

»Nein, lieber nicht.«

»Dann musst du eben im Stehen trinken.« Sven reichte ihr das Getränk. Der Becher hatte keinen Henkel. Ihre Finger berührten sich.

»Joggst du regelmäßig?«

Der lauwarme Kaffee schmeckte stark und süß.

»Habe ich wieder vor, ja.«

»Ich renne nicht mehr so gerne durch die Landschaft, seit ich das berufsmäßig musste.«

»Ich dachte immer, es hätte dir bei der Bundeswehr gefallen.«

»Seit zwei Afghanistaneinsätzen nicht mehr.«

Sie standen eine Weile schweigend nebeneinander auf dem Steg und sahen in die gleiche Richtung zum gegenüberliegenden Ufer.

Die Fichten, zwischen denen sie sich geküsst und liebkost hatten, waren ein ganzes Stück gewachsen.

»Ich hätte nie von hier weggehen dürfen, Anneli.«

Sie schluckte. Er drehte sich zu ihr.

»Seine erste große Liebe vergisst man nie.«

Wie selbstverständlich fasste er mit der Rechten sanft ihren Nacken, beugte sich zu ihr herunter und küsste sie zärtlich auf den Mund. Der Kaffeebecher entglitt ihr und rollte die Holzbretter entlang.

Sven umarmte sie fester, sie spürte deutlich das Begehren seines muskulösen Körpers. Sein Kuss wurde leidenschaftlicher. Dann fühlte sie seine Finger an ihrem Oberschenkel nach oben gleiten.

Sie stieß ihn von sich und ging rückwärts.

»Nein, Sven, bitte nicht.«

Er musterte sie halb ungläubig, halb belustigt und breitete die Arme aus.

»Los, spring, so wie früher. Ich fang dich auf.«

»Nichts ist wie früher.«

»Du bist noch genauso süß.«

»Ich bin nicht süß und nicht mehr Anneli.«

»Da drüben am anderen Ufer, weißt du noch?«

»Du bist verheiratet. Und zwar mit Jutta. Und auch wenn du es nicht wärst: Das ist vorbei, für immer. Begreif das endlich!« Sie ballte die Hände zu Fäusten, stampfte auf und zitterte am ganzen Körper.

Sven starrte sie an, dann veränderte sich sein Gesichtsausdruck. Spöttisch zog er einen Mundwinkel hoch und schüttelte bedächtig den Kopf.

»Anne Lischka, immer noch ganz die hysterische Heilige.«

Sie schnappte nach Luft, drehte sich um und quetschte sich durch die Sträucher zurück auf den Weg.

»Immer noch besser als ein … ein Ehebrecher«, schrie sie außer sich. Wieder auf dem Weg rannte sie los. Mit letzter Kraft keuchte sie den steilen Wiesenpfad vor ihrem Haus hinauf. Ihre Waden brannten wie Feuer, sie zitterte immer noch am ganzen Körper. Obwohl sie allein im Haus war, schloss sie sich in ihrem Schlafzimmer ein, warf sich bäuchlings aufs Bett und schluchzte in ihr Kopfkissen. Mit der Zeit ließ die Anspannung nach. Sie lag noch ein bisschen still da, stand dann auf und ging unter die Dusche. Hinterher war ihre Haut krebsrot. Die Vorstellung, das Peeling habe jede Hautschuppe weggeschmirgelt, die mit Sven Kittel in Berührung gekommen war, gefiel ihr. Sie cremte sich dick mit ihrer Lieblingslotion ein, die so herrlich nach Jasmin und Bergamotte duftete, legte ein dezentes Makeup auf und zog sich ein Kleid an. Irgendwie war ihr nach Feiern zumute. Und sie hatte Hunger.

Das Beste an einem Sonntagnachmittag war, dass man einfach machen konnte, worauf man Lust hatte. Jedenfalls seit Papa und Mutter an der holländischen Grenze wohnten und nur an Weihnachten und Opas Geburtstag auftauchten. Papa konnte einen einfach nicht faul herumliegen sehen. Immer hatte er Vorschläge, was man stattdessen Sinnvolles tun könnte. Echt nervtötend. Auch Oma Hilde hatte den Garten früher nicht als Entspannungsoase betrachtet, sondern als Anbaufläche für diverse Gemüse-, Kräuter- und Obstsorten. Besonders gemütlich war es nicht gewesen, im Liegestuhl zu liegen, während sie nebenan in den Beeten hantiert und immer betont hatte, wie viel Arbeit so ein Garten mache.

Mit Opa allein war alles viel entspannter.

Jetzt durfte auch mal ein Unkraut wachsen, angebaut wurde längst nicht mehr so viel. Und wenn Opa Kirschen vom unteren Ende des Gartens, wo der Baum stand, mit der Dampflok und den Schüttgutwaggons seiner Gartenbahn nach oben transportierte, war das ein Riesenspaß – genau wie zu Kindertagen.

Anne holte den Liegestuhl aus dem Schuppen, wischte den Winterstaub ab und platzierte sich dann in die Sonne. Opa Willi war auch schon vom Mittagessen zurück. Er hatte wieder eines seiner karierten Flanellhemden und die Arbeitshose mit den obligatorischen Hosenträgern angezogen.

»Stört dich das, wenn ich mal nach meinen Gleisen gucke, Mädel?«

»Überhaupt nicht, mach nur. Lässt du heute noch einen Zug fahren?«

»Erst mal sehen, ob alles funktioniert. Nicht, dass irgendein Mäuschen über den Winter wieder mein Kabel angefressen hat.« Opa lachte. Die Garteneisenbahn war sein großes Hobby. Inzwischen nur noch zum Zeitvertreib, früher hatte er als Werkzeugmacher bei einer Firma gearbeitet, die solches Männerspielzeug herstellte.

Anne war mit der Modelleisenbahn aufgewachsen. Im Gegensatz zu ihrem Vater hatte sie sich schon als Kind von Opa für die kleinen Züge begeistern lassen. Was eine *Ludmilla* war, eine *01* oder eine *V 100* – sie konnte schon im Grundschulalter viele Lokomotivtypen auseinanderhalten. Auch wenn ihr auf der echten Bahnstrecke eine begegnete. Die kleinen Modelle waren ja absolut detailgetreu nachgebaut. *Willis Schrullerei* – so hatte Oma Hilde das Hobby ihres Mannes genannt und dabei meist liebevoll mit den Augen gezwinkert.

Später genossen sie das erste Mal in diesem Jahr den Kaffee draußen am Gartentisch.

»Ivi hat jetzt auch so eine Höllenmaschine mit Kaffeekapseln. Schmeckt ja gut – ist aber ziemlich teuer.«

»Und der ganze Blech-Müll von den Näpfchen, überleg mal. Unsere Reste beim Kaffeekochen werden wenigstens zu Kompost. Ach, Mädel, wenn wir gerade so schön sitzen: Ich wollte dich was fragen.«

»Was denn?«

»Könntest du eventuell im Mai zwei oder drei Tage Urlaub nehmen? Ich habe eine Einladung zu einem Treffen nach Prag bekommen und würde gerne hin. Es findet in einem schönen Hotel statt mit einem tollen Besichtigungsprogramm für Begleitpersonen. Ich bezahle alles, darum musst du dir keine Gedanken machen.«

Mit so etwas hatte sie nicht gerechnet. Opa – eine mehrtätige Reise? Ins Ausland? Seit wann denn das?

»Ist es wohl ein Modellbahnertreffen?«, fragte sie vorsichtig. Sie hatte ihn schon nach Dresden auf die Ausstellung *Erlebnis Modellbahn* begleitet. Da waren sie aber am selben Tag hin und zurück gefahren.

»Nein, nein, es ist – wie soll ich das erklären? Warte, ich hole dir den Prospekt.« Opa verschwand im Haus und kehrte kurz darauf mit einem großen braunen Briefumschlag zurück.

»Schau, hier ist das Programm für Begleitpersonen. Man muss es aber nicht mitmachen. Du könntest auch auf eigene Faust Prag erkunden, wenn dir das lieber ist.«

Führung durch die Altstadt mit Besichtigung des jüdischen Viertels, Ausflüge nach Theresienstadt und Schloss Štiřin. *Empfang im Milíč-Haus.*

Weitere Programmpunkte werden nach Wunsch der Gäste zusammengestellt: Schwarzlichttheater, Kafka-Museum, typisch tschechische Kneipe und mehr. Wir sprechen: Deutsch, Tschechisch, Ivrit, Englisch.

Der Veranstalter hieß *Cafe Setkání – Verein für kulturelle Begegnung.*

Mysteriös. Wie kam Opa denn zu so etwas?

»Und was machst du in Prag, während ich auf Besichtigungstour gehe?«

»Ich treffe mich mit Leuten. Mit alten Freunden aus meiner Jugend. Wir haben auch ein kleines Programm. Zu den Schlössern fahren wir mit euch gemeinsam.«

»Aha. Warum trefft ihr euch ausgerechnet in Prag?«

»Weil wir uns dort auch kennengelernt haben. Es ist eine uralte Geschichte, weißt du. Ich erzähle dir vorher noch alles. Aber – hättest du denn grundsätzlich Lust?«

Sie überlegte. Bei dem Gedanken, dass Opa ohne sie vermutlich auf eigene Faust mit der Bahn – oder schlimmer noch: mit dem Auto – nach Prag fahren könnte, war es ihr nicht wohl. Zu lang, zu gefährlich, zu anstrengend für den alten Herrn.

Und warum eigentlich nicht? Jeden Abend träumte sie sich in ferne Länder – da konnte sie doch schon mal mit einer echten Pragreise anfangen.

»Ich spreche morgen mit Renate, ob ich Urlaub nehmen kann. Momentan ist viel zu tun, du weißt ja.«

Opa Willi strahlte. »Ich glaube, der Tapetenwechsel würde dir richtig guttun.« Er stand auf und widmete sich wieder seiner Gartenbahn.

Ehrlich gesagt, war sie ziemlich neugierig auf »die uralten Geschichten«. Mit wem wollte er sich dort in Prag wohl treffen? Doch ihn jetzt danach auszufragen, würde erfahrungsgemäß nicht klappen. Opa konnte ganz schön kurz angebunden sein, wenn er nicht in Erzählstimmung war. Er untersuchte gerade mit der Taschenlampe den großen Tunnel und schob dann mit einem Handfeger Laub heraus. Offensichtlich hatte wieder ein Igel darin überwintert.

Später ließen sie noch probeweise den roten Schienenbus durch den Garten rattern. Alles funktionierte bestens. Die Mäuse hatten letzten Winter vermutlich schmackhafteres Futter gefunden als Opas Kabel.

4

DER KLEIBER RANNTE EIFRIG UM den Stamm der alten Buche herum, klopfte und pickte hier und da, schien auch etwas im Schnabel zu halten und eilte dann den Stamm hinauf. Aha, da oben hatte er seine Nisthöhle. Aufgeregtes Gezwitscher folgte.

Martin lehnte sich aus dem kleinen Dachgaubenfenster. Wie warm sich die Sonnenstrahlen schon früh morgens auf der Haut anfühlten! Das erinnerte ihn an alte Zeiten. Mit nacktem Oberkörper am Fels kleben und den nächsten Kletterschritt planen. Knackig braun wurde man dabei ganz automatisch. Jetzt betonte Bräune nur die hässlichen weiß-rosa Linien. Narbengewebe mochte UV-Strahlen nicht, also war ab sofort wieder Sonnenschutzfaktor 50 angesagt. Er lenkte seinen Blick wieder in den Garten, weg von seinem rechten Unterarm.

Schön war es hier auf dem Dorf, umgeben von Natur. Wie zu Hause. Nur die Menschen waren ganz anders. Vorsichtiger, misstrauischer, verschlossener. Kein Wunder, wenn man nicht ihren Dialekt sprach und auch noch evangelischer Pfarrer war, also schon von Natur aus verdächtig. Er schmunzelte.

So, Zeit für den Frühsport. Er ließ das Fenster offen und griff sich die rote Flexibar. Regelmäßig zwanzig Minuten Training mit diesem schwingenden Stab hielten einen gut in Form. Besonders den Oberkörper. Er ließ seine Muskeln arbeiten. Kein Vergleich zu früher, aber immerhin.

Zum Frühstück, das er sich aus einem geraspelten Apfel, Haferflocken und Joghurt zusammengerührt hatte, dazu eine große Tasse Malzkaffee, setzte er sich an den Esstisch. Gemütlich, die kleine Küche. Der fichtenholzfarbene Block mit Spüle, Kühlschrank und Elektroherd entpuppte sich bei näherer Betrachtung als Spanplattenmöbel aus einer Zeit, in der es in dieser Gegend noch kein IKEA gab.

Wände und Dachschrägen waren seit vorgestern zartgelb gestrichen. Sein Vorgänger hatte ein Faible für Poster mit Bibelsprüchen gehabt und daraus eine Art durchgängige Wandtapete geklebt. Einen Vormittag hatte Martin gebraucht, das Zeug abzuspachteln. Nun tickte über der Kommode nur noch die schöne alte Wanduhr vor sich hin. Der viereckige Esstisch war dunkelbraun lackiert und bot Platz für zwei Personen. Vermutlich gab es deswegen auch nur zwei Stühle. Verschiedene Modelle. Er saß lieber auf dem mit roten Stuhlkissen. Der hatte die optimale Höhe für sein Bein. Von hier fiel der Blick durch das Fenster auf die Straße. Noch nichts los im Dorf um diese Zeit.

Er griff nach dem Smartphone und schickte seiner Schwester ein Foto dieses Wohn-Ensembles per WhatsApp.

Noch eine halbe Stunde Zeit für das Frühstück, bis die Handwerker eintrafen. Er schlug das kleine blaue Büchlein für die geistliche Fitness auf. Mal sehen, was ihm die Bibelstellen der Herrnhuter Losungen für den heutigen Tag zu sagen hatten.

Später, während er gerade Tasse, Schale und Löffel abspülte, piepte sein Smartphone.

Lebst du jetzt im Sperrmüll ☺?

Er lachte vor sich hin. Schwesterchen war als Bundestagsabgeordneten-Ehegattin natürlich Besseres gewöhnt.

Nee, Männerwohnheim, tippte er zurück.

Du brauchst endlich 'ne Frau, piepte es postwendend.

Braucht ein Fisch ein Fahrrad?

Definitiv ☺

Schwesterherz hatte das jetzt nicht kapiert. Frauen konnten mit einem Krüppel wie ihm ungefähr so viel anfangen wie ein Fisch mit einem Fahrrad. So sah es aus.

Es klingelte an der Tür. »Pünktlich wie die Handwerker«, murmelte er vor sich hin und stieg vorsichtig die Treppe hinunter.

»Komme gleich«, rief er.

Kurz vor siebzehn Uhr zogen die Installateure wieder ab. Gerade rechtzeitig. Heute war Mittwoch, er hatte eine Verabredung mit der netten Kita-Leiterin.

Martin spazierte langsam die Hauptstraße entlang. Im Friseursalon brannte Licht. Die Chefin mit den langen hellblonden Haaren hatte gerade Kundschaft auf dem Stuhl sitzen. Er winkte ihr zu. Sie lachte und winkte mit der Schere in der Hand zurück.

Haare schneiden war bei ihm demnächst auch wieder fällig. Warum nicht in *Ivonnes Lockenladen*? Obwohl es bei ihm eher darum ging, die Locken zu eliminieren. Martin grinste. Der türkische Herrenfriseur in der Stadt sagte immer nur: »Maschine? Fünfzehn Millimeter?« und legte dann los. Irgendwie kam man sich dabei vor wie ein Schaf, das geschoren wurde. Vielleicht war das in einem Lockenladen ja anders. Jedenfalls sah Ivonne recht nett aus. Nicht so verschlossen wie die meisten anderen Eichberger.

Das Blaubärschloss schien früher eine alte Dorfschule gewesen zu sein, mit ein oder zwei Klassenzimmern und unter dem Dach einer winzigen Dienstwohnung für den Lehrer. Schön, dass es im Dorf noch einen Kindergarten gab. In den meisten Nachbarorten waren die schon längst ausgestorben. Die Gartentüre quietschte. Durch das große Fenster sah er Anne mit einem Mann im Zimmer stehen. Sie gestikulierte wild mit den Armen.

Er trat ins Haus und stand unschlüssig im Flur herum. Sollte er in den Gruppenraum hineingehen? Die Tür war zu. An der Garderobe saßen drei Kinder.

»Kannst du mir mal helfen?« Ein kleiner blonder Junge hielt ihm die Turnschuhe entgegen.

»Du kannst dich alleine anziehen, Luis«, sagte ein älteres Mädchen mit zwei schwarzen Zöpfen. »Er kann das, er ist nur zu faul.«

»Menno«, jammerte der Kleine und machte sich dann selbst daran, die Schuhe anzuziehen. Der andere Junge stand auf und betrachtete still das Erste-Hilfe-Poster an der Wand.

Martin wartete vor der Gruppenraumtür.

»Da darfst du nicht reingehen«, sagte der Kleine finster, »da ist mein Papa drin mit der Anne.«

Er hatte seine Schnürsenkel nicht gebunden, sondern seitlich in die Schuhe gestopft. Martin schmunzelte verstohlen.

Was Anne mit dem Vater der Kinder redete, konnte er nicht verstehen. Das Gespräch klang jedoch ziemlich aufgebracht.

Plötzlich schwang die Türe auf und der Mann stiefelte heraus. Er musterte Martin von oben bis unten und rief dann spöttisch: «Anneli, dein Date wartet.«

»Los geht's«, wandte er sich an die Kinder, »heute kochen wir Eierkuchen. Habt ihr auch so einen Hunger?«

»Jaaaa, Eierkuchen«, jubelte der Kleine und hängte sich an den Arm seines Vaters. Die anderen beiden Kinder sagten nichts. Das Mädchen nahm den stillen Jungen an der Hand und dann gingen sie alle vier – ohne ihn eines weiteren Blickes zu würdigen.

Martin klopfte an den Türrahmen und trat vorsichtig in den Raum.

Anne rückte gerade die Stühle in einen Kreis. Sie hatte zwei rote Flecken auf den Wangen und sah ziemlich gestresst aus.

»Hallo, Anne.«

»Martin, schön, dass Sie da sind. Ich bin gleich so weit. Schräg gegenüber ist das Büro, setzen Sie sich doch schon mal und gießen sich ein Glas Wasser ein. Oder einen Kaffee, aus der roten Thermoskanne.«

Annes Büro strahlte eine aufgeräumte Gemütlichkeit aus. Sie hatte bereits Tassen, Gläser und Getränke auf dem Schreibtisch hergerichtet und eine Schüssel mit Keksen in die Mitte gestellt. Sogar eine Kerze im Glas stand dort, daneben ein Feuerzeug. Martin entzündete gerade das Licht, als Anne hereinkam.

»Entschuldigung – aber manchmal halten einen die Eltern länger auf als gedacht.«

Wieder so ein warmherziger langer Händedruck.

»Ärger?«, fragte er.

»Nicht der Rede wert.«

Sie griff nach einem Ordner und schlug ihn auf.

Das Kita-Team hatte sich schon einen konkreten Plan ausgedacht, wie sie die Flüchtlingskinder in die Gruppe aufnehmen könnten.

»Und alles, ohne Lohmanns Kasse – Verzeihung: die Gemeindekasse – ungebührlich zu belasten.« Anne lachte auf, nahm einen Schluck aus dem Kaffeebecher und wurde dann wieder ernst.

»Das einzige echte Problem sind die monatlichen Beitragszahlungen, falls die nicht von irgendeiner anderen Stelle übernommen werden. Momentan ist tatsächlich die Kommune zuständig. Da spuckt Lohmann Gift und Galle.«

»Für die ersten zwei Monate habe ich eine Lösung. Wie es danach weitergeht, wird sich schon finden.«

»Wo haben Sie nur den Optimismus her?«

»Gottvertrauen.«

Anne sah ihn mit hochgezogenen Augenbrauen an und biss sich auf die Unterlippe.

»Ich vertraue Gott«, bekräftigte er noch einmal, »ansonsten gibt es für mich wenig Grund zu Optimismus.«

»Na ja, als Pfarrer…«, sagte sie gedehnt und nickte dann verständnisvoll.

»Privat auch.«

Sie nippte wieder an ihrer Kaffeetasse und blickte ihn über den Rand hinweg an. In ihren kastanienbraunen Augen schien eine Frage zu stehen. Schließlich sagte sie: »Jedenfalls finde ich's gut. Wie Sie das alles organisieren und… dass Sie sich überhaupt nach Eichberg her getraut haben.«

Er lachte. »Muss man dafür so mutig sein?«

»Wenn Sie Pech haben, geht es Ihnen wie mir. In ein paar Jahren ist Ihre Kundschaft ausgestorben oder weggezogen und Ihr Laden wird dichtgemacht.«

»Hoffentlich nicht – deswegen bin ich ja hier.«

»Dann brauchen Sie sehr viel Gottvertrauen.«

»Ja. Und Mitstreiter.«

»Wie meinen Opa zum Beispiel.«

»Genau. Noch ein paar jüngere zusätzlich wären auch nicht schlecht.«

Jetzt war es, wie wenn einer in Annes Miene das Licht ausgeknipst hätte.

»Ich habe es nicht mehr so mit der Kirche«, sagte sie leise.

»Macht nichts.«

Sie sah ihn erstaunt mit ihren sanften braunen Augen an.

»Es geht nicht um die Kirche, Anne.«

»Nicht?«

»Es geht um Gott und Sie. Ihm geht es um Sie.«

Sie ließ seine Bemerkung unkommentiert, stand auf und stellte die Tassen auf ein Tablett. Er traute sich nicht, jetzt weiter in sie zu dringen. Irgendwer oder irgendetwas musste Anne Lischka gekränkt haben. Etwas, das mit Kirche zu tun hatte.

Sie verließen miteinander das Blaubärschloss. Anne hob ihr Fahrrad aus dem Ständer.

»Also, dann machen wir es wie besprochen: Sobald Sie Näheres über die Kinder wissen, sagen Sie mir Bescheid?«

»Mache ich. Anne, übrigens – ich wollte Ihnen vorhin nicht zu nahetreten.«

»Das sind Sie nicht, machen Sie sich keine Gedanken … ach, Sie sind wohl zu Fuß da?«

»Ja, ein wenig Bewegung tut mir gut.«

»Dann laufe ich mit Ihnen zusammen bis zum Pfarrhaus, okay?«

»Gerne.«

Unterwegs erklärte ihm Anne, wer in den Häusern an der Dorfstraße wohnte. Junge Leute mit Kindern waren nur selten darunter. In zwei der großen Häuser lebte jeweils nur noch eine einzelne ältere Person.

Sie kamen wieder an *Ivonnes Lockenladen* vorbei.

»Da will ich nächste Woche auch mal hin. Ich brauche dringend einen neuen Haarschnitt. Die Inhaberin sieht nett aus.«

»Machen Sie aber lieber einen Termin mit Ivi aus. Sie ist oft unterwegs. Hausbesuche.«

»Alte Leute?«

»Ja – aber nicht nur. Meistens kommt auf den Bauernhöfen die ganze Familie unter die Schere.« Sie schmunzelte und zwinkerte ihm zu. »Ivi kann mehr als Wasserwelle und 08/15-Schnitt, keine Angst.«

»Sie wird also auch mit meinem Problemhaar fertig?« Er zupfte gespielt affektiert an seinen Locken.

Anne prustete erst los und bog sich schließlich vor Lachen. Das war ansteckend.

Gegenüber ging ein Fenster auf, jemand steckte den Kopf heraus.

»Kollektivä Lachkrämpfä vor dem Eichberger Kriegerdenkmal strrrengstens verboten«, stieß Martin in militärischem Befehlston hervor. Darauf ging es bei Anne wieder von vorne los. Lachend schlenderten sie miteinander weiter.

Schließlich standen sie am schmiedeeisernen Gartentor des Pfarrhauses.

»Meine Güte, morgen gibt's bestimmt Muskelkater vor lauter Lachen«, stöhnte sie.

»Dann denken Sie wenigstens an mich«, rutschte ihm heraus.

Sie stutzte kurz, schenkte ihm dann ein feines liebenswertes Lächeln und nahm seine lädierte Hand fest in ihre.

»Tschüss, Martin.«

Dann stieg sie auf ihr Rad.

»Ich muss jetzt sowieso immer an dich denken, wenn ich am *Lockenladen* vorbeikomme«, rief sie und verschwand um die Ecke.

Ihm wurde ganz heiß. Anne hatte ihn geduzt. Eine Frau, die offensichtlich Spaß verstand und genauso gerne lachte wie er.

5

DIESMAL SCHAFFTE SIE DEN BERG nach Hause schon zur Hälfte, ohne abzusteigen. Na also. Vielleicht lag es ja auch an ihrer guten Laune. Martin war wirklich ein lustiger Zeitgenosse. Irgendwie ganz anders als die Geistlichen, die bisher in Eichberg Dienst getan hatten. Man vergaß in seiner Gegenwart, dass er überhaupt Pfarrer war. Jedenfalls solange er das Gespräch nicht auf Gott brachte.

»Es geht ihm um Sie«, hatte Martin gemeint und sie dabei so unglaublich freundlich angeschaut. Schön wäre es. Wenn er ihr Geheimnis kennen würde, hätte er das nicht gesagt. Und mit Sicherheit nicht so lieb geguckt.

Nach dem Abendbrot legte sich Anne aufs Bett und wählte Ivis Nummer. Ihre Freundin hatte am Mittwochabend meistens Zeit. Da fand das wöchentliche Treffen der örtlichen Feuerwehrgruppe statt. Torsten, ihr Ehemann, war der Kommandant.

Anne erzählte von ihrem Erlebnis bei der sonntäglichen Joggingrunde.

»Jetzt ist es vorbei. Ich bin über ihn hinweg, ein für alle Mal«, schloss sie.

Ivi atmete hörbar aus.

»Gott sei Dank. Ich hatte schon Angst, Sven fängt wieder seine Heiß-kalt-Spielchen an – und du lässt dich darauf ein. Ich hab es dir ja gesagt: er hat sich gar nicht geändert.«

»Warum er das nur macht? Er ist doch jetzt verheiratet.«

»Sei froh, dass du ihn damals nicht abgekriegt hast.«

»Stimmt. Die arme Jutta. Ich möchte wirklich nicht mit ihr tauschen.«

»Sag mal, Anne, mir ist da ein Gerücht zu Ohren gekommen, dass im Pfarrhaus Flüchtlinge einziehen. Hast du auch davon gehört?«

»Ja, deswegen wird gerade das Erdgeschoss renoviert. Es sollen maximal acht Personen werden, nur alleinstehende Frauen und ihre Kinder.«

»Krass.«

»Wieso?«

»Na, kannst du dir Kopftuchfrauen in Eichberg vorstellen?«

»Warum denn nicht? Unsere alten Bauersfrauen tragen doch auch Kopftücher.«

»Du Scherzkeks! Verstehe mich nicht falsch, Anne. Ich habe gar nichts gegen Flüchtlinge, vor allem, wenn es Frauen und Kinder sind. Aber kannst du dir vorstellen, wie die alte Brackelmann und die Hahnertsche darauf reagieren werden?« Das waren die wortführenden Buschtrommeln in Eichberg.

»Die werden sich daran gewöhnen. Martin ist da ganz zuversichtlich.«

»Martin?«

»Martin von Stein, der neue Pfarrer. Er ist übrigens kein alter Knacker.«

»Echt?«

»Wahrscheinlich wird er dich demnächst mal zum Haareschneiden aufsuchen. Bei seinen Locken wird deine Schere stumpf, Ivi.«

»Ach, ist das der gutaussehende Typ mit dem dunkelblonden Wuschelkopf? Was – der ist Pfarrer?«

»Sogar ein ziemlich netter.«

»Und die Sache mit den Flüchtlingen ist seine Idee?«

»Ja. Er arbeitet in der Stadt im Lager. Dort muss es schlimm für die Frauen sein. Stell dir das mal vor: erst der Krieg, dann stirbt dein Liebster. Du musst weg von zu Hause, auf dich allein gestellt mit den Kindern, irgendwohin, wo du nichts verstehst, und dann landest du in so einer Massenunterkunft, wo dich manche Männer als Freiwild betrachten. Schrecklich, oder?«

»Ja, furchtbar. Ich finde gut, dass ihnen geholfen wird. Kann ich auch was beitragen? Kostenloser Haarschnitt oder so?«

»Bestimmt. Es soll ein Unterstützerverein gegründet werden. Ich halte dich auf dem Laufenden.«

»Super. Und diesen Martin schaue ich mir mal genauer an. Hoffentlich kommt er wirklich zum Haareschneiden. Wir könnten natürlich auch am Sonntag miteinander zu ihm in die Kirche gehen.«

Anne antwortete nicht auf diesen Vorschlag.

Später gingen ihr noch einmal die anderen Ereignisse des Tages durch den Kopf. Sie hatte Sven gebeten, zusammen mit Jutta in der Kita vorbeizukommen. Renates Vermutungen hatten sich in den Tests bestätigt. Max war einerseits viel weiter als seine Altersgenossen, andererseits konnte man bei ihm einige autistische Verhaltensweisen feststellen. Sie war nicht ins Detail gegangen. Sven hatte aufgebracht reagiert.

»Max ist doch nicht bekloppt«, warf er ihr an den Kopf, »in der vorigen Kita haben sie nie etwas an ihm auszusetzen gehabt.«

Natürlich war Max nicht bekloppt, ganz im Gegenteil.

Sven drehte ihr das Wort im Mund herum, es war sinnlos, sich mit ihm anzulegen. Vielleicht würde er Renate besser zuhören als ihr. Seine Ehefrau schien außerdem ganz vernünftig zu sein. Gut, dass sie dieses Gespräch zu viert führen würden.

Sie schnappte sich den neuen Stadtführer über Prag, der heute mit der Post gekommen war. Auf der Titelseite prangte ein herrliches Panoramafoto der Karlsbrücke. *Bald laufe ich da selbst entlang,* dachte sie freudig und träumte sich mitten zwischen die Sehenswürdigkeiten der tschechischen Hauptstadt.

»Brauchst du heute das Auto?«, wollte Opa Willi eine Woche später schon am frühen Morgen wissen, als sie gerade Milch in ihren Kaffee rührte. Er steckte schon in seinen grauen Arbeitshosen und hatte die Hemdsärmel hochgekrempelt.

»Nein, wieso?«

»Gestern hat mir Martin geholfen, das Unkraut aus dem Hochbeet herauszureißen, und jetzt kann ich mit der Gleisverlegung anfangen.«

Aha, Opa Willi war also auch schon per Du mit dem neuen Pfarrer.

»Kannst du Hilfe gebrauchen? Ich habe meinen freien Nachmittag.«

»Das wäre fein, Mädel.«

Für diesen Nachmittag hatte sie sich noch nichts vorgenommen. Warum also nicht in der Sonne an der frischen Luft Opa zur Hand gehen?

Vielleicht war Martin ja auch da. Sie hatte in den letzten Tagen öfter an ihn gedacht, obwohl keinerlei Muskelkater von ihrer lustigen Begegnung übriggeblieben war.

»Dann komme ich gegen halb zwei. Soll ich eine Thermoskanne Kaffee mitbringen?«

»Nein, lass mal. Wir können die Küche im Pfarrhaus benützen. Das ist praktischer. Martin ist heute mit den Klempnern im Gange.«

Prima, dann würde sie ihn tatsächlich wiedersehen.

Der Vormittag verging wie im Flug ohne besondere Vorkommnisse. Sie liebte solche Tage ohne Schniefnasen, Gequengel und Regenwetter.

Während die Kleinen mit Renate draußen spielten, widmete sie sich zusammen mit der Praktikantin den drei Vorschulkindern. Max durfte auch mitmachen. Es ging um Mengen und Zahlen von eins bis zehn. Die Kinder liebten das neue Montessori-Material, das Anne von der letzten Fortbildung mitgebracht hatte. Am Ende der Lektion stand fest, dass Max nicht nur lesen konnte, sondern auch im Rechnen viel geschickter war als seine Altersgenossen. Aber ihn deshalb schon in die Schule stecken? Wenn sie den stillen Jungen betrachtete, der kaum von sich aus Kontakt zu anderen Kindern suchte und die meiste Zeit in seiner eigenen Welt lebte, kamen ihr Zweifel. Vielleicht konnte man seine sozialen Kompetenzen noch stärken, bevor man ihn den Rabauken einer gewöhnlichen Grundschulklasse aussetzte? Sie musste wirklich dringend mit den Eltern reden.

Sina, seine Schwester, hatte ebenfalls keinerlei Mühe mit dem Schulstoff, war in Nullkommanix fertig mit den Hausaufgaben und vertiefte sich danach am liebsten in Bücher, die sie sich stapelweise in der Schülerbücherei auslieh. Sie war ein ruhiges zurückhaltendes Mädchen, aber sie zeigte keine Probleme im Umgang mit anderen Menschen. Mit ihrem Bruder Max verband sie eine besonders innige Beziehung. Anne hatte diese beiden Kinder inzwischen ins Herz geschlossen. Mit Luis sah das ein wenig anders aus. Der war in seinem Aussehen und

Verhalten ein kleiner Sven. Und sein Vater bevorzugte ihn auf der ganzen Linie, das merkte man schon in der kurzen Zeit, wenn Sven die Kinder brachte oder abholte. Luis war sein Kronprinz.

Gerade fuchtelte er draußen wild mit der Sandschaufel und kommandierte lautstark Katinka herum, die sich das komischerweise gefallen ließ.

Auch an Luis' sozialer Kompetenz im Bereich Kompromisse schließen und Klappe halten, wenn man nicht gefragt ist, müssen wir noch arbeiten, dachte sie ironisch. *Bei seinem Vater ist da wohl schon Hopfen und Malz verloren.*

Heute war ein besonders angenehmer Frühsommertag. Über den Eichberg wehte ein sanftes Lüftchen und sorgte dafür, dass man die Sonnenstrahlen als warmes Streicheln im Gesicht empfand.

Sie sah die Hahnertsche schon von Weitem hinter dem Gartenzaun stehen: blaugemusterte Dederon-Kittelschürze, buntgeblümtes Kopftuch – wie immer. An der Wäscheleine hinter dem Haus hingen in bestimmten Abständen mindestens acht dieser Schürzen, die sich wie ein Ei dem anderen glichen. Natürlich hatte sie den obligatorischen Besen in der Hand. Der Gehweg vor dem Haus der Familie Hahnert war wahrscheinlich der sauberste der Welt. Oh nein, jetzt winkte sie und rief ihr etwas zu.

»Hallo, Anne, komm mal rüber – ich möchte dich was fragen.«

Am liebsten wäre sie einfach weitergeradelt. Sie stöhnte innerlich, sprang vom Rad und schob es auf den Bürgersteig. Die kleine dicke Frau schlurfte zur Gartentür. Heute hatte sie die Kittelschürze ohne Pullover darunter an, was ihre wabbeligen Oberarme besonders betonte.

»Guten Tag, Frau Hahnert, was gibt es denn?«

»Ist das wahr? Wir bekommen Asylanten nach Eichberg?«

Aha, daher wehte der Wind. Jetzt hieß es genau darauf zu achten, was man sagte und was lieber nicht.

»Keine Asylbewerber, sondern anerkannte Flüchtlinge.«

»Und die sollen im Pfarrhaus wohnen?«

»Ja. Im Erdgeschoss. Frauen und Kinder, die im Krieg und auf der Flucht viel mitgemacht haben.«

Die Hahnertsche zog nachdenklich die Nase kraus und blinzelte in die Sonne.

»Nu ja. Was will man machen? Wir mussten ja auch seinerzeit aus Schlesien von unserm Hof weg. Damals war ich noch'n kleines Kind.«

»So ähnlich ist das jetzt auch.«

Die alte Frau nickte wieder und brummelte leise vor sich hin.

Anne hatte plötzlich eine Idee.

»Wissen Sie was, Frau Hahnert, kommen Sie doch mit Ihrer Familie auf das Kirchgartenfest. Da kann man sich rundum über die Flüchtlinge informieren.«

»Die Kirche? Nu ja, ich weiß nicht recht… wo wir doch eigentlich katholisch sind…«

»Mein Opa baut extra seine Gartenbahn auf und was Gutes zu Essen gibt es auch.«

»Willi lässt seine Züge fahren? So, so. Na dann – schauen wir mal.«

Anne schwang sich wieder aufs Rad.

»Also, tschüss – bis spätestens auf dem Kirchgartenfest.«

»Mach's gut, Anne, und grüß mir deinen Großvater.«

Vielleicht war es gar nicht mal so schlecht, dass sie heute der Hahnertschen in die Hände gefallen war. Ziemlich sicher würde die jetzt im Dorf verbreiten, dass es sich lohne, auf das Kirchgartenfest zu gehen, weil Opa Willi seine Züge fahren ließ.

Anne schmunzelte vor sich hin. So gesehen, konnte man vom Eichberger Buschtrommelsystem auch profitieren.

Vor dem Pfarrhaus am Straßenrand stand ein kleiner Laster – die Klempner. Dahinter parkte Opas Auto. Aus den geöffneten Fenstern des Erdgeschosses drang das schrille Kreischen einer Maschine. Anne ging durch das offene Tor, an der Haustür vorbei in den Garten und lehnte ihr Rad an einen Baum. Dann schlenderte sie um die Ecke zum Hochbeet hinüber. Martin war nirgends zu sehen.

Opa hatte seinen Panamahut aus Stroh aufgesetzt, um sich vor der Sonne zu schützen. Er werkelte gerade am Gleisbett.

»Grüß dich, Mädel. Wie die Zeit vergeht – ist es wohl schon nachmittags?«

Er hatte bereits einen Rundkurs mit länglichen Pflastersteinen ausgelegt und war jetzt dabei, feinen Splitt darüber zu verteilen. Neben dem Beet stand eine Schubkarre voll Steinchen.

»Ist alles erstmal nur provisorisch.«

Sie wusste, was er meinte. Zu Hause im Garten befand sich unter dem Gleissplit ein festes Betonbett. So etwas hier aufzubauen, wäre jedoch viel zu aufwändig.

»Guck mal, die Männer vom Bauhof haben mir ein Rohr geschenkt – für einen Tunnel. Wollen wir das einbauen?«

In der nächsten Stunde gestalteten sie einen Berg aus Gartenerde über dem Rohr und verteilten den restlichen Splitt gleichmäßig auf den Pflastersteinen.

»Auf dem Hügel könnten wir noch ein paar Blumen einpflanzen«, schlug Anne vor, »dann sieht er nicht so nackt aus und es schwemmt bei Regen die Erde nicht gleich weg. Ich hole nachher ein paar Tagetes aus unserem Garten.«

Bisher hatte sie Martin noch nicht zu Gesicht bekommen. Er war unterwegs. Die Handwerker arbeiteten alleine im Haus.

Doch jetzt hörte sie deutlich die Motorengeräusche des VW-Busses. Martin parkte wohl in die Einfahrt ein.

Die Tür klappte zu. Kurz darauf kam er um die Ecke. Er hatte ein weißes Päckchen in den Händen und strahlte übers ganze Gesicht.

»Kaffeepause«, rief er fröhlich, »Hallo, Anne.«

Er legte das Paket auf die Bierbank im Schatten der großen Laubbäume. Es war Kuchen.

»Ich koche uns noch einen Kaffee dazu.« Sein Blick fiel auf das Hochbeet. »Das sieht ja schon fast fertig aus, toll!«

Opa Willi lachte. »Das Schwierigste kommt noch: die Gleise.«

Sie hatten sich zwar bemüht, den Untergrund möglichst gerade im Lot vorzubereiten, aber ob das genügte, damit die Züge nicht entgleisten, musste sich noch erweisen.

»Anne, würdest du mir beim Runtertragen helfen?« Sie nickte und ging mit ihm zum Haus.

Hatte Martin eigentlich braune oder grüne Augen? Das hatte sie bisher noch nicht eindeutig herausfinden können.

»Und – noch Muskelkater?«, fragte er unterwegs.

»Nein, gar nicht. Ich habe aber trotzdem an d…, also: daran gedacht. Wie es hier im Haus vorangeht und so.« Sie biss sich auf die Unterlippe und schaute auf ihre Füße. Beinahe hätte sie sich versprochen.

Martin lachte. »Gut geht es hier voran. Wir sind im Zeitplan.« Und dann fügte er hinzu: »Muskelkater hatte ich auch keinen, aber Lachen mit dir scheint Tiefenwirkung zu haben. Würde ich gern regelmäßig wiederholen.« Sie sah ihn verdutzt an.

»Wegen meinem Sixpack.« Martin deutete auf seinen Bauch und schaute treuherzig zurück.

Jetzt ging das schon wieder los. »Ich mach ein Lachstudio auf und du wirst mein erster Kunde«, grinste sie.

»Genau, damit verdienst du in Eichberg bestimmt Millionen.«

Die Hahnertsche in ihrer blauen Dederon-Schürze beim organisierten Lachen – eine tolle Vorstellung. Oder der Lohmann mit seiner Humor-Resistenz. Der wäre allerdings ein harter Brocken.

Endlich war der Kaffee fertig und sie gingen zurück in den Garten. Opa Willi saß erwartungsvoll im Schatten auf der Bierbank.

»Ich dachte schon, ihr pflückt erst die Kaffeebohnen in Afrika.«

»Ich muss die Maschine mal entkalken, die braucht ewig.« Martin hob entschuldigend die Schultern.

Bis zum Abend hatten sie die Gleise fertig verlegt. Die erste Fahrt mit einer großen Taurus-Lok war ohne Probleme verlaufen.

Opa Willi rieb sich die Hände. »Prima, dann kann der Festtag kommen. Übrigens, Martin, mit dem Wirt vom *Roten Ochsen* ist alles besprochen. Er öffnet die Gaststätte am Sonntag erst abends und bekocht uns mittags mit seiner Gulaschkanone.«

»Klasse, dann ist das Mittagessen auch kein Thema mehr. Bleibt nur noch mein Problem mit dem Gottesdienst.«

»Welches Problem?«, wollte Anne wissen.

»Wir feiern im Garten. Und die Orgel ist in der Kirche.«

»Ja, und?«

»Ich alleine mit meiner Gitarre – das wird nicht gerade ein üppiger Sound.«

»Hallo, Herr Pfarrer, können Sie bitte schnell mal kommen?«, einer der Handwerker winkte aus dem Fenster.

»Bin gleich wieder bei euch«, sagte Martin zu ihr und eilte ins Haus.

Opa Willi und sie hatten schon alles zusammengepackt und saßen abfahrbereit im Auto, als Martin endlich wieder aus dem Haus kam.

Sie hatte inzwischen mit sich gerungen und eine Entscheidung getroffen.

»Ich könnte dich mit meiner Gitarre unterstützen, damit der Sound satter wird«, schlug sie ihm vor.

Der Pfarrer strahlte über das ganze Gesicht. »Das wäre wirklich prima, Anne.«

Er reichte ihr seine Hand durch das offene Seitenfenster. Sie drückte sie kurz und fest zum Abschied. Im Seitenspiegel sah sie ihn immer kleiner werden, bis er nach der Kurve ganz aus ihrem Sichtfeld verschwand.

6

DIE AMSEL HATTE IHN WIEDER mit ihrem Gezwitscher aufgeweckt, als die Morgendämmerung gerade eingesetzt hatte. Ihr Lieblingsplatz war ausgerechnet auf dem kleinen Brett vor seinem Schlafzimmerfenster, wie man an ihren Hinterlassenschaften erkennen konnte, die man täglich dort wegputzen musste. Martin rollte sich auf die andere Seite mit dem Gesicht zur Wand. So früh musste er wirklich noch nicht aufstehen. Nicht einmal heute am Tag des Kirchgartenfestes. Wie laut so ein kleines Tier pfeifen konnte. Er zog sich die Decke über sein Ohr, was aber auch nicht viel nützte. Dieser Vogel freute sich lautstark über den Sonnenaufgang.

Martin drehte sich wieder zurück, setzte sich halb auf, nahm eine der Krücken, die neben seinem Bett auf dem Boden lagen und klopfte mit dem unteren gummierten Ende gegen die Scheibe. Mit einem zeternden Krächzen flog die Amsel auf. »Fang 'nen Wurm, du Krawallschachtel«, murmelte er und kuschelte sich wieder ins Kissen.

Schlafen konnte er nun leider nicht mehr, obwohl der Vogel nicht zurückkehrte.

Hoffentlich hatten sie nichts Wichtiges für das Fest vergessen. Der Wetterbericht sah erfolgversprechend aus. Ob die

Sonne den ganzen Tag scheinen würde, war nicht sicher, aber die Regenwahrscheinlichkeit lag bei null Prozent. Optimal.

Die Bierbänke standen schon im Garten bereit. Um elf Uhr war der Beginn mit einem Freiluft-Gottesdienst geplant. Er ging noch einmal in Gedanken seinen Predigttext durch.

Ob Anne wirklich schon zum Gottesdienst kommen würde? Vielleicht hatte sie es sich ja inzwischen anders überlegt.

Nach den geplanten Liedern hatte sie sich bisher nicht bei ihm erkundigt. Also musste er damit rechnen, doch als One-Man-Band aufzutreten. »Was soll's, alter Junge – ist ja nicht das erste Mal. Wirst es schon hinkriegen«, brummelte er vor sich hin.

Schließlich stand er auf. Viel früher, als nötig.

Nach der täglichen Sport- und Morgenroutine schaute er nachdenklich in den Kleiderschrank. Musste es heute unbedingt ein Anzug sein? Zu Beerdigungen und Hochzeiten, klar. Da war der Anzug mit entsprechender Krawatte ein Muss. Aber zu einem Kirchgartenfest, das im Freien stattfand? Martin konnte die Anzughosen nicht leiden. Wenn einer genau hinsah, erkannte er durch den weichen Stoff das Ende seiner Beinprothese kurz unterhalb des Knies. Er griff nach der schwarzen Bootcut-Jeans. Dazu ein weißes T-Shirt, darüber ein dunkelblaues Hemd. Beim Gottesdienst würde er die moderne grüne Stola über dem Talar tragen, die ihm Schwesterherz zur Ordination geschenkt hatte.

Er strich sich über die neue Frisur. So perfekt wie Ivi hatte noch niemand seine Naturlocken in Form geschnitten. Martin war mit seinem Spiegelbild vollauf zufrieden. Die Friseurin hatte ihm eine gewisse Ähnlichkeit mit Mats Hummels bestätigt. Schmeichelhaft.

Sonntags gönnte er sich zum Frühstück immer ein gekochtes Ei, Toast mit Butter und einen großen Pott Kaffee. Das frühe Aufstehen hatte den Vorteil, dass er noch ganz in Ruhe seine Verse aus dem blauen Büchlein lesen und darüber nachsinnen konnte.

Er war gerade fertig, als er durch das geöffnete Küchenfenster Autotüren zuklappen und Stimmen auf der Straße hörte. Willi war schon da. Willi – und Anne. Sie öffneten das Tor der Einfahrt und gingen dann jeder mit einem Wäschekorb voller Schachteln in den Händen Richtung Garten. Er lief zu ihnen hinunter.

»Guten Morgen miteinander. Schön, das ihr schon da seid.«

»Der frühe Vogel fängt den Wurm«, lachte Willi, »ich probiere die Gartenbahn noch einmal mit allen Zuggarnituren aus, bevor es richtig losgeht.«

»So einen Vogel hatte ich heute am Fensterbrett: einen frühen mit Wurm, eine Amsel«, stöhnte Martin.

»Die können einen ganz schön nerven, wenn man noch schlafen will. Ich kenn das«, lachte Anne, »wir zwei könnten ja jetzt die Lieder für den Gottesdienst durchgehen, wenn du magst? Ich hole noch meine Gitarre aus dem Auto.«

Sein Herz machte einen freudigen Hüpfer. Anne hatte es tatsächlich ernst gemeint mit der musikalischen Unterstützung.

»Prima, komm einfach in das große Gartenzimmer im Erdgeschoss. Ich gehe schon mal vor.«

»Coole Frisur«, bemerkte sie grinsend, als sie mit einem schwarzen Gitarrenkoffer in der Hand wenig später den Raum betrat, »da hat Ivi ganze Arbeit geleistet«.

»Aus den abgeschnittenen Resten hätte man ein Kopfkissen stopfen können«, lachte er, »hoffentlich sehe ich den Eichbergern jetzt nicht zu modern aus.«

»Mir nicht, mir gefällt es.« Anne hängte sich ihr Instrument um. »Wollen wir erst stimmen?«

Er nahm seine Westerngitarre, dann brachten sie die beiden Instrumente in Tonharmonie.

Die drei bekannten Kirchenlieder, die er herausgesucht hatte, spielte Anne mit ihm völlig problemlos vom Blatt. Und sie hatte eine schöne kräftige Stimme.

»Toll, wie gut du Gitarre spielen und singen kannst.«

»Alles nur Übung, ist doch mein Alltag in der Kita.«

»Als Schlusslied wollte ich eigentlich *Herr, deine Liebe ist wie Gras und Ufer* singen. Kennst du das?«

»Nein, aber dann lerne ich es jetzt schnell.«

Auch dieses Lied klappte schon bei der dritten Strophe, sogar als er spontan beim Refrain in die zweite Stimme wechselte. Das klang richtig gut.

»Was für ein schönes Lied«, meinte Anne am Ende leise. Täuschte er sich, oder hatte sie feuchte Augen? Sie wandte sich ab und kramte in ihrem Gitarrenkoffer herum. Dann ging sie zur Tür.

»Ich guck mal, ob bei Opa alles okay ist. Wir sehen uns nachher.«

»Anne?«

»Ja?«

»Danke, dass du mitmachst.«

Statt einer Antwort lächelte sie ihn an und ging dann nach draußen.

Martin traute seinen Augen nicht, als er mit Talar und Stola bekleidet kurz vor elf aus dem Haus trat. Mindestens fünfzig Leute, Jung und Alt, saßen auf den Bierbänken. Es waren nur noch wenige Plätze in der ersten Reihe frei. Die Besucher tuschelten miteinander und blickten erwartungsvoll nach vorne in Richtung des leeren alten Steinbrunnens, der von einem Brett abgedeckt als Altar diente. Mit der langen weißen Tischdecke, den Kerzenleuchtern und Blumengestecken, die das große silberne Standkreuz in der Mitte flankierten, sah alles wunderbar festlich aus. Er schluckte aufgeregt. Anne saß schon auf einem Klappstuhl seitlich vom Altar und hatte ihre Gitarre vor sich auf den Boden gelehnt. Sein Instrument lag auf dem Hocker daneben bereit. Jetzt begannen die Glocken zu läuten. Er atmete noch einmal durch, schritt dann langsam zwischen den Bierbankreihen nach vorn und setzte sich neben Anne.

Nachdem die Glocken verstummt waren, stand er auf, begrüßte die Gottesdienstbesucher und begann mit der vertrauten Liturgie. Das war der Moment, an dem sich seine Nervosität regelmäßig in Luft auflöste.

Eine Dreiviertelstunde später nach dem Segensgebet sang er zusammen mit Anne das Schlusslied. Wieder mit zweistimmigem Refrain: *Herr, deine Liebe ist wie Gras und Ufer, wie Wind und Weite und wie ein Zuhaus.* Als die letzten Töne verklungen waren, herrschte mehrere Atemzüge lang Stille. Dann geschah etwas, das Martin noch nie am Ende eines Gottesdienstes passiert war. Die Eichberger fingen an zu applaudieren. Erst jemand hinten in der vorletzten Reihe, dann standen sie nach und nach auf und schließlich klatschten alle. Er sah Anne neben sich verunsichert an. Die hob erst ratlos die Schultern und gluckste dann leise: »Pass auf, gleich rufen sie *Zugabe.*«

»Was? Noch eine Predigt?«

Anne schnaufte kurz auf.

»Stur lächeln und winken, Männer, lächeln und winken«, witzelte er leise. Da war es vorbei mit Annes Beherrschung. Sie lachte auf und drehte sich schnell um.

Martin trat zwei Schritte nach vorn, um die Blicke von Anne abzulenken.

»Danke«, rief er den Eichbergern zu, »herzlichen Dank für den Applaus. Und nun viel Spaß auf unserem Fest. Herr Lischka hat im Garten hier um die Ecke eine tolle Modellbahnlandschaft aufgebaut. Am Tisch neben dem Getränkestand können Sie sich über unser neues Flüchtlingsprojekt für das Pfarrhaus informieren. Vielen Dank an alle Helfer und auch an die Mannschaft vom *Roten Ochsen*: Eure Gulaschkanone ist eine Wucht! Genießen Sie den Sonntag, lassen Sie es sich schmecken.«

Geschäftiges Gemurmel begann, die Leute stellten sich in Grüppchen zueinander, das Team eröffnete die Stände mit Essen und Getränken. Der Wirt vom *Roten Ochsen* stand hemdsärmelig vor seiner qualmenden olivgrünen Gulaschkanone und rührte mit einem riesengroßen Löffel um.

Martin ging in den Hausflur, stellte seine Gitarre ab, zog den Talar aus und hängte ihn zusammen mit der Stola über einen Kleiderbügel an die Garderobe.

Dann eilte er zu den Stühlen neben dem Altar, wo Anne gerade ihren Gitarrenkoffer zuklappte.

»Mensch, Martin! Der Spruch der Pinguine hat mir den Rest gegeben.«

»Du kennst *Madagascar*?«

»Na klar, meine Kita-Kinder sind absolute Fans von den Pinguinen und King Julien. Aber dass ein Pfarrer solch niveaulose Filme guckt, also wirklich.« Sie drohte ihm scherzhaft mit dem Zeigefinger.

»*Ben Hur* und *Die Zehn Gebote* kann ich schon auswendig. Da wollte ich halt mal was anderes anschauen«, sagte er mit aufgesetzter Unschuldsmiene. Bevor Anne etwas erwidern konnte, tauchte Ivi in ihrem schicken geblümten Overall neben ihnen auf. Martin hatte sie schon zusammen mit ihrem Mann unter den Gottesdienstgästen sitzen sehen.

»Na, ihr zwei amüsiert euch aber prächtig. Ich will auch mitlachen.«

»Anne sagt, als Pfarrer darf man keine niveaulosen Trickfilme wie zum Beispiel *Madagascar* gucken.« Es gelang ihnen beiden, dabei todernst zu schauen. Ivi blickte irritiert zwischen ihm und Anne hin und her.

»Isch liebe alle Mad'schen die wackeln mit die Hufte. Wenn du wackelst mit die Hufte, dann mache das schöne geschmeidisch und sexy!« Anne konnte den französischen Akzent King Juliens samt Hüftschwung perfekt imitieren. Darauf brachen alle drei in lautes Gelächter aus.

»Also, ich brauche jetzt unbedingt was zum Trinken«, meinte Ivi schließlich ziemlich außer Atem, »bei uns am Tisch ist bestimmt noch Platz für euch.« Sie eilte zu ihrem Mann hinüber.

»Ich räume erst meine Gitarre ins Auto. Bis gleich.« Anne verschwand Richtung Straße. Martin sah ihr hinterher. Der Tag hatte richtig gut angefangen. Doch er musste sich jetzt auch um die anderen Gäste kümmern. Dieser Sonntag war die ideale Gelegenheit, viele Eichberger kennen zu lernen. Er stellte sich in die Schlange am Getränkestand, bald war eine muntere Unterhaltung im Gange.

Willi Lischka hatte recht behalten: Die Garteneisenbahn zog viele Besucher, vor allem Männer und Kinder, magisch an. Er ließ nicht nur seine verschiedenen Zuggarnituren im Kreis fahren, sondern erzählte auch Anekdoten zu deren Geschichte. Der alte Herr war in seinem Element. Ein Schienenbus war besonders bei den Kindern beliebt. Vielleicht lag das an seinem Spitznamen. »Ferkeltaxi« hatten die Menschen in der Gegend den roten Triebwagen genannt, der früher auf einer Nebenstrecke bis in den Nachbarort getuckert war. Leider hatte die Bahn diese Strecke schon vor vielen Jahren stillgelegt und die Gleise abgebaut. Etliche Eichberger erinnerten sich jedoch noch wehmütig an das Pfeifen und Rattern unten im Tal. Schnell war Martin in Gespräche über die »gute alte Zeit« verwickelt. Die Leute benahmen sich nun gar nicht mehr verschlossen oder zurückhaltend. Auch er wurde ausgefragt: Woher genau er stamme, ob er vorhätte, länger in Eichberg zu bleiben, und was ihn ausgerechnet in diese Gegend Deutschlands verschlagen hatte.

Später übernahm er den Dienst am Infostand und spülte in den Gesprächspausen Gläser für das Getränketeam gleich daneben.

Nachmittags kamen noch mehr Besucher auf das Fest. An den Biertischen wenige Meter entfernt erkannte Martin den blonden Muskeltypen, mit dem Anne vor ein paar Wochen im Kindergarten lautstark diskutiert hatte. Er hatte seinen Nachwuchs dabei, den frechen kleinen Luis und die beiden älteren stillen Geschwister.

War der Mann wohl alleinerziehend? Wo war eigentlich die Mutter der Kinder? Neben ihnen saßen noch zwei andere jüngere Ehepaare, die ebenfalls ihre Kinder mitgebracht hatten. Eine ältere Dame machte sich gerade mit den Kleinen zur Gartenbahn auf.

Anne und Ivi schlenderten Arm in Arm jede mit einem Eis in der anderen Hand den Gartenweg entlang. Martin hoffte, sie würden bei ihm vorbeikommen. Da stand der Muskelmann auf, winkte und rief. «Hey, Ivi, hey Anneli – kommt doch mal rüber zu uns.« Wie hatte er Anne gerade genannt? Das war ihm schon bei ihrer ersten Begegnung im Kindergarten aufgefallen. Anne-Li? Martin beobachtete sie aus den Augenwinkeln und trocknete dabei Gläser ab. Die beiden Frauen schauten sich an, Ivi sagte etwas zu Anne, dann kamen sie herüber und setzten sich. »Was gibt's, Sven?«

Martin spitzte die Ohren, aber trotzdem verstand er nur einzelne Wortfetzen. *Asylanten, verrückt, lebensmüde* waren darunter. Sven redete sich immer mehr in Rage und gestikulierte mit den Händen.

Die Leute in seiner Umgebung hörten ihm gespannt zu, sogar das Gespräch am Nebentisch war verstummt. Anne sprang plötzlich ruckartig auf und lief mit energischem Schritt auf ihn zu. »Martin, bitte komm mal mit.« Sie wartete, bis er sich hinter dem Stand hervorgewunden hatte, fasste ihn dann am Arm und zog ihn zu der Gruppe um Sven.

»So, Sven, nun kannst du deine Fragen an der richtigen Stelle loswerden«, sagte sie mit wütendem Unterton und setzte sich wieder neben Ivi.

»Welche Fragen? Es gibt keine Fragen«, konterte Sven spöttisch.

»Um was geht es denn?«, fragte Martin freundlich.

»Sagt mal, seid ihr denn von allen guten Geistern verlassen? Holt Asylanten ins Dorf und erwartet auch noch von uns, dass wir dabei mitmachen?«, brauste Sven auf.

»Es handelt sich um schutzbedürftige Frauen und Kinder, insgesamt maximal acht Personen.«

»Pah, schutzbedürftige Frauen und Kinder, so ein Blödsinn. Ihr habt ja keine Ahnung, welche Läuse ihr uns in den Pelz setzt.«

»Wieso?«

Sven stand auf und schaute ihn feindselig an.

»Ich weiß, von was ich rede.«

»Ich auch.«

»Nein, das wisst ihr verdammten Gutmenschen nicht. Wir Deutschen rackern uns ab in der Arbeit, zahlen schön Steuern – aber für unsere eigenen Leute ist dann nichts mehr übrig, weil den Asylanten alles in den Hintern geschoben wird. Was tun die eigentlich hier – außer abzusahnen? Die sollen doch ihren Laden bei sich zu Hause in Ordnung bringen.«

Bevor Martin antworten konnte, setzte Sven nach.

»Wisst ihr was? Die gucken euch einfach nur ganz ruhig an, dann drücken sie auf den Knopf und bomben sich selbst und euch eiskalt weg. Wumm! Ich weiß, wie das geht. Ich war selber dabei in Afghanistan.«

»Hier nach Eichberg kommen aber Jesiden aus dem Nordirak.«

»Das ist mir scheißegal. Es ist alles das gleiche Gesockse. Unsere Soldaten riskieren ihr Leben in diesem Scheißkrieg da unten und die jungen Typen von dort lungern bei uns feige in Adidas und Nike herum, tippen in ihr iPhone und betatschen unsere Frauen. Die sollen doch nach Hause, selber für ihr Land kämpfen und uns hier in Frieden lassen.«

Inzwischen hatte sich eine größere Menschentraube um sie herum gebildet.

Besonders Svens letzter Satz löste zustimmendes Gemurmel aus.

»Aber nach Eichberg kommen doch nur Frauen aus dem Irak mit ihren Kindern, deren Männer umgekommen sind. Und Jesiden sind keine Muslime. Deswegen sind sie ja ganz besonders bedroht und sollen raus aus dem Lager. Die tun keinem Menschen etwas zu Leide.« Auch Martin wurde jetzt lauter. Sven ging auf ihn zu, bis er direkt vor ihm stand. Der Muskelmann war fast einen Kopf größer. Seine Augen verzogen sich zu schmalen Schlitzen und blickten feindselig auf ihn hinunter. Martin wich nicht zurück und erwiderte den Blick.

»Und wer garantiert uns, dass danach nicht eine Bande junger Männer kommt? Kannst du uns das garantieren?« Er schubste Martin unvermittelt vor die Brust. »Wenn die sich hier erst mal eingenistet haben, schicken die Behörden sicher noch mehr davon nach.«

Er schubste ihn noch einmal kräftiger, Martin stolperte einen Schritt zurück, es gelang ihm nur mit Mühe, das Gleichgewicht zu halten. Nein, garantieren, dass das Landratsamt nicht zum Beispiel das leerstehende Forsthaus in Eichberg als Unterkunft nutzen würde, konnte er nicht.

»Ich kann nur für das Pfarrhaus sprechen. Und da kommen nur Frauen und Kinder rein.«

Die Leute murmelten wieder untereinander.

»Was ist denn hier los?« Lohmann drängte sich zu ihm und Sven durch und stellte sich demonstrativ neben sie.

»Sagen Sie es ihm, Herr Bürgermeister: Wenn wir im Dorf eine Tür für Asylanten aufmachen, dann stopfen sie uns hier knallvoll mit dem Pack.«

»Das glaube ich nicht, Herr Kittel. Es gibt keinen geeigneten Wohnraum, wenig Infrastruktur – außer der Kita. Also bitte, beruhigen Sie sich.«

»Und das alte Forsthaus? Davor standen neulich Autos. Vielleicht haben es sich die vom Landratsamt schon angeschaut?«, fragte ein Mann aus der Zuschauermenge.

»Die Behörde plant, das Forsthaus zu verkaufen. Sobald Genaueres feststeht, informiere ich euch offiziell. Vielleicht will es ja jemand aus Eichberg kaufen? Von Flüchtlingen ist in diesem Zusammenhang nie die Rede gewesen«, beruhigte Lohmann die Leute. Eine spürbare Entspannung ging durch die Menge.

Martin nutzte die Gelegenheit: »Ich möchte nochmal betonen, dass in unser Pfarrhaus nur Frauen mit Kindern einziehen werden. Sie kommen aus dem Nordirak, wurden wegen ihres Glaubens verfolgt und haben Schreckliches durchgemacht. Ich verbürge mich bei Ihnen für sie. Bitte geben Sie diesen Menschen eine Chance.«

Diesmal erklang überwiegend zustimmendes Gemurmel. Sven schüttelte den Kopf. »Euch ist nicht zu helfen. Sagt später bloß nicht, niemand hätte euch gewarnt.« Er steckte die Hände in die Hosentaschen und stampfte wütend um die Ecke Richtung Gartenbahn.

Martin atmete auf. Das war knapp. Auf normale Diskussionen hatte er sich vorbereitet, aber mit Leuten wie Sven konnte man nicht reden. Die Fronten waren in Deutschland längst festgefahren. Und natürlich hatte Sven teilweise recht: Unter den Fremden gab es auch Verbrecher, die nicht einmal davor zurückschreckten, ihre Leidensgenossen in der Asylunterkunft anzugreifen.

Doch – wer war eigentlich dieser ältere Mann dort drüben, der an einem der Biertische saß und sich eifrig Notizen machte? Vor ihm auf der Tischplatte lag eine Kamera. Martin ging hinüber. Der Mann klappte sein Buch zu, nahm den Fotoapparat und stand auf.

»Dirk Schmitt von der *Morgenpost*«, stellte er sich vor, »Sie haben ja ein tolles Fest auf die Beine gestellt. Also, dann noch viel Spaß – ich muss weiter. Der Artikel erscheint in den nächsten Tagen.«

Martin bedankte sich verwundert. Er hatte die Presse nicht eingeladen.

»Was war denn das für ein Typ?«, fragte Anne, die von hinten an ihn herangetreten war.

»*Morgenpost.*«

»Ach so. Ich hab mich schon gewundert, warum er Opa Willi vorhin ein Loch über seine selbstgebaute Dampflokomotive in den Bauch gefragt hat.«

Vielleicht war der Reporter ja ein Modellbahnfan und hatte aus diesen Kreisen von dem Fest erfahren.

»Hoffentlich ist die Luft jetzt nicht raus«, meinte er bedauernd. Etliche Leute standen herum und sahen nicht aus, als wenn sie sich noch einmal setzen würden.

»Wegen Sven? Nein, das glaube ich nicht. Die Gulaschkanone ist leer und nachher ist doch das Fußballspiel im Fernsehen. Das hat ganz banale Gründe.« Anne klopfte ihm freundschaftlich auf den Rücken. »Ich schau mal zu Opa Willi.«

Die meisten Festgäste kamen auf Martin zu, um sich persönlich zu verabschieden. Über zwanzig Leute hatten das Beitrittsformular für den Unterstützerverein sofort unterzeichnet, viele hatten sich die Info-Blätter mitgenommen. Im Grunde war alles wunderbar gelaufen.

Eine Stunde später hatte das Team schon fertig aufgeräumt. Nur einer von Willis Waschkörben mit den Modellbahnwagen stand noch im Flur des Pfarrhauses, weil er nicht mehr ins Auto gepasst hatte. Anne würde gleich noch einmal wiederkommen, um den Korb zu holen. Da klingelte sie schon an der Haustür. Martin ließ sie eintreten.

»Na, war doch ein schöner Tag, oder?«, fragte sie ihn fröhlich.

»Stimmt. Bis auf die kleine Diskussion mit Sven. Und ich habe vor lauter organisieren und reden völlig vergessen, mir so ein leckeres Gulasch zu holen.«

»Was, du hast den ganzen Tag lang nichts gegessen?«

»Nur ein Stück von Frau Brackelmanns Käsekuchen. Ich habe gerade überlegt, ob ich den Grill anheize. In meinem Kühlschrank liegt noch eine Packung Bratwürste. Nürnberger, wie man sie bei mir zu Hause gerne isst. Weißt du, die kleinen dünnen.«

»Oh, lecker.«

»Darf ich dich zum Essen einladen, Anne?«

Sie überlegte kurz. »Gerne, aber ich muss Opa Bescheid sagen, sonst wartet er mit dem Abendessen umsonst auf mich. Ich komme gleich wieder.« Sie ging nach draußen, stellte den Korb in den Kofferraum und telefonierte im Auto. Martin wartete an der Eingangstür, bis sie zurückkam.

»So, alles klar. Kann ich dir irgendwie helfen?«

Sie holten zusammen den kleinen Grill aus dem Schuppen. Im hinteren Bereich des Gartens gab es an der Hauswand eine lauschige, windgeschützte Terrasse mit einer hölzernen Bank und einem Tisch davor. Martin schüttete Holzkohle in die Grillwanne, darunter mischte er Kiefernzapfen, die er dann entzündete. Erst qualmte es ordentlich, aber bald fingen die Kohlen an, zu glimmen.

Er ging mit Anne hinauf in die Wohnung. Dort suchten sie alles zusammen: Teller, Besteck, Gläser, natürlich die Bratwürste, Senf und Brötchen. Anne stellte zuletzt noch die Kerze vom Küchentisch in den Korb.

Dann deckten sie miteinander den Terrassentisch. Der Grill war bald bereit für die Würste.

»Magst du ein Bier dazu trinken? Ich hätte ein Kellerbier anzubieten.« Er hielt Anne die Flasche hin.

Sie las laut vor: »Von-Stein'sche-Privatbrauerei seit 1822 – was, ihr habt eine Brauerei?«

»Unter anderem«, lachte er, »es ist aber keine große Firma. In meiner Heimat gibt es fast in jedem Dorf jemand, der Bier braut.«

»Und was habt ihr sonst noch? Ein Märchenschloss?«

»Eher eine kleine Burg mit Wohnanbau und Wirtschaftsgebäuden. Die Lage ist schön – auf einem Felsen über dem Fluss, aber so romantisch, wie sich die Leute das immer vorstellen, wohnt man darin nicht.«

»Echt?«

»Es ist alles ein wenig altmodisch, schwer zu beheizen und nicht übertrieben komfortabel. Eine energetische Katastrophe, sagt mein Schwager immer.«

»Bist du dann ein Herzog oder ein Graf?«

Martin lachte. »Nein, nein – bestenfalls ein *Ritter von Stein*. Niederer Landadel.« Er drehte die kleinen Würstchen auf dem Grill um. Sie dufteten schon lecker.

»Wir haben Wald- und Landwirtschaft. Das Getreide für unser Bier bauen wir selbst an. Eine Mühle und ein Sägewerk gehören noch dazu. Du musst dir das wie einen großen Bauernhof vorstellen.«

»Und das bewirtschaften deine Eltern?«

»Ja, zusammen mit meinem jüngeren Bruder, seiner Frau und ein paar Angestellten.«

»Und du bist trotzdem Pfarrer geworden?«

»Wieso denn nicht?«

»Du hättest doch auch Landwirt oder Braumeister werden können und bei deiner Familie mitarbeiten?«

»Das wollte ich noch nie. In meinem ersten Leben habe ich Sportökonomie studiert. Zwei Semester, in Köln.«

Die Würstchen waren fertig. Er verteilte sie auf die Teller.

»Vier Stück reichen mir, danke. Ich hatte ja mittags schon ein Kesselgulasch.« Anne sah ihn nachdenklich an.

»Und wie kommt man von Sportökonomie zur Theologie?«

»Lange, ziemlich persönliche Geschichte.«

»Ich habe Zeit«, lächelte sie.

»Ich erzähle es dir, wenn du mir verrätst, warum dich dieser Sven *Anneli* genannt hat.« Anne ließ die Gabel sinken, sah ihn an und biss sich auf die Unterlippe. Jetzt lächelte sie nicht mehr.

»Auch eine ziemlich persönliche Geschichte.«

»Nun müssen wir nur noch eine Münze werfen, wer anfängt.« Sie schüttelte den Kopf und lächelte wieder, diesmal ein wenig verlegen.

»Ich fange freiwillig an. Also: In der Grundschule waren wir zwei Mädchen mit dem Namen Anne. Um Verwechslungen auszuschließen hat die alte Stracke, unsere Lehrerin, uns Anne-Li für Lischka und Anne-Mo für Moosmann getauft. Aber so nennt mich schon seit ewigen Zeiten niemand mehr. Nur Sven – und dem habe ich es verboten.«

»Sven wirkt nicht so, als ob er sich etwas vorschreiben ließe.«

Anne seufzte. »Ich war mal mit ihm zusammen. Vier Jahre, bis er sich zur Bundeswehr verpflichtet hat.« Sie ließ das Messer auf dem Tisch kreiseln und schaute nachdenklich vor sich hin.

»Na ja, wir waren zuletzt sogar verlobt. Dann wurde er nach Stuttgart versetzt. Ein paar Wochen später hat er mit mir Schluss gemacht. Am Telefon. Kurz darauf war er mit Jutta verheiratet, einer von dort unten. Wenige Monate später kam Sina auf die Welt, seine Älteste. Jetzt ist er fertig mit der Bundeswehrzeit und erst vor kurzem wieder nach Eichberg ins Elternhaus gezogen.«

»Seine Frau war heute nicht dabei, oder?«

»Nein, Jutta hatte Dienst. Sie ist OP-Schwester.«

»Ich dachte schon, er wäre alleinerziehend.«

»Sven ist manchmal ziemlich impulsiv. Es tut mir leid, dass er dich so angemacht hat.«

»Er war in Afghanistan, oder?«

»Ja, zweimal sogar, soweit ich weiß.«

»Da kommt kaum einer so zurück, wie er vorher war. Ein guter Freund von mir ist Militärseelsorger. Er war auch schon öfter unten im Einsatz.«

Anne drehte wieder schweigend das Messer im Kreis.

»Jetzt weißt du, woher das Wort *Anneli* kommt und warum ich nicht mehr so genannt werden möchte«, sagte sie schließlich.

Ja, dachte er, *kein Wunder. Der Kerl hat dich zutiefst verletzt.*

»Und du bist seitdem … also ich meine: Du hast nach Sven nicht …?«

»Nein, ich hatte keine ernsthafte Beziehung mehr. Hat sich nicht ergeben.« Sie trank ihr Glas aus.

»Hast du noch eine Limo für mich? Damit ich nicht austrockne, wenn jetzt deine lange Geschichte kommt.«

Er lachte. »Wie wäre es mit einer Hollunderschorle? Allerdings nicht aus eigener Produktion. Ich hole uns Nachschub.« Inzwischen war es dunkel und wurde kühler. Martin nahm noch zwei Wolldecken aus der Holztruhe im Flur.

Anne kuschelte sich dankbar ein und schaute ihn gespannt an. Sie hatte inzwischen die Kerze auf dem Tisch angezündet.

»Nach dem Abitur und Wehrdienst fing ich mit dem Sport-Studium in Köln an. Sport war damals mein Lebensinhalt, vor allem Klettern, aber auch Triathlon. Laufen, Schwimmen, Radfahren. Wildwasser-Kajak. Immer an meinen körperlichen und mentalen Grenzen. Ich war geradezu süchtig nach Steilwänden. Je schwieriger, desto besser. Eines Tages war ich mit Freunden in den Pyrenäen klettern. Wir haben das Gelände falsch eingeschätzt und sind wegen einer Steinlawine abgestürzt. Es hat ziemlich lange gedauert, bis Hilfe kam, weil das Gebiet abgelegen ist. Meine damalige Freundin hat es nicht überlebt, der andere Bergsteiger war, wie ich, schwer verletzt.« Er trank einen großen Schluck. Das war die kurze weichgespülte Version der Geschichte. Nichts daran war gelogen, aber es war auch nicht die volle Wahrheit.

»Daher die Narben«, sagte sie leise.

»Ja, die Hand – und das rechte Bein.« So, jetzt war es raus.

»Dein Bein?«

Sie hatte wirklich noch nichts bemerkt?

»Amputiert, unterhalb des Kniegelenks. Es war total zermatscht, nicht mehr zu retten.«

»Und jetzt hast du ein … ein … Holzbein?«

»Eine Prothese aus Metall, mit Schuh dran.«

Sie sah ihn sprachlos an. Die flackernde Kerze spiegelte sich in ihren großen dunklen Augen. Das war's. Jetzt kam bestimmt gleich die Mitleidstour, dann würde sie unbedingt nach Hause müssen. Es dürfte das erste und letzte Würstchengrillen mit Anne gewesen sein. Bitterkeit stieg in ihm auf.

»T… toll«, stotterte sie.

Hatte er sich verhört?

»Toll! Mir ist gar nicht aufgefallen, dass du eine Prothese hast. Ich finde es klasse, wie du damit zurechtkommst.«

Jetzt drehte er sein Messer auf dem Tisch herum.

»Und deine Freundin … ist damals gestorben? Das ist ja schrecklich! Hast du seitdem …?«

»Nein, nur ein paar Flirts, bis die Damen gemerkt haben, dass an mir nicht mehr alles komplett ist.« Seine Stimme klang belegt.

Anne drückte das weiche Wachs der Kerze vom Rand in die Mitte, damit es schmelzen konnte. Sie starrten beide minutenlang wortlos in die Flamme.

»Sind wir nicht alle irgendwie … inkomplett, Martin?«, fragte sie ihn schließlich. »Sven fehlt Mitgefühl für die Flüchtlinge, Lohmann fehlt Humor, mir fehlt … Mut. Dir fehlt ein Stück Bein. Jedem fehlt doch was.«

»Das stimmt schon. Aber Sven, Lohmann und du – ihr könnt es ändern, wenn ihr euch bemüht. Ich nicht.«

»Und deswegen bist du dann Pfarrer geworden?« Ihr Blick war jetzt herausfordernd. Er schüttelte den Kopf.

»Nicht ganz. Nach dem Absturz war ich absolut am Ende. Alle, meine Familie und Freunde, versuchten mir Mut zu machen, aber das kam gar nicht an mich ran. Ich wollte nicht als Krüppel leben.

Dann musste ich zur Reha in eine Spezialklinik. Dort lernte ich Jan kennen. Er hat bei einem Motorradunfall beide Unterschenkel verloren und saß im Rollstuhl. Als ich mal wieder wie eine Trauerweide in der Gruppengymnastik herumhing, sagte er zu mir: »Kennst du den Spruch: *Ich ärgerte mich, dass ich keine Schuhe hatte, bis ich jemanden traf, der keine Füße hatte*? Wenn sogar ich wieder laufen lernen kann, schaffst du das auch. Du hast immerhin doppelt so viel Bein wie ich.« Er hat mich schließlich aus meinem Selbstmitleid aufgeweckt und mit seiner Lebensfreude angesteckt. In der letzten Reha-Woche sind wir zusammen mit unseren neuen Prothesen durch den Klinikpark spaziert. Schön langsam, wie zwei Uropas, aber immerhin. Jan zieht seine ganze Kraft und Hoffnung aus dem Glauben an Jesus. Besser gesagt: Er glaubt nicht an Jesus, sondern er glaubt Jesus. Verstehst du den kleinen Unterschied?«

»Nein, nicht wirklich.«

»Es geht darum, dass Jesus wirklich lebt und man ihm glauben kann, was er sagt. Beim Christsein geht es nämlich nicht darum, einem religiösen System quasi zuzustimmen. Vorher waren mir Glauben und Kirche ziemlich wurscht. Bei uns in

Franken ist man traditionell evangelisch, meine Familie schon seit der Reformation. Man ist getauft, konfirmiert, geht vielleicht mal in die Kirche – aber das heißt nicht unbedingt, dass man wirklich an Gott glaubt. Jedenfalls war das bei mir so. Aber dann wollte ich unbedingt wissen, was Jan so viel Lebensmut gibt – tja, und seitdem glaube ich Jesus auch. Schwer zu erklären, aber ich weiß jetzt, dass es Gott tatsächlich gibt und man ihm wirklich vertrauen kann. Kurz darauf hat sich in mir nach und nach immer mehr der Wunsch verfestigt, Pfarrer zu werden und anderen Menschen Mut zum Glauben zu machen. So war das.«

Anne lächelte ihn an. »Und du bist ein toller Pfarrer geworden.«

»Meinst du?«

»Ja, du machst die Leute wirklich neugierig. Du bist auch ein bisschen wie dieser Jan.«

Er schluckte.

»Dein Vorgänger hier in Eichberg war ganz anders. Ich kam nicht zurecht mit ihm. Eigentlich niemand im Dorf.«

Martin hatte diesen Kollegen nicht mehr kennengelernt, aber so einige Gerüchte gehört, denen er jedoch bisher keine Bedeutung beigemessen hatte.

»Was war denn das Problem?«

»Die Hölle.«

»Wie – die Hölle?«

»Na ja, irgendwie hatte ich nach dem Gottesdienst immer das Gefühl, ich bin auf dem direkten Weg in die Hölle. Ich konnte mit seinen Predigten nichts anfangen, sie haben mir Angst gemacht. Dann bin ich einfach nicht mehr hingegangen.«

Er nickte verständnisvoll. Sollte er jetzt etwas dazu sagen? Nein, lieber nicht.

»Übrigens – du hast heute richtig gut gepredigt. Jeder hat es kapiert und konnte was Praktisches draus lernen«, fügte Anne hinzu und sah auf ihre Armbanduhr.

»Jetzt muss ich aber leider nach Hause. Es ist schon spät. Vielen Dank für Würstchen und Bier.«

»So einen Abend können wir ja mal wiederholen«, meinte er vorsichtig.

Anne nickte zustimmend. Er hätte sie gerne noch gefragt, was sie persönlich aus der Predigt mitgenommen hatte, aber er traute sich nicht.

Sie standen auf, packten alles in den Korb. Martin goss Wasser über die Kohle, aber die Glut war sowieso schon fast erloschen.

Vor dem Eingangstor auf dem Bürgersteig blieben sie stehen.

»Also dann: bis bald, Anne. War ein schöner Abend.«

Anne hielt seine Hand wieder lange fest und lächelte ihn an. Dann ließ sie los und bevor sie sich zum Auto wandte, fragte sie: »Martin, wenn du deinen Fuß noch hättest, wer würde dann den Jesidinnen im Lager helfen und uns Eichberger neugierig auf Jesus machen?« Sie stieg schnell ein, winkte ihm zu und fuhr dann los.

Langsam ging er zurück ins Haus. Nachdem er die Eingangstür sorgfältig abgeschlossen hatte, stieg er die Treppe hinauf.

Später saß er noch eine ganze Weile auf seinem Bettrand. Die Prothese lehnte in der Zimmerecke. So hatte er es noch nie betrachtet. Was, wenn sein Bein noch komplett wäre? Als Pfarrer in Eichberg würde er dann mit ziemlicher Sicherheit nicht leben. Er kuschelte sich unter die Decke und knipste das Licht aus. Anne war eine kluge Frau. Eine liebenswerte. Definitiv.

7

»JETZT ISS DOCH MAL WAS, Anne! Oder trink wenigstens einen Tee.« Renate hatte bemerkt, dass sie an diesem Tag weder bei der vormittäglichen Brotzeit noch beim gemeinsamen Mittagessen etwas zu sich genommen hatte.

»Ich kann nichts essen. Mir graut es vor heute Abend. Na gut, schenk mir eine Tasse Tee ein.«

»Was macht dir denn so große Sorgen? Die Eltern wollen wissen, wie das mit den Flüchtlingskindern genau ablaufen soll. Das ist doch nichts Schlimmes. Vielleicht möchten sich sogar noch Leute ehrenamtlich einbringen.«

»Hast du am Sonntag Sven Kittel erlebt? Wie er den Pfarrer angemacht hat?«

»Nein, ich war gerade im *Roten Ochsen* die Spülmaschine einräumen. Hab nur davon gehört.«

»Wenn der wieder so ausflippt – damit kann ich nicht umgehen.«

»Du stehst doch nicht alleine da. Ich bin dabei, die anderen Eltern und Lohmann auch.«

»Ich weiß, trotzdem ist mir ganz flau.«

»Weißt du was: Setz dich ins Büro, mach eine Pause und trinke in Ruhe deinen Tee. Wir gehen mit den Kindern schon mal nach draußen. Lass dir Zeit.«

Renate war die beste Kollegin, die man sich wünschen konnte. Anne ging mit ihrer Tasse hinüber ins Büro, ließ sich in ihren Schreibtischstuhl fallen, drehte sich zum Fenster und legte die Füße oben auf den Heizkörper. Schluck für Schluck trank sie den kalten Früchtetee.

Was sollte sie Sven nur entgegnen, wenn er wieder mit seinen Parolen loslegen würde? Ganz davon abgesehen, hatte er mit manchen Bemerkungen recht. Die Flüchtlinge waren eine große finanzielle Bürde für ganz Deutschland. Diese Kinder würden nicht nur eine Bereicherung für Eichberg darstellen, sondern auch eine Belastung für die vorhandene Kita-Gruppe. Wer weiß, vielleicht waren sie traumatisiert? Sie seufzte. Mit so etwas kannte sie sich nicht aus. Martin wusste vielleicht mehr darüber. Martin anrufen? Sie zögerte. Dann kramte sie das Telefonverzeichnis aus der Schreibtischschublade und wählte die Nummer des Pfarrbüros. Er ging nicht ran. Doch dann krachte es im Hörer und der Klingelton wurde heller. Die Rufumleitung war eingeschaltet.

»Pfarrer von Stein, guten Tag.« Gott sei Dank, er meldete sich.

»Hallo, hier ist Anne.«

»Anne? Schön, dass du anrufst.« Das klang wirklich erfreut.

»Martin – ich hab ein Problem. Sven hat für heute Abend eine Elternversammlung organisiert. Es geht um die Flüchtlingskinder.«

»Au weia. Soll ich kommen?«

»Nein, nicht nötig. Lohmann und Renate sind dabei. Aber sag mal: Sind diese Kinder irgendwie … auffällig? Traumatisiert?« Er schwieg. Sie hörte nur sein Atmen. Dann räusperte er sich und sagte langsam: »Um ehrlich zu sein, Anne, was die Kinder erlebt haben, ist nicht spurlos an ihnen vorübergegangen. In wie weit sie das schon verarbeiten konnten oder nicht, kann man nicht genau sagen. Das solltest du gegenüber deinen Kita-Eltern nicht verheimlichen. Aber ein normales Leben in einer sicheren, liebevollen Umgebung ist die einzige Chance, dass sie jemals darüber hinwegkommen können.«

»Ich fühle mich der Aufgabe immer weniger gewachsen, je länger ich darüber nachdenke. Ich habe noch nie mit traumatisierten Kindern gearbeitet.«

»Anne, du wirst sehen: Diese Kinder brauchen erst einmal nichts als Zuwendung und Sicherheit. Spielen, lachen, toben und vor nichts Angst haben müssen, weiter nichts. Ich kümmere mich darum, dass sie weiterhin zusätzlich psychologisch betreut werden. Das braucht nicht ihr zu leisten.«

»Okay, das ist beruhigend.«

»Wir haben schon sehr gute Erfahrungen in anderen Kitas gemacht. Du kannst als positives Beispiel die Kita St. Joseph nennen.«

»Die von der Caritas in der Stadt?«

»Genau. Weißt du was? Ich mach dich mit der Leiterin bekannt. Sie gibt euch bestimmt ihre Erfahrungen weiter.«

»Das wäre toll. Jetzt bin ich schon ruhiger.«

»Wie es aussieht, ziehen die beiden Familien Anfang August nach Eichberg, rechtzeitig vor dem Schuljahresbeginn. Bis dahin ist noch genug Zeit, sich gezielt vorzubereiten.«

»Danke, Martin, das hilft mir echt weiter.«

»Sagst du mir, wie das Gespräch ausgegangen ist?«

»Klar. Ich denke, so um acht spätestens bin ich zu Hause. Soll ich dich anrufen oder magst du bei mir vorbeikommen? Ein Glas Wein auf der Gartenterrasse?«

»Ich komme gern zu dir.«

»Du weißt, wo ich wohne?«

»Ja, ich hab Willi schon mal heimgefahren.«

»Also, bis dann – und danke nochmal.«

»Anne, es wird gut gehen. Darf ich für euch beten?«

»Ja, bitte, mach das. Bis dann, tschüss.«

Sie legte den Hörer auf, dann atmete sie laut hörbar aus. Danach ging sie zum Kühlschrank, nahm ihren Tupper mit dem Käsebrot und gesellte sich damit hinaus in den Garten zu den anderen.

»Na, besser?« wollte Renate wissen.

Sie nickte und schluckte herunter. »Ich habe mit dem Pfarrer telefoniert und noch ein paar wichtige Einzelheiten erfahren.«

Renate deutete verschmitzt lächelnd auf das Käsebrot. »Hat einen guten Einfluss auf dich, unser neuer Pfarrer.«

Schon kurz vor halb sechs war die Elternversammlung komplett. Von jedem Kind war ein Elternteil, teilweise sogar beide, anwesend. Sie saßen im Stuhlkreis im großen Spielzimmer. Sven musste sich auf dem Kinderstuhl ziemlich zusammenfalten und wirkte dadurch nur noch halb so gefährlich. Neben ihm saß wesentlich entspannter seine Frau Jutta.

Sven hatte sich zum Wortführer der Eltern gemacht.

»Kann man uns garantieren, dass die Flüchtlingskinder keine traumatischen Tics haben?«

Genau mit dieser Frage hatte Anne gerechnet.

»Nein, das kann niemand. Aber für die psychologische Betreuung – falls so etwas auftreten sollte – ist gesorgt.«

»Für die Asylantenkinder ist gesorgt, aha. Und für unsere Kinder? Wenn zum Beispiel so ein kleiner Iraker mit meinem Sohn Hinrichtung spielt – Kopf ab –, wer hilft dann meinem Kind, das zu verdauen?«

»Wir würden dieses Spiel sofort unterbrechen.«

»Würden Sie, aha. Vorausgesetzt, Sie merken es überhaupt rechtzeitig. Sie haben dann ja nicht mehr dreizehn Kinder, sondern wahrscheinlich zweiundzwanzig zu beaufsichtigen.«

»In den Regelgruppen der Stadt sind es fünfundzwanzig Kinder, manchmal sogar mehr, bei zwei Erzieherinnen«, antwortete ihm diesmal Renate.

Frau Brockelmann meldete sich zu Wort. »Wir hätten dann einen Ausländeranteil von knapp dreißig Prozent. Das ist ganz schön viel, finde ich. Wie wollen Sie sich denn noch ordentlich um unsere Vorschulkinder kümmern? Die fremden Kinder brauchen ja auch noch zusätzlichen Deutschunterricht.«

Anne und Renate stellten den Eltern ihr ausgearbeitetes Konzept vor.

»Wenn wir alle ein wenig zusammenarbeiten, dann müsste es gut klappen«, schloss Renate, »und vielleicht hat ja jemand von Ihnen Lust, ehrenamtlich beim Deutschlernen mitzuwirken?«

»Was?«, explodierte Sven, »wir zahlen hier 'ne Menge Geld und sollen jetzt auch noch kostenlos Leuten Deutsch beibringen, die wir nicht eingeladen haben? Sie sind wohl verrückt geworden.«

Lohmann räusperte sich vernehmlich.

Jutta legte beschwichtigend ihre Hand auf Svens Arm. »Mein Mann will nur sagen, dass die tolle Betreuung, die es hier bisher gibt, durch die fremden Kinder möglicherweise leidet. Und das wäre sehr schade.«

»Gibt es denn keine Möglichkeit, die Aufnahme dieser Kinder abzulehnen? Die hätten es doch in der Stadt viel besser, wo es mehr ihresgleichen gibt.« Diese Idee kam von einem der besten Kunden der Kita. Die Hubrichs hatten vier Kinder.

Anne sah zu Bürgermeister Lohmann. Der seufzte und ergriff dann das Wort. »Nein, so wie es aussieht, gibt es keine Möglichkeit, die Aufnahme zu verweigern.«

Sven sprang auf. »Und wenn wir alle unsere Kinder abmelden?« Die Eltern begannen untereinander zu murmeln. Anne wechselte einen erschrockenen Blick mit Renate.

»Nun, unter der Mindestbelegung wird die Kita geschlossen. Das war schon vor der Sache mit den Flüchtlingen klar«, erläuterte Lohmann trocken, »dann wird auf die freien Plätze im Nachbarort umverteilt.«

»Dort haben sie aber eine Gruppenstärke von mindestens fünfundzwanzig Kindern und Ausländer gibt es auch.« Renate ging zum Angriff über.

Eine andere sehr junge Mutter meldete sich zu Wort: »Also, ich will, dass mein Kind hier im Dorf in die Kita gehen kann, und ich hab nichts gegen die Fremden. Ich würde euch mit dem Deutschunterricht helfen.«

Ihre neben ihr sitzende Freundin nickte zustimmend. «Ich auch.«

»Wie hoch ist die Mindestbelegung, Herr Bürgermeister?«, fragte Sven.

»Unter zehn ist Schluss, Schulkinder nicht mitgerechnet.«

Die Eltern murmelten jetzt nur noch in Grüppchen untereinander. Die öffentliche Diskussion schien vorbei.

»Haben Sie noch Fragen?«, wollte Anne wissen, »Sie können sich jederzeit an uns wenden.«

Doch niemand wollte noch etwas wissen oder sich als Ehrenamtlicher zur Verfügung stellen. Die Leute standen auf und wandten sich zum Ausgang. Zum Schluss blieben noch Lohmann, Renate und Anne im Raum zurück. Renate riss die Fenster zum Lüften auf.

»Ich habe den Pfarrer gleich gewarnt. Mit seiner Aktion macht er sich nicht nur Freunde in Eichberg«, brummte Lohmann, »die Argumente der Eltern kann man nicht einfach so abtun, nicht wahr, Frau Lischka?«

»Nein, kann man nicht. Aber letztlich ist es doch eine Frage der … der … «

»Menschlichkeit«, sprang Renate ein.

»Genau.«

»Nun ja, wenn es an die eigenen Interessen geht, hört bei den meisten Leuten die Menschenfreundlichkeit auf. Schönen Feierabend, meine Damen.« Damit verschwand auch Lohmann durch die Tür.

Sie sahen wortlos durch das geöffnete Fenster zu, wie er in seinen weißen BMW stieg und davonrauschte.

»So ein Mist. Wenn die wirklich ihre Kinder abmelden, dann ist es vorbei mit dem Blaubärschloss«, schimpfte Anne.

»Ach wo, die melden sie nicht ab. Was haben sie denn für bessere Alternativen? Überall gibt es Ausländer und eine viel schlechtere Betreuungsquote als bei uns.« Renate schloss geräuschvoll die Fenster.

»Dein Wort in Gottes Ohr, Renate.« Bei diesem Stichwort fiel ihr Martin ein. Das Gespräch war viel schneller vorbei gewesen, als sie dachte. Nun meldete sich ihr Magen mit einem Riesenhunger. Vielleicht konnte sie sich für den Grillabend revanchieren? Sie ging schnell ins Büro und wählte noch einmal seine Nummer. Martin hatte auch schon früher am Abend Zeit und Spaghetti wäre eines seiner Lieblingsgerichte, beteuerte er.

Ihre Kollegin hatte im Flur auf sie gewartet und das Gespräch mitgehört.

»Du hast wohl noch ein Rendezvous?«, neckte sie Anne.

»Nein, ich koche nur einen Topf Nudeln.«

»Wenn wir hier in der Kita Spaghetti kochen, strahlst du aber nicht aus allen Knopflöchern, so wie jetzt.«

Anne merkte, dass ihr die Röte ins Gesicht stieg.

Sie verabschiedete sich von Renate und trat dann kräftig in die Pedale. Inzwischen schaffte sie den Berg nach Hause, ohne abzusteigen. Sie keuchte zwar wie Opas selbstgebaute Dampflok – aber immerhin.

Martin war pünktlich. Er hatte den blauen VW-Bus direkt neben der Gartentür geparkt.

Jetzt saßen sie in den letzten Strahlen der Abendsonne auf der Terrasse hinter dem Haus und ließen sich die Spaghetti schmecken. Opa Willi hatte heute seinen Eisenbahner-Clubabend. Gut, dass er noch gerne selber Auto fuhr und unabhängig war. Anne verdrängte den Gedanken meistens, was werden würde, wenn Opa mal nicht mehr so konnte. Dann müsste sie sich eben mehr um ihn kümmern, so wie sie es Oma Hilde versprochen hatte.

»Schau mal, das ist für dich.« Martin reichte ihr ein zusammengerolltes Papier mit einer Geschenkband-Schleife. Sie zog die Schleife ab und faltete das Blatt auseinander. Darauf war eine Kinderzeichnung. Bilder ihrer Kita-Kinder sah sie jeden Tag. Doch dieses war anders. Im Hintergrund eine riesige orangefarbene Sonne, davor in der Mitte ein großes blaues Haus mit rosa Fenstern, allerdings ohne das übliche spitze Dach. Rechts neben dem Haus vier Menschen mit braunen Gesichtern und bunten Kleidern, der Größe nach wie Orgelpfeifen sortiert. Am oberen Rand auf der Sonne erkannte sie noch einen winzig kleinen Menschen. Das Bild strotzte vor Farbe, jemand hatte hier alle verfügbaren Filzstifte hemmungslos ausprobiert. Im unteren linken Eck stand in krakeliger Schrift *Leyla.*

»Das hat eines der Kinder gemalt, die nach Eichberg ziehen sollen. Es zeigt ihre Familie.«

»Mutter mit drei Kindern?«

»Ja. Der Vater ist auch drauf.«

»Das Männchen oben auf der Sonne?« Anne ahnte schon, was das bedeutete. Martin nickte.

»Danke, ein wunderschönes Bild. Es leuchtet irgendwie von innen.«

»Als Leyla vor einem halben Jahr hier ankam, waren ihre Zeichnungen blau, braun und schwarz. Nur um Blut darzustellen, hat sie rot genommen.«

»Das Bild hätte ich den Eltern bei der Versammlung heute gerne gezeigt.«

»War es schlimm?«

Anne zögerte. »Gute Frage. So aggressiv wie am Sonntag ging es nicht zu, aber manche Eltern haben große Bedenken, dass wir nicht mehr die gleiche Betreuungsqualität liefern werden. Damit könnten sie recht haben. Aber es wird gewiss nicht schlechter als in einer anderen Kita. Warten wir mal ab, was passiert. Es wird nichts so heiß gegessen, wie es gekocht wird.« Sie beschloss, Martin vorerst nicht mit einer möglichen Schließung der Kita zu beunruhigen.

Er nickte. »Du weißt ja: wenn ihr Unterstützung braucht – Anruf genügt. Wollen wir nicht mal unsere Handynummern austauschen?«

Sie holte ihr Smartphone, das noch in der Arbeitstasche im Hausflur steckte. Kurz darauf waren sie beide über WhatsApp verbunden.

Martin lud sich noch eine zweite Portion Nudeln mit Soße auf den Teller. »Übrigens, es schmeckt total lecker.«

»Das Geheimnis liegt in der Soße«, scherzte sie.

»Grüne Tomaten?«, frotzelte Martin. Er kannte den gleichnamigen Film offensichtlich.

»Rate nochmal.«

»Vielleicht Nüsse?«

»Geröstete gemahlene Mandeln und Safran.«

»Schreibst du mir das Rezept auf?«

»Klar, ist ganz einfach.«

Sie genossen die letzten Bissen schweigend. Es war eine entspannte Stille. Mit Martin konnte man sich also nicht nur gut unterhalten, sondern auch angenehm schweigen.

Inzwischen war es fast dunkel. Grillen zirpten, unten im Talgrund quakten Frösche. Es roch nach frisch gemähter Wiese. Sie zündete die Kerze in der Gartenlaterne an, die mitten auf dem Tisch stand.

Martin sah heute richtig gut aus. Auf Oberlippe und Kinn spross ein dunkler Dreitagebart, die verwegene Locke kringelte sich wieder in seine Stirn. Seine Augen, die sie eigentlich für braun gehalten hatte, waren in Wirklichkeit schiefergrau mit goldenen Sprenkeln um die Iris. Vorhin hatte sie verstohlen seine durchtrainierten gebräunten Arme bewundert. Jetzt hatte er leider wieder ein langärmeliges Hemd über das T-Shirt gezogen.

Plötzlich klingelte sein Smartphone.

»Sorry, ich muss ran. Könnte dienstlich sein.«

Anne nickte ihm zu. Sie stand leise auf und trug die leeren Teller ins Haus. Als sie zurückkam, telefonierte Martin immer noch. Offensichtlich mit einer Frau. Es schien kein Dienstgespräch zu sein, dafür war es viel zu vertraulich. Er redete in seinem putzigen fränkischen Dialekt. Anne verstand nicht alles – nur, dass er diese Frau am Freitag besuchen wollte, um an irgendeiner Party mit wichtigen Leuten teilzunehmen.

«Ja, ja, der Fisch braucht ein Fahrrad. Bitte versteigere mich nicht wieder meistbietend an deine Freundinnen. Bis dann. Ich freu mich auch auf dich.« Mit diesen Worten beendete er das Gespräch und schnaufte tief durch. Dann lächelte er sie an.

»Am Freitag und Samstag habe ich frei, da besuche ich meine alte Heimat.«

»Deine Familie?«, wollte sie wissen.

»Auch. Und Freunde.«

Oder Freundinnen, dachte sie spontan und wunderte sich über den Stich, den ihr diese Vorstellung versetzte.

»Ich bin ab Donnerstag auch weg. In Prag. Alte Bekannte treffen.«

Martin zog begeistert die Augenbrauen nach oben. »Prag? Da würde ich gern mal hin.«

»Ja, tolle Stadt. Und nette Leute. Ich freue mich schon riesig auf das Wiedersehen.« Er musste ja nicht erfahren, dass sie noch nie vorher dort war und es sich eigentlich um Opas mysteriöse Bekannte handelte, von denen sie noch nicht einmal wusste, ob die wirklich nett waren.

Irgendwie kam nun weder ein gutes Gespräch noch ein entspanntes Schweigen mehr in Gang. Martin verabschiedete sich mit der Entschuldigung, er müsse noch eine Predigt vorbereiten. Sie begleitete ihn bis zur Autotür.

»Also, dann danke für das gute Essen und… viel Spaß mit den netten Leuten in Prag.«

»Und dir das Gleiche mit den Freundinnen auf der Party«, rutschte es ihr heraus.

Martin stutzte kurz. »Werd' ich wohl eher nicht haben«, sagte er mit trotzigem Unterton, klappte die Türe zu, winkte kurz und fuhr los, bevor sie noch etwas entgegnen konnte. Wie bitte? Vorhin am Telefon hatte es gewirkt, wie wenn er sich auf diese Feier freuen würde? Bevor Anne jedoch intensiver darüber nachdenken konnte, kam eine Gestalt aus dem Dunkel auf sie zu.

»Meine Güte, Sven, hast du mich erschreckt!«

»Das ist wohl dein Neuer, dieser Pfarrer?«

»Quatsch. Wir haben beruflich miteinander zu tun.«

»Beruflich – dass ich nicht lache. Seit wann stehst du auf Weicheier?«

»Hör auf, Sven. Gute Nacht.« Sie wollte sich umdrehen und zum Haus zurückgehen, doch er hielt sie am Arm fest.

»Warte mal, Anneli. Ich muss dir was sagen.« Sie riss sich los und ging einige Schritte rückwärts zum Haus, ohne Sven aus den Augen zu lassen.

Doch er blieb vor dem Gartentor stehen.

»Wir wollen diese Asylanten in Eichberg nicht. Überleg dir gut, auf welche Seite du dich stellst.«

»Wer ist *wir*?«

»Du willst doch immer noch hier glücklich und in Frieden alt werden, oder?«

»Was soll das denn jetzt?«

»Ich will dich davor warnen, eine große Dummheit zu begehen, weiter nichts. Ich hab dich nämlich immer noch gern.«

Ein Auto kam den Berg herauf. Opa Willi, Gott sei Dank. Sie standen einen Moment im Lichtkegel der Scheinwerfer, bevor Opa in die offene Garage abbog. Sven drehte sich wortlos um und verschwand wieder im Dunkel. Seine Schritte entfernten sich schnell. Ihre Knie zitterten. Opa holte sie an der Haustür ein.

»War das eben nicht der Kittel?«, fragte er, »was wollte der denn von dir – um diese Zeit?«

»Ach, nichts Besonderes. Er kam nur zufällig vorbei.«

»Hmm zufällig«, brummte Opa unwillig, stellte aber keine weiteren Fragen.

Sie wünschte ihm eine gute Nacht und zog sich in ihre Wohnung zurück. Nicht einmal das Reisehandbuch Neuseeland konnte sie ablenken. Was wollte Sven eigentlich genau von ihr? In ihrer Magengrube regte sich ein ungutes Gefühl. Angst? Aber vor wem und vor was?

8

OPA WILLI SCHLOSS SORGFÄLTIG DIE Haustüre ab. Schick sah er aus. Hellbrauner Anzug, weißes Hemd, die guten braunen Halbschuhe. *Budapester* nannte er die. Auch so ein Wort, über das sich Anne schon immer kringeln konnte. Opa war jetzt einundachtzig, aber würde auch gut für siebzig durchgehen. Sie überlegte, ob es an seinem vollen weißen Haarschopf lag, oder an den Lachfältchen rund um seine wachen blauen Augen.

Opa hat noch nie so griesgrämig ausgesehen, wie Lohmann. Nicht mal, als Oma gestorben ist, dachte sie.

Er stieg ein und schnallte sich an.

Anne gab die Zieladresse in das Navigationsgerät ein. Na hoffentlich kannte sich das Ding in der Tschechischen Republik aus.

»Vier Stunden und sieben Minuten Fahrzeit hat das Kästchen ausgerechnet, Opa.«

»Na, Mädel, dann auf in die weite Welt.« Er nickte ihr gutgelaunt zu.

Die ersten dreißig Kilometer bis zur A4 fuhren sie schweigend, nur aus dem Radio plärrte eine Mischung aus Werbung, Nachrichten und Musik. Als sie eine kurze Strecke auf der

Autobahn zurückgelegt hatten, schaltete Opa Willi das Radio aus und räusperte sich.

»Ich habe dir doch versprochen, genauer zu erzählen, was das mit unserer Pragfahrt auf sich hat. Ich hätte schon viel früher darüber geredet, aber Hilde war strikt dagegen. Du weißt ja selbst, wie sie sein konnte. Sie hat immer ihren Kopf durchgesetzt. Wenn ich ihr als junger Mann damals nicht geschworen hätte, über meine wahre Herkunft zu schweigen, wäre sie nicht meine Frau geworden.«

Das klang jetzt wirklich mysteriös. Ihre Oma hatte gerne die Strippen in der Familie gezogen – klar –, aber meistens auf eine liebenswerte Art. So war es ihr jedenfalls immer vorgekommen. Was würde Opa da gleich für eine Story aus der Vergangenheit bringen?

»Also, wo soll ich anfangen? Am besten vorne, nicht wahr?

Geboren wurde ich 1935 in Berlin. Damals hieß ich Wilhelm Heisemann. Mein Vater war Karl Heisemann, meine Mutter hieß Erna. Außerdem hatte ich eine kleine Schwester. Grete.«

»Dann sind die Lischkas gar nicht deine Eltern?«, unterbrach sie ihn fassungslos. Das war wirklich ein Hammer!

»Doch, sie haben mich adoptiert, als ich zwölf war. Mein leiblicher Vater war ein SS-Offizier. Ab 1943 lebten wir in Prag. Wir wohnten damals in einem schönen Bürgerhaus in der Altstadt. Ich erinnere mich noch ganz vage daran. Bei Kriegsende im Mai 1945 kam meine ganze Familie zu Tode. Ich wurde erst in ein Prager Internierungslager und später dann in die Theresienstädter Festung gesteckt. Die Besichtigung von Theresienstadt ist übrigens ein Punkt in deinem Begleiter-Programm.«

»Ich dachte immer, das war ein KZ für Juden? Dort haben sie dich eingesperrt? Ein deutsches Kind? Wahnsinn!«

»Ja, die Tschechen, nach Kriegsende. In der Festung waren nicht nur Kinder, auch Erwachsene. Wir hungerten. Die Älteren mussten für die Tschechen schuften. Wer krank wurde, hatte Pech. Einige starben an Typhus, glaube ich. Ich erinnere mich nur noch düster. Eines Tages kam ein Tscheche in Zivil und nahm uns Kinder mit. Er hieß Herr Pitter, aber wir Kinder durften ihn Onkel Přemysl nennen. Er brachte uns in ein Schloss in der Nähe von Prag. Kamnitz, hieß es. Das hatte er mit seinen Leuten im Auftrag des Sozialministeriums als Erholungsheim hergerichtet. Eigentlich für die jüdischen Kinder, die das KZ überlebt hatten. Wir waren im Schloss anfangs mit ihnen zusammen. Dort gab es weiche Betten und gutes Essen. Besonders an die Butterbrote erinnere ich mich.« Er lachte auf. »Vielleicht esse ich deswegen noch heute so gerne frisches Butterbrot. Onkel Přemysl hat mir damals das Leben gerettet. Nicht nur körperlich, vor allem … hier.« Er deutete auf seine Brust und schaute dann aus dem Seitenfenster. Sie war sprachlos.

»Mädel, es bedeutet mir viel, auf dieses Treffen zu fahren. Ich werde liebe Freunde aus Israel noch einmal wiedersehen, bevor ich sterbe. Danke, dass du mich chauffierst.« Seine Stimme klang belegt.

»Ist doch selbstverständlich, Opi. Aber sag mal, wie bist du dann von Prag nach Deutschland zu den Lischkas gekommen?«

»Onkel Přemysl, Tante Olga und ihre Mitarbeiter haben nach den Angehörigen der Kinder gesucht. Bei mir hat es lange gedauert, bis rauskam, dass ich wirklich nirgendwo hinkonnte. Dann haben sie mich an das Ehepaar Lischka vermittelt. Ich bin mit ihnen zusammen aus der CSSR ausgewiesen worden. Onkel Přemysl kannte meine Adoptiveltern. Er wusste mich bei ihnen in guten Händen. Aber über die ganze Sache wirst du in den nächsten Tagen sowieso mehr erfahren. Eines nach dem anderen.«

»Und warum wollte Oma Hilde unbedingt, dass niemand etwas davon erfährt? Das verstehe ich, ehrlich gesagt, nicht.«

Er schwieg einige Sekunden lang.

»Weißt du, in der Zeit nach dem Krieg hat man es nicht an die große Glocke gehängt, wenn man vorher ein Nazi war.«

»Aber waren das nicht die meisten Deutschen?«

»Hildes Eltern jedenfalls nicht. Ihr Vater war in der KPD. Den hatten sie nach Buchenwald ins Lager gesteckt. Wenn er über meine leiblichen Eltern Bescheid gewusst hätte … er hasste alles abgrundtief, was irgendwie mit dem Nationalsozialismus zu tun hatte. Hilde wollte wegen mir keinen Bruch mit ihrem Elternhaus. Deshalb sollte ich unbedingt schweigen.«

»Du warst doch noch ein kleiner Junge damals im Krieg. Kann man denn schon als Kind ein Nazi sein?«

Sie kamen gerade an ein Autobahnkreuz. Vor ihnen fächerten sich mehrere Spuren auf. Zu dumm, sie hatte nicht auf die Schilder geachtet. Die Navi-Stimme gab wieder kryptische Befehle: »Ausfahrt vor Ihnen. Halten Sie sich links.« Welches links? Da waren drei Spuren zur Auswahl. Außerdem – befanden sich Ausfahrten nicht rechts? Auf dieser Fahrbahn ging es nach Nürnberg. Falsche Richtung. »Bleiben Sie links.«

»Ist ja gut«, murmelte Anne und ordnete sich in die LKW-Schlange neben ihr ein.

»Praha, wir sind richtig.« Opa Willi hatte das blaue Schild zuerst entdeckt.

»Ob man als Kind schon ein Nazi sein konnte?«, nahm er den Faden wieder auf, »unsere Eltern haben mich und meine Schwester von klein auf so erzogen. Disziplin, Abhärtung, Treue zu Führer und Vaterland. Deutsche Rasse – Herrenrasse. Ja, ich war ein kleiner Nazi. Ich kannte nichts anderes. Bis 1945. Dann ging alles kaputt. Um mich herum und da drin.« Er zeigte wieder auf seine Brust.

»Ohne Onkel Přemysl und die Lischkas wäre ich kaputt geblieben.« Er sah wieder aus dem Seitenfenster, holte dann sein großes kariertes Stofftaschentuch aus der Hosentasche und schnäuzte sich.

Sie spürte – jetzt war nicht der richtige Zeitpunkt, ihn weiter über diesen »Onkel Pschemisl« auszufragen; die Geschichte würde vermutlich häppchenweise ans Licht kommen. Mit so etwas hatte sie nicht gerechnet, der Ausflug nach Prag fing wirklich spannend an.

Das Navigationsgerät schickte sie tatsächlich problemlos quer durch Prag in die richtige Straße. Ihr Hotel lag in einer ruhigen Gegend. Ein renoviertes mehrstöckiges Stadthaus mit zwei großen Blumenkübeln vor dem Eingang. Opa wurde im ersten Stock untergebracht, ihr Einzelzimmer befand sich ganz oben unter dem Dach. Das Fenster in der Gaube war bodentief. Sie zog die Vorhänge zurück. Wie schön, ein kleiner Balkon. Ein Korbsessel fand gerade so Platz darauf. Sie trat hinaus und setzte sich. Seitlich, an den gegenüberliegenden Dächern vorbei konnte sie die Moldau sehen. Ob das die Karlsbrücke war? Sie kniff die Augen zusammen. Es liefen nur Fußgänger auf der Brücke. Ja, das war sie tatsächlich – die berühmteste Brücke von Prag.

Bis zum offiziellen Beginn des Treffens um achtzehn Uhr hatte sie noch über eine Stunde Zeit. Sie erfrischte sich unter der Dusche, kuschelte sich dann in Unterwäsche ins Bett und stellte den Timer ihres Smartphones. Zeit für ein Nickerchen.

Kurz vor sechs klopfte sie, wie verabredet, bei Opa Willi. Zusammen gingen sie die mit dunkelrotem Teppich ausgelegten Stufen ins Erdgeschoss hinunter und folgten dem goldenen Hinweisschild *Na Konference.*

Im Flur vor dem Konferenzraum an einem Bistrotisch stand eine Frau und begrüßte die Gäste. *Was für eine tolle rotbraune Lockenmähne*, dachte Anne. Die Dame lächelte sie freundlich an. Ihr Gesicht war von Sommersprossen übersät, Anne schätzte sie etwa zehn Jahre älter.

»Guten Tag, ich bin Wilhelm Lischka und das ist meine Enkelin Anne.« Opa machte dazu eine kleine Verbeugung. Er konnte ja ein richtiger Gentleman sein.

»Herzlich willkommen in Prag. Ich bin Jael Winterstejn-Vesela vom *Verein für kulturelle Begegnung Cafe Setkání.* Nennen sie mich einfach Jael. Hatten Sie eine gute Fahrt? Ist alles okay mit der Unterbringung?«

»Alles bestens, nicht wahr, Mädel?«

Anne nickte. »Ich glaube, ich habe das schönste Zimmer im ganzen Hotel. Ich kann vom Balkon aus die Karlsbrücke sehen.«

Jael nickte. »Morgen werden wir miteinander drüber spazieren. Schauen Sie, Herr Lischka, das ist Ihr Namensschild und hier Ihres, Anne. Auf den Tischen stehen ebenfalls Kärtchen. Sie sitzen an dem linken zusammen mit anderen Kindern aus Kamenice.« Sie lachte. »Entschuldigen Sie, natürlich sind Sie jetzt keine Kinder mehr. Wenn Sie eine Frage haben oder wir etwas für Sie tun können: Alle vom Team tragen rote Namensschilder.« Jael tippte auf den Anstecker, der auf ihrem dunkelblauen Kleid deutlich zu sehen war.

»Wissen Sie, ob Ruth Steckelmann auch hier ist?«, fragte Opa Willi.

»Warten Sie, ich schaue auf meine Liste. Ja, Ruth ist schon da. Also, dann viel Wiedersehensfreude und bis nachher.«

Sie machten Platz für die nächsten Gäste und stellten sich an die Seite, um die Namensschilder anzuheften. Opa Willi pfriemelte nervös damit herum.

»Mädel, ich krieg das nicht hin. Bin ein wenig zittrig.«

Sie klemmte die Sicherheitsnadel an die Brusttasche seiner Jacke und richtete das Schildchen gerade. Seine Wangen hatten sich gerötet, er strahlte.

»Ruth ist da«, flüsterte er ihr glücklich zu. Was war denn nur in Opa gefahren?

Jael begrüßte gerade neue Gäste in einer Sprache, die Anne noch nie vorher gehört hatte. Tschechisch klang es nicht.

Dann betraten sie nebeneinander den Saal und sahen sich um. Zwei lange Tafeln waren festlich eingedeckt mit großen silbernen Kerzenleuchtern und herrlichen bunten Blumengestecken. Opa steuerte auf linke Seite zu. Dort saßen schon einige ältere Herrschaften mit ihren Begleitungen. Plötzlich stand eine kleine Frau mit kurzem schwarz-graumelierten Haar auf und kam zögernd auf sie zu. »Willi?«, fragte sie.

Anne sah staunend zu, wie ihr Großvater die fremde Frau erst an beiden Händen fasste, »Ruth, du bist es wirklich«, stammelte und sie dann ganz fest an sich drückte. Unter den geschlossenen Augenlidern der Frau traten Tränen hervor. Endlich ließen sie einander los. Opa zückte sein Stofftaschentuch, um sich die Augenwinkel zu wischen. Ruth fasste ihn wieder an der Hand.

»Komm, Pepi ist auch da.« Sie zog ihn an den Tisch, wo die freudige Begrüßungswelle weiterging. Anne las die Tischkärtchen, bis sie ihren Platz gefunden hatte, und nahm Platz.

Gegenüber saß schon ein junger Mann. Er lächelte.

»We will be totally forgotten for the next days. They are so happy.« Ja, die alten Herrschaften waren ganz außer sich vor Wiedersehensfreude.

»Yes, I think so«, antwortete sie. Endlich konnte sie ihre Englischkenntnisse aus dem samstäglichen Konversationskurs mal im echten Leben ausprobieren.

»Ich bin David Steckelmann aus Jerusalem. Das ist meine Großmutter.« Er deutete auf Ruth.

»Und der Mann neben ihr ist mein Opa. Ich heiße Anne Lischka.«

»Ihr seid aus Deutschland? Woher genau?«

Anne versuchte ihm zu erklären, wo ihr Heimatort lag.

»Es ist ziemlich genau in der Mitte.«

David hob bedauernd die Achseln.

»Leider kenne ich bisher nur Berlin.«

»Ich war auch noch nie in Jerusalem.«

»Die schönste Stadt der Welt. Da hast du was verpasst.«

»Machst du das Begleiter-Programm mit?«, fragte Anne.

»Na klar. Ich bin schon gespannt darauf, alle Orte mit eigenen Augen zu sehen, von denen mir Großmutter erzählt hat. Und du?«

»Ich auch.«

Genaugenommen hatte Opa ja noch gar nicht viel erzählt. Vielleicht besser, wenn sie sich das nicht so deutlich anmerken ließ.

Jael mit den rotbraunen Locken, die sie begrüßt hatte, kam zusammen mit zwei Männern und einer anderen Frau in den Saal. Alle trugen das rote Namensschild der Verantwortlichen.

Sie gingen nach vorne zum Mikrophon, das zwischen den Tafelreihen aufgestellt war, und hießen noch einmal alle willkommen. Einer der Männer auf Tschechisch, der andere in dieser dritten fremden Sprache, die David ganz offensichtlich verstand. Jael machte den Schluss: »Nach dem Essen zeigen wir Ihnen den Film, den Tomáš Škrdlant vor einiger Zeit gedreht hat, mit vielen schönen Erinnerungen an Přemysl Pitter und die Aktion Schlösser. Hier im Raum sehen Sie es auf Tschechisch mit deutschen Untertiteln. Im Saal nebenan zeigen wir ihn auf Ivrit. Aber nun lasst uns miteinander anstoßen.« Alle im Saal standen auf und nahmen ihre Sektgläser, die die Bedienungen in der Zwischenzeit ausgeteilt hatten.

»Auf Přemysl Pitter, Olga Fierz und alle ihre Mitstreiter, ohne deren Liebe und Fürsorge wir heute nicht zusammensitzen würden. Le'Chaim, na zdraví, zum Wohl.«

Danach gab es ein leckeres Abendessen. Eine lebhafte Unterhaltung war im Gange, Sprachprobleme gab es keine. Immer konnte jemand dolmetschen, wenn man sich nicht sowieso schon verstand. Ruth und Opa Willi scherzten und erzählten leise miteinander. Anne spürte zwischen beiden eine ganz besondere Verbundenheit, die sie sich nicht erklären konnte. Ging es David genauso? Er zwinkerte zu ihr herüber. »Wie ich schon sagte: Die beiden werden sich erst kurz vor der Heimfahrt wieder an uns erinnern.«

Anne lachte. »Gut, dass wir unser Extraprogramm haben.«

Sie hatte sich inzwischen im Saal umgeschaut und festgestellt, dass sie und David die jüngsten Personen in der Gruppe waren. Alle anderen Begleiter waren mindestens eine Generation älter.

Dieser Israeli schien ein netter Kerl zu sein. Ruth hatte voller Stolz erzählt, dass er als Arzt an der berühmtesten Klinik in Jerusalem arbeite.

»In Großmutters Augen bin ich schon fast der Chef«, schmunzelte er dazu und verdrehte die Augen.

Nach dem Essen gingen David und Ruth in den Nebensaal, Anne blieb mit Opa und einigen anderen Gästen sitzen. Der Raum wurde verdunkelt, dann begann die Filmvorführung.

Gut, dass am Ende das Licht nicht sofort wieder eingeschaltet wurde. Man hatte Zeit, sich wieder zu fassen und die Tränen verstohlen abzuwischen. Die Bilder und Lebensgeschichten der geretteten Kinder hatten Anne vollkommen aufgewühlt. Und von alldem hatte Opa Willi nie etwas erzählt, nicht einmal seinem eigenen Sohn! Warum hatte er eigentlich nicht den als Begleitperson mitgenommen? Warum ausgerechnet sie, die Enkelin?

Nach der Filmvorführung war es schon spät. Anne war froh, dass auch alle anderen auf ihre Zimmer wollten. Sie hatte sich schon darauf gefreut, noch eine Weile auf dem schnuckeligen Balkon zu sitzen und Prag bei Nacht zu genießen.

Der Korbsessel knirschte leise, wenn sie sich bewegte. Sie zog ihre Jacke enger um die Schultern. Mit geschlossenen Augen atmete sie die kühle Nachtluft. Die Stadt verströmte ein allgegenwärtiges leises Wummern. Wenn sie zu Hause auf der Terrasse hinter dem Haus saß oder im Sommer bei offenem Fenster schlief, hörte sie nur Stille. Ja, die Eichberger Stille konnte man hören. Sie liebte dieses Fehlen von Zivilisationsgeräuschen, die wenigen Laute der Natur, die den Lauf der Zeit verlangsamten und ein wohliges Gefühl von Frieden und Geborgenheit um ihre Seele legten.

Prags Herzschlag war anders. Geheimnisvoll, ungestüm, hypnotisierend.

Unglaubliche Bilder und Lebensgeschichten waren ihr vor wenigen Minuten auf der Leinwand begegnet. Ein Tscheche und eine Schweizerin, die sich trotz aller Widerstände und Schwierigkeiten um Kinder, egal welcher Nationalität, gekümmert hatten, die sonst verloren gewesen wären. Eines dieser Kinder war ihr Großvater. Hätte er damals nicht überlebt, wäre auch sie nie geboren worden. Das war die logische Konsequenz, oder?

Und diese Leute aus Prag hatten das getan, weil sie es als ihre Lebensaufgabe betrachteten, Kindern zu helfen, die in Not geraten waren.

»Kinder sind immer unschuldig«, hatte Přemysl Pitter gesagt und damit vermutlich die Taten ihrer Eltern oder Landsleute gemeint.

Solche Kinder würden bald nach Eichberg kommen.

Anne wachte auf, als die erste Dämmerung das kleine Hotelzimmer in zarte Grautöne tauchte. Sie kroch aus dem Bett und öffnete die Balkontür. Ein kühler Luftzug schwappte herein, wanderte über ihre Füße an den Beinen entlang nach oben. Puh, war das kalt. Sie würde den Sonnenaufgang lieber nicht im Korbstuhl auf dem Balkon erwarten, sondern hier drinnen unter der kuschelig warmen Decke. Draußen zwitscherte eine Amsel, eine andere antwortete ihr aus der Entfernung. Diese Vögel waren wohl auch hier in der Stadt die Frühaufsteher.

Heute war Freitag. Fischstäbchen-Tag im Blaubärschloss. Wenn sie oder Renate Urlaub hatten, gab es die einfache Version mit Gemüsereis aus der Tiefkühltruhe. Damit hielt sich die Arbeit in Grenzen. Was, wenn die Flüchtlingskinder das Essen ablehnen würden? Vielleicht hatten auch die Jesiden besondere Speisevorschriften, an die man sich halten musste? Das wäre ein echtes Problem.

Gestern hatte sie den ganzen Tag lang nicht an Svens abendlichen Besuch gedacht. Im gleichen Moment, als ihr das seltsame Gespräch wieder in den Sinn kam, breitete sich auch das beklemmende Gefühl in der Magengegend aus. Was konnte im schlimmsten Fall passieren? Die Schließung der Kita, falls die Eltern wirklich mehrheitlich ihre Kinder abmelden würden.

Ich muss mir eine neue Stelle suchen, na und? Es gibt wirklich Schlimmeres im Leben, schalt sie sich.

Krebs bekommen, ein Autounfall, wenn das Haus abbrannte oder… sie erschrak im ersten Moment über diesen Gedanken. Er hatte sich wie selbstverständlich an die anderen Katastrophen gereiht. Ja, es wäre schlimm, wenn sich Martin heute Abend auf der Party in eine andere Frau verlieben würde.

Meine Güte, sie war auf dem besten Wege, sich in den Pfarrer zu vergucken! Immerhin – wenn sie an ihn dachte, wich das mulmige Gefühl einer wohligen Wärme in der Magengegend. Eindeutig schöner.

Nach dem Frühstück ging es mit einem Bus nach Theresienstadt. Opa Willi hatte abgewinkt. »Ich kenne die Festung schon in- und auswendig, das muss ich mir nicht noch einmal anschauen.« Er wollte mit Ruth und ein paar anderen einen Spaziergang an der Moldau machen.

Während der Fahrt plauderten alle angeregt. Anne saß wieder mit David zusammen. Sie hatte sich einen typischen Juden immer ganz anders vorgestellt. Dieser Israeli sah eher wie ein Skandinavier aus mit seinen rotblonden kurzen Haaren und den blauen Augen. Er trug Cargohosen, Trekkingschuhe und T-Shirt, war ein wenig mollig und wirkte mit seiner Brille wie ein großer kluger Junge.

Während der Führung durch die Gedenkstätten wurde die Gruppe immer stiller. Davids Vorfahren waren von hier aus nach Riga in den Tod geschickt worden.

Auf dem großen Friedhofsgelände zog er ein kleines Käppchen aus der Hosentasche und setzte es auf. Er wirkte tief betroffen. Anne spürte einen dicken Kloß im Hals. Sie hätte gerne etwas Tröstendes zu ihm gesagt. Aber was? Das hier Geschehene konnten Worte nicht wieder gut machen. Niemals. Sie griff vorsichtig nach seinem Arm und drückte ihn mitfühlend. David nickte ihr zu. In seinen Augen standen Tränen.

Anschießend besichtigten sie die Kleine Festung. Dort gab es einen düsteren Gewölberaum voller Stockbetten. Er wirkte, wie wenn ihn die Gefangenen erst vor kurzer Zeit verlassen hätten und gleich wieder zurückkehren würden.

»Hier haben die Tschechen meinen Opa eingesperrt«, flüsterte sie David zu, »er war damals noch ein Kind.« Diesmal drückte der Israeli tröstend ihren Arm. Gut, dass sie immer Papiertaschentücher im Rucksack hatte. Warum berührte sie das alles nur so sehr? Damit hatte sie nicht gerechnet.

Am Ende der Besichtigungstour standen sie im Freien und warteten auf den Bus. Die Sonne schien vom blauen Himmel, Vögel zwitscherten und Insekten schwirrten durch die Luft. Ein herrlicher Frühsommertag voller Leben. Was für ein Kontrast! Jael legte einen Arm um Annes Schultern. »Geht's?«, fragte sie leise.

»Hier müsste immer ein kalter nebliger Novembertag mit Dauerregen sein. Das passt irgendwie nicht zusammen.« Anne deutete nach oben.

»Ich weiß, was du meinst. Mir ging es ähnlich, als ich das erste Mal in Terezin war.«

»Hatten die Nazis auch Angehörige von dir im Ghetto eingesperrt?«

Sie nickte. »Meine Großeltern.«

»Wie hältst du es dann aus, immer wieder nach Terezin zu kommen?«

Jael deutete ebenfalls nach oben. »Weißt du, die Sonne passt schon ganz gut hierher. Das Leben geht weiter. Auf Regen folgt Sonnenschein.«

Der Bus fuhr vor, sie stiegen wieder ein. Eine Mittagspause im benachbarten Litoměřice – oder Leitmeritz, wie es in ihrem Reiseführer hieß –, danach ging es wieder zurück in die tschechische Hauptstadt.

Kurz vor Prag, mit dem Magen voll Knödeln, Braten und Bier war die trübe Stimmung aus Theresienstadt, Gott sei Dank, weitgehend verschwunden. Anne hatte gewagt, David zu fragen, ob er denn die Deutschen nicht dafür hassen würde, was sie den Juden im Allgemeinen und seiner Familie im Besonderen angetan hatten.

»Ich hasse keine Menschen. Aber ich hasse Gewalt. Jeden Tag in der Klinik treffe ich ihre Opfer: unsere Soldaten, unschuldige Zivilisten – egal, ob Juden oder Araber. Nein, ich habe keine schlechten Gefühle gegen Deutsche. Gegen dich schon gleich gar nicht.« Er lächelte sie dabei herzlich an.

Sie entdeckten die Altstadt von Prag zu Fuß und mit der Straßenbahn. Erst ging es zum Wenzelsplatz und zum Altstädter Ring, dann durch Gässlein zum jüdischen Viertel. Danach spazierten sie endlich über die Karlsbrücke, wie Jael es versprochen hatte, um Burgviertel und Dom zu besichtigen. Zurück zum Hotel saßen sie wieder in der Straßenbahn.

»Mein Kopf ist so voll«, stöhnte David.

»Und meine Füße tun weh«, ergänzte Anne. Niemand wollte an diesem Abend noch ins Schwarzlichttheater. Alle Älteren entschieden sich, nach dem Abendessen nur noch ein wenig zusammenzusitzen und früh schlafen zu gehen.

»Und ihr beide? Habt ihr schon etwas vor?«, fragte Jael.

David zuckte unschlüssig mit den Schultern.

»Bei uns im *Cafe Setkání* findet heute Abend ein kleines Konzert statt. Wir haben eine Klezmer-Band aus Krakau zu Gast. Habt ihr Lust? Es ist nur fünf Minuten von hier zu Fuß, einfach die Straße runter.« Jael blickte erwartungsvoll zwischen ihnen hin und her. David sagte sofort zu. Ja, Anne hatte auch Lust auf jüdische Musik aus Krakau – so eine Gelegenheit gab es zu Hause in Eichberg nicht.

Nach dem Abendessen war noch genug Zeit, sich ein wenig auszuruhen und frisch zu machen. Sie zog ihr schickes Hosenkleid an. Ivi hatte nicht nachgelassen, bis sie die exklusive Berliner Boutique mit der kornblumenblauen Seidentunika und den dazugehörenden schmalen Hosen in der Tüte verließen. Bisher hatte sie es erst einmal getragen. Zu Ivis Hochzeit, der glamourösesten Veranstaltung in Eichberg seit Jahren. Anne bekam plötzlich Lust, sich aufwändiger als sonst zu schminken. Der Kajalstrich gelang ihr sogar auf Anhieb. Zum Schluss bürstete sie ihre Haare über den Kopf, zupfte sie dann zurecht und sprühte ein wenig Glanzspray darüber.

Sie staunte über ihr Spiegelbild. Das war weder eine biedere Sophie Scholl noch die praktisch bezopfte Anneli.

David wartete schon unten in der Lobby. »Wow!«, staunte er, verbeugte sich dann grinsend und bot ihr seinen Arm an. Sie hängte sich bei ihm ein, dann spazierten sie gutgelaunt die Straße hinunter. Auch er hatte sich in Schale geworfen. Schwarze Jeans, weißes Hemd. Auf dem Kopf trug er seine schwarz-weiß gemusterte Kippa.

Das *Cafe* war nicht zu übersehen. Es lag im Erdgeschoss eines lindgrünen dreistöckigen Stadthauses. Aus den geöffneten Fenstern klang Musik.

Auf den Stufen vor der offenen Eingangstür saß ein kleines, etwa sechsjähriges Mädchen. Wilde rotbraune Locken kringelten sich um ihren Kopf. Sie sah Jael bis auf die großen haselnussbraunen Augen verblüffend ähnlich. »Ahoj«, grüßte sie fröhlich und fragte etwas auf Tschechisch.

»Wir verstehen dich leider nicht«, antwortete Anne.

»Seid ihr aus Deutschland?«, wechselte die Kleine in akzentfreies Deutsch über.

»Ich bin Anne aus Deutschland. Das ist David aus Israel. Und wer bist du?«

»Ich bin Tereska von hier.«

Ein Mann kam von innen an den Eingang. »Herein«, rief er und machte eine einladende Armbewegung, »ihr habt Personenkontrolle bestanden.« Sie traten in den hellen Raum, wo schon etliche junge Leute an den Tischen saßen. »Ich bin Radek. Jael, meine Frau, kennt ihr ja schon.«

»Und Tereska ist wohl eure Tochter?«, wollte Anne wissen. »Ja, sieht man irgendwie, oder?«, lachte Radek, »holt euch an der Theke etwas zu trinken, nehmt Platz – fühlt euch wohl. Gleich beginnt das Konzert.«

Anne bestellte sich ein Glas Rotwein, David ließ sich ein frisches Pilsner zapfen. Dann setzten sie sich an einen kleinen runden Tisch rechts vor der Bühne. Die weißen Wände des Raumes waren mit herrlichen bunten Jugendstilmotiven bemalt.

»Le'Chaim.« David prostete ihr zu. Der Wein schmeckte wirklich lecker; irgendwie ganz zart nach Brombeeren. Die Leute fingen an rhythmisch zu klatschen. Drei Männer und eine Frau betraten die kleine Bühne. Die Gruppe fand gerade so Platz auf der Fläche.

Schon die ersten klagenden Töne der Klarinette rutschten an Annes Trommelfell vorbei tiefer in ihren Körper. Zuerst wippten nur ihre Füße im Takt, schließlich hielt es sie genau wie die anderen Konzertbesucher nicht mehr auf dem Stuhl. Alles in ihr war Rhythmus und Melodie, ihre Umgebung nahm sie gar nicht mehr wahr. Als nach über einer Stunde die letzte Zugabe und der lange Applaus verklungen waren, sank sie verausgabt und glücklich wieder zurück auf den Stuhl und trank einen großen Schluck aus ihrem Weinglas. Was für eine Musik!

Alle Gäste wollten jetzt CDs kaufen und Erinnerungsfotos schießen.

Radek knipste auch mit ihrem Smartphone ein Foto zusammen mit der Band und dann noch eines mit David und Jael. David stand in der Mitte und hatte links Jael, rechts sie im Arm.

Anne schickte die beiden Fotos aus einer spontanen Laune heraus kommentarlos per WhatsApp an Ivi. Dann sandte sie das Gleiche an Martin und schrieb dazu *So ist meine Party – wie ist deine?* Sofort nachdem sie den Absendebutton gedrückt hatte, bereute sie es.

Ivis Antwort kam postwendend.

Wer ist der knuffige Typ?

David, Arzt aus Jerusalem

Schnapp ihn dir! ☺

Auch David hatte seinem Freund geschrieben. Er lachte laut auf, als er die Antwort las. Dann beugte er sich näher zu ihr, damit er nicht so laut zu sprechen brauchte. »Ich soll dich unbedingt nach Jerusalem einladen. Er fragt, ob du schon verheiratet bist.«

»Tja, das würde er wohl gerne wissen«, kicherte sie.

»Du trägst keinen Ring«, bemerkte David. Sie sah erst ihre Hände an, dann seine.

»Du auch nicht.«

»Jüdische Männer tragen meistens keinen Ehering. Nur die Frauen. Also, was soll ich meinem Freund jetzt antworten?«

»Sie ist noch zu haben, denn sie hat riesengroße Plattfüße«, schlug Anne augenzwinkernd vor.

»Das ist gut, genau das schreibe ich ihm.« Er schmunzelte vor sich hin, während er den Text eintippte.

Kurz darauf kam die Antwort. David zeigte ihr das Display. Ein junger dunkelhaariger Mann im türkisfarbenen Arztkittel lächelte ihr entgegen, darunter israelische Schriftzeichen. Zuletzt auf Englisch: *Füße kein Problem, bin Chirurg.* Anne grinste amüsiert, trank einen Schluck und meinte dann: »Ich glaube, ich sollte wirklich mal nach Jerusalem fliegen.«

»Das wäre prima. Ich würde dir meine Heimatstadt sehr gerne zeigen.« David sah sie begeistert an.

Ihr Smartphone zwitscherte. Martin hatte tatsächlich geantwortet. Auf dem Foto stand er lässig an einen Tresen gelehnt, eingerahmt von mehreren Frauen. Sehr elegant gekleideten, hübschen Frauen.

Ich bin umzingelt, hol mich hier raus ☺, hatte er es kommentiert.

Gerne – aber wie?, tippte sie zurück.

Als sie von ihrem Smartphone aufschaute, fing sie Davids fragenden Blick auf.

»Dein Freund?«

»Nein, vielleicht, ich weiß nicht«, stammelte sie und zeigte ihm das Foto. David sah es sich intensiv an und schüttelte schließlich den Kopf.

»Er mag diese Frauen nicht.«

»Wie kommst du denn darauf?«

»Ich kenne mich mit Körpersprache aus. Mein Fachgebiet ist Psychiatrie und Psychotherapie.«

»Ach so? Ich dachte irgendwie, du bist auch Chirurg.«

Er lächelte kopfschüttelnd. »Schau, es ist ganz einfach: Der Mann verschränkt die Arme vor der Brust, außerdem hat er das rechte Bein über das linke geschlagen. Das bedeutet Ablehnung. Von diesen Frauen will er garantiert nichts.«

»Das würde zu dem Kommentar passen, den er daruntergeschrieben hat.«

David musterte sie und seufzte.

»Schade, dann braucht sich mein Freund in Jerusalem also keine Hoffnungen zu machen?«

Dieser liebenswerte Kerl! Sie ahnte, wen er mit seiner Frage wirklich meinte.

»Wenn er eine gute Freundschaft sucht, können seine Hoffnungen erfüllt werden. Über alles andere kann ich momentan leider keine Prognosen abgeben.«

David zwinkerte ihr schelmisch zu. »Wusstest du, dass Ehen, die aus einer guten Freundschaft entstehen, viel haltbarer sind, als wenn sie zum Großteil auf erotischer Anziehung basieren?«

»Ich dachte immer, zum Heiraten sollte beides vorhanden sein?«

»Hast du es schon einmal erlebt? Gute Freundschaft und erotische Anziehung – gleichzeitig?«

Sie dachte an Sven. War das damals eine gute Freundschaft?

»Nicht wirklich.«

»Ich glaube, es lohnt sich, darauf zu warten.«

»Und wenn man ewig wartet?«

David zuckte mit den Achseln. »Also, ich lasse mir noch zwei Jahre Zeit. Dann heirate ich einfach eine meiner zahlreichen guten Freundinnen. Mit oder ohne Plattfüße.«

Anne knuffte ihn in die Seite. Es kam ihr vor, als kenne sie David schon ewig. Sie hatten ganz offensichtlich den gleichen Humor.

Das *Cafe* leerte sich nach und nach. Auch sie verabschiedeten sich von Jael und Radek und machten sich auf den Heimweg. Am nächsten Tag lag ein anstrengendes Programm vor ihnen.

Alle Plätze im Bus waren besetzt. Sie verließen Prag an diesem Morgen auf einer mehrspurigen Stadtautobahn an der Moldau entlang. Die Sonne hatte sich hinter einer grauen Wolkenschicht versteckt, aber es war trotzdem angenehm warm. Nach etwa vierzig Minuten Fahrt bogen sie auf eine schmale, holperige Straße ab. Es ging über Hügel und durch Wälder, vorbei an kleinen verschlafenen Dörfern. David, der wieder neben Anne saß, stupste sie in die Seite und zeigte auf eine Gruppe Hühner, die auf dem Gehweg spazieren liefen, der Hahn marschierte mit stolz geschwellter Brust vorneweg.

»Fast wie bei mir zu Hause«, meinte sie, »da trifft man ab und zu auch auf Gänse oder Hühner – mitten im Ort.«

»Ich begegne ihnen am liebsten auf dem Teller, schmackhaft gegrillt.« David klopfte sich auf den Bauch.

Sie blickte gedankenverloren aus dem Fenster. Martin hatte bisher nicht auf ihre Nachricht reagiert. Was er wohl gerade machte?

Das Schloss, zu dem sie fuhren, hieß »Schtirschin«. Natürlich wurde es im Tschechischen ganz anders geschrieben. Mit diesen Häkchen und Strichen über den Buchstaben. Wenigstens konnte man den Namen aussprechen, ohne einen Knoten in der Zunge zu bekommen.

Der Bus hielt vor einer großen Toreinfahrt an. Sie waren schon da. Alle stiegen aus und gingen durch das Tor auf den Platz vor dem Haupteingang von Schloss Štiřín. Anne fielen sofort die leuchtend roten Geranien in den großen Terrakottakübeln und die zu lustigen Kugeln gestutzten Buchsbäume auf, die den Platz säumten. Das barocke Hauptgebäude war in einem warmen Ockerton gestrichen – alles verströmte ein edles mediterranes Flair.

»Wow«, meinte David, »da haben unsere Großeltern nicht schlecht gelebt, oder?«

»Ich glaube, damals war es nicht so pompös, wenn ich an die Filmaufnahmen von Donnerstag denke, aber der Unterschied zu Theresienstadt war bestimmt krass.«

»Stimmt. Von der Hölle in den Himmel, so muss das gewesen sein.« David nahm seine Brille ab und putzte die Gläser mit einem Zipfel seines Hemdes. »Langsam kann ich nachfühlen, warum die Erlebnisse hier das Leben meiner Großmutter dermaßen geprägt haben.«

»Ich habe bis vor ein paar Tagen nichts davon gewusst«, verriet sie leise.

»Was? Er hat nie etwas erzählt?«

»Nein, erst auf der Fahrt nach Prag.«

David wollte noch etwas sagen, aber Jael bat die Gruppe um Ruhe. Sie hatte auch heute wieder zusammen mit einem älteren Herrn die Führung übernommen und deutete auf eine anthrazitfarbene Platte, die an der Hauswand angebracht war.

»Schloss Štiřín ist – wie Sie sehen – wunderbar renoviert und heute ein beliebtes Golf- und Tagungshotel. Diese Tafel erinnert an Přemysl Pitter und den Zweck, den das Gebäude gleich nach dem Krieg hatte. Darauf steht folgender Text geschrieben.« Jael las den tschechischen Text vor. Zwei alte Damen, die direkt vor Anne standen, sahen sich an und nickten zustimmend. Sie hatten es offensichtlich verstanden. Der andere Führer übersetzte in Ivrit. Danach sagte Jael: »Auf Deutsch bedeutet Pitters Zitat so viel wie: *Ohne Liebe, ohne Menschlichkeit, ohne Mitleid kann der Mensch mit dem Mitmenschen nicht bestehen.*

Immerhin ist Onkel Přemysl hier nicht ganz vergessen. Wir werden zu einer kleinen Führung durch das Schloss erwartet. Danach können Sie sich gerne im Park umsehen. Um dreizehn Uhr treffen wir uns im *Cafe Atis*. Das ist das künstlerisch gestaltete neue Haus hinter den ehemaligen Stallungen. Auf dem Rückweg fahren wir dann an Kamnitz und Oleschowitz vorbei. Schloss Kamenice ist derzeit in einem traurigen Zustand. Leider ist das Gelände abgesperrt und wir können nur von Ferne einen Blick darauf werfen. Der ausländische Besitzer der Anlage ist wohl insolvent und so verfällt es langsam. Schloss Olešovice ist heute eine Grundschule.«

Ruth und Opa Willi kamen auf sie zu. Ruth sagte etwas auf Ivrit und sah dabei Anne an.

»Meine Großmutter bittet uns, sie nach der Schlossbesichtigung auf einen Spaziergang durch den Park zu begleiten. Die beiden wollen uns etwas Wichtiges zeigen«, übersetzte David.

Die alten Herrschaften eilten voller Vorfreude in Richtung des Hoteleinganges. David und Anne hielten sich am Ende der Gruppe.

»Wie geht es dir mit dem Ganzen hier, Anne?«, fragte David leise.

»Ich glaube, ich werde alles erst so nach und nach begreifen. Und ich habe natürlich noch viele Fragen an Opa Willi, aber momentan kann ich ihm nicht damit auf die Nerven gehen. Er genießt die Zeit mit Ruth so sehr.«

»Weißt du, warum er euch nichts erzählt hat?«

»Ja, er hatte es seiner Frau versprechen müssen, darüber zu schweigen. Sie ist letztes Jahr gestorben.«

»Meine Großmutter und er haben sich die ganzen Jahre Briefe geschrieben und sogar ab und zu Bilder geschickt.«

»Ich habe nie etwas davon mitbekommen. Meine Eltern bestimmt auch nicht.«

»Bist du ihm böse deswegen?«

Sie stutzte. »Wieso? Sollte ich das?«

»Weil er aus einem wichtigen Lebensabschnitt ein Geheimnis gemacht hat?«

»Nein. Ich habe doch auch meine Geheimnisse, von denen er nichts weiß.«

David nickte, sagte aber nichts dazu.

Dann schlossen sie zu der Gruppe auf und ließen sich durch die eleganten wunderbar renovierten Räume von Schloss Štiřín führen.

»Na, hast du etwas wiedererkannt«, fragte sie ihren Opa, als sie nach der Führung auf der anderen Seite des Gebäudes die Freitreppe hinunter in den Park gingen.

»Es sieht innen anders aus als früher. Ich glaube, etliche Räume haben sie umgebaut. Aber die schönen Kachelöfen waren damals schon da.«

»Dort, der Baum – auch noch genauso.« Ruth wies auf eine dicke Weide, deren untere Äste von Pfählen abgestützt wurden und ein grünes Tor über den Parkweg bildeten. Das war etwas ganz Besonderes, sie bestaunten den uralten verwitterten Stamm.

»Also – gehen wir?«, fragte Ruth. Dann spazierten sie zu viert durch den Park einen Hügel hinunter zu einem kleinen See, der romantisch im Talgrund lag.

»Wenn man am See nach links weitergeht, kommt man an ein paar kleineren Teichen vorbei nach Schloss Kamnitz. Wir sind oft da hin und her gelaufen«, erinnerte sich Opa Willi. »Früher gab es überall bunte Blumenwiesen, nicht solchen schönen grünen Rasen.«

1945 wurde hier ja auch noch nicht Golf gespielt.

Wollten die beiden wohl bis Kamenice laufen? Sie sah auf die Uhr. Es blieb noch eine gute Stunde bis zum Treffen im *Cafe*.

Am Ende des Sees wurde das Tal enger und bewaldeter. Sie gingen einige Minuten an dem Bach entlang, dessen Wasser die Teiche speiste, und gelangten schließlich zu einer kleinen steinernen Brücke. Ruth und Opa Willi blieben stehen und sahen sich fragend an.

»Hier?«

»Ja, war hier«, antwortete Ruth. Sie öffnete ihre Handtasche und holte eine Plastiktüte heraus. Dann nahm sie David ein paar Schritt bei Seite und redete leise auf ihn ein.

Opa Willi räusperte sich. »Also, Mädel, der Grund, wieso wir hergekommen sind, ist folgender: Hier haben wir damals von unseren Familien Abschied genommen, Ruth und ich. Wir waren ja nie auf einer Beerdigung oder konnten ein Grab auf einem Friedhof besuchen. Wir haben für jeden unserer Lieben eine Blume in das Wasser gelegt und zugesehen, wie sie langsam weggetragen wurden. Dabei haben wir – wie soll ich dir das nur erklären?« Opa suchte nach dem richtigen Wort. »Sie ziehen lassen, trifft es vielleicht. Es ist ein besonderer Erinnerungsort für uns. Kannst du das verstehen?«

Sie nickte. Ruth hatte inzwischen den Inhalt der Tüte ausgepackt. Es waren sechs samtrote Rosenknospen ohne Stiele.

»Ihr auch eine?«, fragte sie und hielt ihnen die Blüten hin. David und Anne nahmen sich jeder vorsichtig eine der Blüten. Der Israeli holte aus der Beintasche seiner Trekkinghose die schwarz-weiße Kippa heraus und setzte sie auf. »Ich werde jetzt ein jüdisches Gebet sprechen, den Kaddish«, erklärte er. Opa Willi fügte leise an: »Er betet und dann geben wir die Rosen ins Wasser.«

David räusperte sich und begann das jüdische Gebet zu singen. Immer, wenn er sich leicht verbeugte, sagte Ruth mit ihm zusammen »Amen«. Danach ließ Ruth ihre beiden Rosen ins Wasser fallen, dann Opa Willi, sie und zuletzt David. Die roten Punkte wurden von der Strömung des Baches fortgetragen und waren schließlich nicht mehr zu sehen.

Ohne ein Wort zu sagen, gingen sie den Weg zurück. Ruth hatte sich bei Opa Willi untergehakt, David lief in Gedanken versunken neben Anne her.

Am See zweigte ein Pfad ab, der zu einem kleinen weißen Pavillon am Ufer führte. David nahm Annes Arm und zog sie mit.

»Wir kommen gleich nach«, rief Anne den beiden alten Herrschaften hinterher, die Schritt für Schritt den Hügel erklommen, von dem aus es nur noch ein Katzensprung bis zum *Cafe Atis* war.

Das Seewasser umgab den hölzernen Pavillon an drei Seiten. »Ein schönes Plätzchen«, sagte sie leise. Sie standen nebeneinander und schauten auf das schillernde Wasser. Ein leichter Wind bewegte die Oberfläche ganz sachte, so dass man nicht bis auf den Grund sehen konnte. Schließlich drehte sich David zu ihr und meinte: »Es lässt mir keine Ruhe, dass du diese Geschichte erst seit so kurzer Zeit kennst. Es muss alles ziemlich aufwühlend für dich sein. Selbst mich berührt das hier ungewohnt tief und Großmutter hat mir alles schon vor langer Zeit erzählt.«

Was sollte sie darauf antworten? Opa Willis Worte ließen einen Film vor ihren inneren Augen ablaufen, doch sie wurde nicht in die Handlung hineingezogen. Sicher, es berührte sie, aber nicht so sehr, dass sie die Fassung zu verlieren drohte. Schwer erklärbar, noch dazu auf Englisch. Sie entschied sich mit einer Frage zu antworten, die sie seit dem Besuch in Theresienstadt beschäftigte.

»Ich finde, es ist ein Wunder, dass aus ihnen solch tolle Erwachsene geworden sind. Wie haben sie es nur geschafft, den Tod ihrer Familie und all die schrecklichen Erlebnisse zu verkraften? Was meinst du?«

»Ich glaube, unsere Großeltern konnten den Horror nur überstehen, weil ihnen die Leute in den Schlössern damals auf sehr liebevolle und kompetente Art geholfen haben. Diese Idee mit den Blumen im Bach stammte von einer der Betreuerinnen. Es ist sehr wichtig, sich bewusst von den Toten zu verabschieden. Mit diesem Ritual konnten sie loslassen und selber weiterleben. Verstehst du das?«

Sie überlegte. »Normalerweise helfen einem dabei die Trauerfeier und Besuche am Grab, nicht wahr?«

»Ja, oder auch andere Gesten. Das ist nach Mensch und Kultur verschieden.«

»Und wenn man kein solches Ritual hat? Keine Beerdigung, keinen bewussten Abschied, kein Grab, nichts? Was passiert dann mit einem, David?«

»Das ist auch unterschiedlich, aber die meisten Menschen können den Toten in diesem Fall nicht wirklich loslassen. Ihre Gefühle frieren ein. Das verhindert eine heilsame Trauerzeit, nach der es im Leben wieder leichter und heller wird. Trauern ist wichtig für die seelische Gesundheit. Deshalb gibt es bei allen Menschen auf der Welt eine Bestattungs- und Trauerkultur.«

Sie seufzte. Nein, nicht für alle Fälle gab es das. Nicht einmal in Deutschland.

»Wenn ich dir mal irgendwie helfen kann oder du Fragen hast – ich bin nur eine E-Mail oder einen Anruf entfernt«, bot er ihr an. Ihr wurde es ganz warm ums Herz; sie wusste, das war nicht nur so daher gesagt. »Danke, David. Gut zu wissen.«

Der Israeli sah auf sein Smartphone. »Oh, jetzt müssen wir aber los, sonst verpassen wir noch den Bus.«

Sie eilten den Hügel hinauf und betraten nach wenigen Minuten das Café. Sie waren die letzten, die Zeit reichte nur noch für einen Espresso. Kurz darauf brachen sie auf, wieder zurück nach Prag.

Vorher fuhren sie noch an den beiden anderen Schlössern vorbei. Kamenice machte einen besonders traurigen Eindruck. Die Fenster der Schlosskapelle waren alle zerbrochen. Man konnte von außen Reste der Deckenmalereien im Gewölbe erkennen. Das große rechteckige Schlossgebäude wirkte auf Anne, wie wenn es im nächsten Moment einstürzen würde. Niemand im Bus wollte aussteigen, um näher an den Absperrzaun zu gehen. Die ehemaligen Kinder, die in diesem Haus untergebracht waren, schwiegen alle betroffen.

Dass die Grundschule von Olešovice auch einmal ein Schlösschen war, konnte man höchstens an dem Eingangsportal mit den beiden Säulen erraten. Die Fenster waren vergittert und der beige Putz blätterte an einigen Stellen deutlich ab. Wenigstens war der kleine Park gut in Schuss. Aber mit dem schicken Schlosshotel war das alles nicht zu vergleichen. Auch hier hielten sie sich nicht lange auf.

An diesem Nachmittag stand noch der Besuch im Milíč-Haus auf der Programmliste.

Als sie wieder losgefahren waren, griff Jael zum Bus-Mikrophon.

»Unser nächstes Ziel wird viel erfreulicher. Für alle, die es noch nicht wissen: Das Milíč-Haus wurde 1933 von Přemysl Pitter und seinen Mitstreitern für die Kinder in dem Arbeiterviertel Žižkov gebaut. Und das kam so: Pitter war als ganz junger Mann Soldat im ersten Weltkrieg. Damals gehörte Prag ja noch zur Habsburger Monarchie. Durch die Erlebnisse an der Front erkannte er die Sinnlosigkeit des ganzen Gemetzels und desertierte wiederholt. Jedes Mal wurde er gefasst und entging wie durch ein Wunder der Vollstreckung der Todesstrafe. Dadurch fand er zum Glauben an Gott. Wenn Gott ihn schon so deutlich vor dem Tod bewahrt hatte, dann musste er doch eine besondere Lebensaufgabe für ihn haben, nicht wahr? Davon war er überzeugt. Eines Tages wusste er, was das war: die armen Kinder von Žižkov, heute würden wir Straßenkinder sagen. Pitter sah in den Kindern immer die Zukunft des Volkes. Was für eine Zukunft war von Kindern zu erwarten, die keine Erziehung genossen hatten, deren Bildung vernachlässigt worden war und die weder körperlich noch geistig gesund aufwachsen konnten? Also kümmerten sich er und seine Helfer genau um diese Belange und dafür konnte durch Spenden das Milíč-Haus gebaut werden, ein für damalige Zeiten absolut modernes Gebäude. Es ist übrigens nach Jan Milíč z Kroměříže, deutsch: Johann Militsch von Kremsier, benannt, einem Bußprediger aus dem 14. Jahrhundert, der sich hier in Prag um die Ärmsten der Armen im Rotlichtviertel gekümmert hat. Pitter war sehr beeindruckt von Milíčs Leben, das war ihm immer ein Vorbild. Er hat nie einen Unterschied gemacht, egal woher die Kinder kamen: Tschechen, Deutsche, Juden – alle fanden hier die Möglichkeit, zu spielen, basteln, musizieren und gute Manieren zu lernen. Sogar während der Zeit der deutschen Besatzung und nach dem Krieg, bis letztlich die Kommunisten alles in der Hand hatten und Pitter aus seinem eigenen Lebenswerk verbannten. Heute ist es ein staatlicher Kindergarten. Wir werden die Räume der Kinder anschauen und außerdem ist in Pitters ehemaligem Zimmer noch sein Schreibtisch mit verschiedenen Utensilien und Fotos zu besichtigen.«

»Auf diesen Kindergarten bin ich wirklich gespannt. Mal sehen, wie so etwas hier in der Tschechischen Republik organisiert ist«, meinte Anne zu David.

»Du magst Kinder, nicht wahr?«

»Na klar – sonst sollte man lieber nicht Erzieherin werden, oder?«

»Also bei einigen Erziehern und Lehrern, die ich genossen habe, kam nicht der Eindruck auf, dass sie Kinder besonders mochten«, lachte David.

»Wolltest du eigentlich schon immer Psychiater werden? Oder hat sich dein Berufswunsch erst später entwickelt?«

»Ich interessierte mich schon als Teenager für Medizin. Bei uns in Israel muss man drei Jahre zum Wehrdienst, jedenfalls damals. Ich wollte den Wehrdienst vor dem Studium absolvieren und habe mich nicht zurückstellen lassen. In dieser Zeit begann ich dann, mich näher mit Psychologie zu befassen.«

»Drei Jahre Wehrdienst? Das ist aber lange.«

»Findest du? Inzwischen ist er für die Männer vier Monate verkürzt und für die Frauen vier Monate verlängert worden.«

»Frauen?«

»Klar – unsere Frauen gehen für zwei Jahre und vier Monate zur Armee. Das ist ganz normal.«

»Bei uns gibt es nur noch eine Berufsarmee. Den Wehrdienst haben sie vor ein paar Jahren abgeschafft. Frauen mussten sowieso noch nie welchen leisten.«

»In Israel ist alles ein wenig anders. Wir hatten seit der Staatsgründung schon acht Kriege. Und dazu den Terrorismus. Wir brauchen eine starke, gut ausgebildete Armee. Sonst verschwinden wir über Nacht von der Landkarte.«

Ihr wurde klar, wie wenig Kenntnis über Israel und seine politische Lage sie hatte. Nachdem Jerusalem inzwischen auf der Liste ihrer Wunschreiseziele weit nach oben gerückt war, würde sie sich in Zukunft mehr damit befassen.

»Ich bin jetzt Reservist. Jedes Jahr habe ich einen mehrwöchigen Übungseinsatz und wenn wirklich ein Ernstfall eintritt, bin ich am nächsten Tag an der Front«, meinte David trocken.

Welch ein Hort der Sicherheit und des Friedens Eichberg dagegen doch war!

»Hoffentlich habe ich dir jetzt keine Angst gemacht, nach Israel zu reisen?«

»Nein, nein. Ich habe nur gerade daran gedacht, wie selbstverständlich Frieden und Ruhe für uns in Deutschland sind und wie wenig man dafür dankbar ist.«

Sie zwinkerte ihm zu: »Außerdem – du passt bestimmt gut auf mich auf, wenn ich zu Besuch komme, oder?«

»Darauf kannst du dich verlassen. Ich würde dir mein Land wirklich gerne zeigen.«

David hatte wieder dieses warme Glänzen in den Augen.

»Weißt du was? Bring deinen Opa doch einfach mit.«

Sie lachte. »Opa Willi in einem Flugzeug? Er hat sich in seinem ganzen Leben nicht weiter als dreihundert Kilometer von seinem Wohnort entfernt.« Doch dann stutzte sie. »Möglicherweise hatte das aber mehr mit meiner Oma als mit ihm zu tun.«

»Man ist nie zu alt, um etwas Neues anzufangen. Schau dir die beiden doch nur mal an, wie glücklich sie sind.«

Ja, das war ihr auch schon aufgefallen. Im ersten Moment wollte sie den Gedanken nicht zulassen, er erschien ihr absurd. Aber warum eigentlich? Es gab doch keine Altersgrenze dafür, jemanden lieb zu gewinnen, oder?

»Was hältst du davon, David: Heute beim Abendessen sprechen wir mit ihnen darüber. Vielleicht wird der Abschied morgen dann leichter?«

»Ihrer oder unserer?«, neckte er sie.

»Für jeden von uns, glaube ich.«

Inzwischen näherten sie sich wieder der Prager Innenstadt. Es ging durch Plattenbau-Siedlungen. Die Häuser stammten noch aus den Zeiten des Sozialismus, waren aber zum größten Teil renoviert. Mit bunten Fassaden, Markisen und Blumen auf den Balkonen sahen sogar diese Betonklötze ganz wohnlich aus. Je näher sie der Innenstadt kamen, desto niedriger und älter wurden die Häuser, desto dichter der Verkehr und das Fußgängergewimmel auf den Gehsteigen. Die Autos mussten sich die Fahrbahn jetzt mit der Straßenbahn teilen. Sie fuhren einen Berg hinauf, dann über einen breiten freien Platz. Hier dominierten wieder die nüchternen Betonbauten. Wenigstens gab es dazwischen Grünflächen und Bäume, sonst wäre es ein ziemlich trister Anblick gewesen. Dann bogen sie links in ein kleines Sträßchen ab und hielten kurz darauf an.

Die Leiterin des Kindergartens war eine nette Frau in ihrem Alter. Leider sprach sie weder Deutsch noch Englisch, aber mit Jaels Hilfe konnte Anne ein interessantes Gespräch mit ihr führen. Vieles war ganz ähnlich organisiert wie im Blaubärschloss. Die Plätze in der Kita waren begehrt. Eine Schließung wegen Kindermangel war hier kein Thema.

Später stand sie mit Jael draußen auf dem Hof.

»Und, gefällt dir Prag?«, fragte diese.

»Ja, sehr. Ich würde gerne mal eine längere Zeit hier verbringen. Nicht nur vier Tage.«

»Dann arbeite doch einmal bei einer unserer Jugendbegegnungen mit.«

Hatte Jael das ernst gemeint?

»Im Herbst organisieren wir wieder Begegnungswochen von deutschen, israelischen und tschechischen Jugendlichen. Wir können Hilfe immer gut gebrauchen. Wohnen und Essen ist kostenlos, außerdem gibt es ein Taschengeld und unser Verein bezahlt die Reisekosten.«

»Und du meinst, das wäre etwas für mich? Ich kann doch kein Wort Tschechisch.«

»Aber prima Englisch – und das ist unsere Begegnungssprache. Außerdem glaube ich, dass du menschlich gut zu unserem Team passen würdest.«

»So etwas würde ich wirklich gerne mal machen. Aber im Sommer bekommen wir Flüchtlingskinder in unsere Kita und ich kann nicht so einfach weg.«

»Falls es irgendwann doch eine Möglichkeit gibt, ruf mich einfach an. Das ist ein ernstgemeintes Angebot, Anne.«

Jael lächelte sie herzlich an.

Nach und nach kam die ganze Gruppe wieder vollzählig auf dem Parkplatz vor dem Milíč-Haus zusammen. Der Bus brachte sie zurück zum Hotel.

Der letzte Abend verging viel zu schnell mit dem Besuch in einer typischen Prager Kneipe.

Am nächsten Tag nach dem Frühstück wollte Jael noch mit Opa Willi zusammen eine Tonaufnahme seiner Erinnerungen an Přemysl Pitter für das Archiv machen.

David und Anne unternahmen derweil einen letzten gemeinsamen Spaziergang durch die Gassen der Altstadt.

»Ich freue mich schon auf unser Wiedersehen«, meinte David.

»Nächste Woche schaue ich gleich mal, wie ich das mit Urlaub hinbekomme. Über den Jahreswechsel ist die Kita sowieso geschlossen. Es dürfte kein Problem sein, entweder vor Weihnachten oder im Januar ein paar Tage dranzuhängen.«

»Hoffentlich ist niemand aus eurer Familie beleidigt, wenn ihr an den Weihnachtstagen nicht zu Hause seid.«

»Meine Eltern? Nein, das glaube ich nicht.«

David sah sie fragend an.

»Ich habe keinen besonders engen Kontakt zu meinen Eltern. Sie wohnen weit entfernt, an der holländischen Grenze. Schon lange.«

»Meine Eltern wohnen zwar nur in einem anderen Stadtviertel von Jerusalem, aber ich sehe sie auch nicht oft. Sie sind sehr beschäftigt.«

Meine auch, dachte sie, *und zwar vor allem mit sich selbst.*

David seufzte. »In den Familien der Holocaust-Überlebenden und ihrer Kinder herrscht oft eine Kultur von Distanz und Schweigen.«

Sie dachte nach.

»Vielleicht ist das in unserer Familie ähnlich. Mein Urgroßvater war auch im KZ. Er war Kommunist.« *Und mein anderer ein Obernazi, bizarre Mischung*, dachte sie.

David seufzte wieder. »Es ist die Aufgabe der Enkelgeneration, dieses Schweigen aufzubrechen.«

»Unsere Aufgabe?«

»Darüber können wir uns ja mal ausführlich unterhalten, wenn du in Jerusalem bist. Natürlich nur, wenn du es möchtest.«

Im Moment war das so ziemlich das Letzte, was sie wollte: irgendwelche Aufarbeitungen mit ihren Eltern, nein danke.

Sie wechselte das Thema.

»Und ihr fahrt heute noch an Ruths Geburtsort?«

»Ja, sie bringen uns nachher einen Mietwagen zum Hotel und dann geht es nach Boskovice. Großmutter hat zwar keinerlei Erinnerungen mehr an die Stadt, aber wollte trotzdem mal hin. Sah im Internet eigentlich ganz schön aus dort.«

»Schreib mir, wie es war, okay?«

»Na klar schreib ich dir.«

Der Abschied fiel allen nicht leicht. Besonders Willi und Ruth hielten sich lange im Arm. Auch David hatte Anne kurz und fest an sich gedrückt.

9

IHR KAMEN DIE VIER TAGE in Prag wie eine lange Zeit vor. Eichberg, ihre Arbeit – alles schien so weit weg.

Doch mit jedem Kilometer, der sie ihrer Heimat näherbrachte, drängte der Alltag zurück in ihr Bewusstsein.

Die lange Fahrt bot endlich die Gelegenheit, Opa Willi ein paar Fragen zu stellen.

»Sag mal, Opa, warum hast du eigentlich ausgerechnet mich mitgenommen und nicht meine Eltern?«

Der alte Herr sah sie überrascht an. »Darauf wäre ich gar nicht gekommen, deine Eltern mitzunehmen.«

»Sollten sie nicht auch über deine Lebensgeschichte Bescheid wissen?«

»Ich habe nach Hildes Beerdigung versucht, mit deinem Vater darüber zu reden. Er hat sich überhaupt nicht dafür interessiert.«

»Wie – nicht interessiert?«

»Er meinte ziemlich ungehalten, ich solle die alten Kamellen aus dem Krieg lieber nicht aufwärmen.«

Sie war sprachlos.

»Weißt du, Mädel, Jael hat mir Kopien der Tonaufnahmen mitgegeben, die sie mit mir gemacht hat. Die können sie sich irgendwann anhören, wenn ich gestorben bin. Oder vorher. Oder auch nie.«

»Ich würde sie gerne hören.«

»Du wirst dabei noch ein paar Details erfahren, auch schlimme. Die Aufnahme ist auf so einem metallenen Stecker drauf, den gebe ich dir zu Hause.«

Opa meinte offensichtlich einen USB-Stick.

»Jetzt muss ich dich aber ebenfalls mal was fragen, Mädel. Hat Hilde dir vor ihrem Tod auch ein ungutes Versprechen abgerungen?«

Woher wusste er davon? Sie zögerte einen Moment.

»Sie hat mich gebeten, für dich zu sorgen, wenn du nicht mehr kannst.«

Das war nicht ganz korrekt. Oma Hilde hatte sie nicht gebeten, sondern ihr eine Art Schwur abgenommen, Opa auf keinen Fall im Stich zu lassen.

»Es ist Aufgabe deiner Eltern, sich um mich zu kümmern, wenn es überhaupt mal so weit kommt. Nicht deine.«

Sie schwieg. Dann musste Opa ernsthaft damit rechnen, in ein Pflegeheim gesteckt zu werden.

Er sprach aus, was sie dachte. »Wenn ich merke, dass ich nicht mehr zurechtkomme, gehe ich freiwillig ins Feierabendheim.«

»Und deine Gartenbahn?«, fragte sie hilflos.

Er lachte. »Meine letzte Reise werde ich ohne Gartenbahn antreten müssen. Ich bin ja auch ohne in diese Welt gekommen.«

»Du hast dir schon alles überlegt?«

»In meinem Alter sollte man sein Haus bestellt haben. Ich bin froh, dass wir beide endlich mal darüber reden können.

Also, Mädel, was immer du Hilde versprochen hast: Es gilt hiermit nicht mehr. Du bist jung, du musst frei sein, um dein Leben zu leben!«

Sie fuhren wieder einige Kilometer, ohne zu reden. Opas Worte hatten ihr gutgetan, eine große Last fing an, von ihren Schultern zu gleiten.

»David sagt, du und Ruth, ihr hättet euch Briefe geschrieben?«

»Das stimmt.«

»Oma Hilde wusste das?«

»Natürlich. Ich habe sie die Briefe immer lesen lassen. Eifersucht ist ein schlechter Ehebegleiter.«

Opa seufzte.

»Ich freue mich schon darauf, Ruth an Weihnachten wiederzusehen. Hoffentlich gönnt der Herrgott uns beiden noch ein bisschen Zeit miteinander.«

»Eher bekomme ich leider nicht frei – die Kita, Renates Urlaub, die irakischen Kinder.«

»Ich weiß. Seit das mit den Flüchtlingen letztes Jahr so richtig losging, muss ich oft an Onkel Přemysl und meinen Aufenthalt in den Schlössern denken. Viele Tschechen im Dorf hätten uns deutsche Kinder am liebsten wieder ins Lager gesteckt – oder gleich gelyncht. Für uns gab es damals wenig Mitleid in der Bevölkerung.«

»Mitgefühl haben manche Deutsche heute auch nicht.«

»Die Tschechen hatten zu der Zeit allerdings mehr Grund, etwas gegen uns Deutsche zu haben, als wir heute gegen die Flüchtlinge.«

»Ich finde toll, dass Martin diese Aktion im Pfarrhaus eingefädelt hat.«

»Ja, er ist ein patenter Kerl.«

Dieser Ausdruck war das höchste Lob, dass ein Mann von Opa Willi bekommen konnte. Sven hatte er noch nie einen »patenten Kerl« genannt.

Doch von Martin war immer noch keine Nachricht eingegangen. Wer weiß, vielleicht funktionierte das Mobilfunk-Netz in Tschechien nicht zuverlässig. Oder er hatte sie schlichtweg vergessen.

Am selben Abend steckte Anne den USB-Stick in ihren Laptop, rief die Datei auf und hielt kurz inne. Was Opa Willi jetzt gleich erzählen würde, war mit Sicherheit starker Tobak. Er hatte es ja schon angedeutet. Außerdem wusste sie seit der Pragreise genug über die Lebensgeschichten der geretteten Kinder, dass wenig Hoffnung bestand, nun eine Friede-Freude-Eierkuchen-Geschichte zu hören. Immerhin hatte Opas Leben eine gute Wendung genommen, das war beruhigend.

Anne setzte den Kopfhörer auf, startete die Audio-Datei und legte sich dann auf ihr Bett. Erst krachte und raschelte es, dann hörte sie Jaels Stimme im Hintergrund. »Es kann losgehen, Herr Lischka.«

»Also, dann will ich meine Geschichte mal erzählen. Heute heiße ich Wilhelm Lischka, als ich geboren wurde, war mein Name Wilhelm Heisemann. Ich kam 1935 in Berlin zur Welt. Meine Eltern hießen Karl und Erna. Meine Schwester Grete war nur ein Jahr jünger als ich. An meine Kindheit in Berlin erinnere ich mich nicht mehr. Anfang der 1940er Jahre wurde mein Vater nach Prag versetzt. Unsere Familie wohnte damals in einer Etagenwohnung in einem schönen Bürgerhaus in der Altstadt. Es steht noch heute, gestern habe ich es gesehen. Der große Treppenaufgang mit dem hölzernen Geländer sieht noch ganz genauso aus. Daran erinnere ich mich, weil ich als Junge gerne auf diesem Geländer heruntergerutscht bin. Meine

Mutter hatte es mir streng verboten, mein Vater lachte nur darüber. Grete wollte natürlich auch rutschen, ich musste sie dazu heraufheben. Dabei ist sie einmal heruntergefallen und hat sich die Knie aufgeschlagen. Da musste ich zur Strafe eine Woche lang jeden Nachmittag in meinem Zimmer verbringen und auf das Mittagessen verzichten, weil ich sie zu solchem Unsinn angestiftet hatte. Grete ist aus Solidarität auch ohne Essen in ihrem Zimmer geblieben. Wir haben damals immer zusammengehalten.

Was mein Vater den ganzen Tag in Prag gemacht hat, weiß ich nicht. Ich erinnere mich nur an seine schwarze Uniform mit den silbernen Abzeichen und den Geruch seiner Zigarillos. Er konnte sehr streng sein, aber manchmal auch lustig. Wir Kinder bekamen ihn nicht jeden Tag zu sehen. Für uns war Mutter zuständig. Und bei ihr gab es kein Pardon, wenn wir etwas ausgefressen hatten. Auch wäre uns nie in den Sinn gekommen, zum Beispiel Bauchweh vorzutäuschen, um nicht in die Schule gehen zu müssen. Im Gegenteil, wir gingen lieber mit echtem Bauchweh in die Schule, denn krank sein war bei Mutter kein Vergnügen. Sie wollte uns zu absoluter Disziplin und Härte gegen uns selbst erziehen. Auch Grete, obwohl sie ein Mädchen war. Unsere Eltern waren überzeugte Nationalsozialisten. Ich erinnere mich nicht, dass jemals etwas gegen Hitler gesagt oder der Endsieg offen in Zweifel gezogen wurde. Nicht einmal im Frühjahr 1945. Wir sind tatsächlich bis zum Schluss in Prag geblieben, obwohl wir sicher auch hätten fliehen können.

Als nächstes erinnere ich mich an diesen Tag im Mai. Mein Vater war nicht zu Hause. Ich dachte, er wäre auf seiner Dienststelle. Draußen auf der Straße wurde geschossen, das weiß ich noch. Deshalb sollten wir von den Fenstern wegbleiben. Auch das nächste Bild habe ich noch ganz deutlich vor Augen. Meine

Mutter hatte nach mir gerufen. Ich ging zu ihr ins Wohnzimmer. Als ich vor ihr stand, sah ich, dass sie eine Pistole in der Hand hatte. Und hinter dem Sessel lag Grete auf dem Boden. In einer großen Blutlache. Mutter hielt mich im Genick fest und setzte mir die Waffe an die Schläfe. Ich wehrte mich mit aller Kraft. Es gelang mir, loszukommen. Dann rannte ich voller Panik los, um meinen Vater zu holen. Sie schrie mir nach, aber ich hörte nicht auf sie. Als ich die Flurtreppe heruntereilte, knallte ein Schuss in unserer Wohnung. Ich bin nicht umgekehrt, sondern auf die Straße gelaufen, um meinen Vater aus der Dienststelle zur Hilfe zu holen. Draußen war ein großes Durcheinander. Dann schnappten mich Männer – es waren Tschechen. Ich weiß nur noch, dass sie mich furchtbar verprügelten. Dann wurde ich erst in ein Internierungslager und von dort aus in die Festung nach Theresienstadt gesteckt, aber das verschwimmt alles in meinen Erinnerungen. In der Festung lebte ich in einer Zelle, mehr wie ein Kellerloch, voller Pritschen. Dort waren noch andere deutsche Jungs. Einige jünger als ich, einige älter. Ich war ziemlich groß und kräftig für mein Alter und musste deshalb jeden Tag mit den älteren Jungs schwer arbeiten. Steine schleppen. Meine Hände waren ganz blutig. Zu essen gab es fast nichts. Wasser und alte Brotkanten. Heute weiß ich, dass es die gleiche Ration war, die auch die Judenkinder vorher von den Deutschen bekommen hatten. Ich hatte große Angst vor den tschechischen Aufsehern. Ich wollte auf keinen Fall noch einmal verprügelt werden.

Eines Tages kamen zwei Leute in Zivil und redeten recht freundlich auf Deutsch zu uns. Sie sagten, sie würden alle Kinder ohne Eltern, die zehn Jahre alt oder jünger wären, mitnehmen. Dann lasen sie eine Liste vor. Mein Name war nicht dabei. Zum Schluss fragten sie, ob außerdem noch jemand da wäre, der in Frage käme. Ich habe mich gemeldet und durfte mitkommen.

Wir hatten allerdings keine Ahnung, was auf uns wartete. Schlechter als die Festung Theresienstadt konnte es wohl kaum sein. Wie genau ich nach Schloss Kamnitz gekommen bin, weiß ich nicht mehr. Von anderen Kindern habe ich gehört, dass wir lange mit einem alten Lastwagen gefahren sind. Nach der Ankunft durften wir zuerst baden, bekamen andere Kleidung, weil unsere gewaschen und entlaust werden musste. Und dann gab es Grießbrei und Butterbrote. Ich weiß noch, wie eine nette junge Frau zu uns sagte: ›Auch morgen wird es wieder gutes Essen geben. Seid vorsichtig, schlagt euch den Magen nicht so voll – der ist nach dem Hunger nichts mehr gewöhnt.‹

Im Schloss gab es schöne weiche Betten mit einer sauberen Decke und einem Kopfkissen. Nach allem, was ich in der Festung erlebt hatte, war es wie im Traum. Am nächsten Tag lernten wir die anderen Kinder kennen, die schon länger auf dem Schloss lebten. Sie waren vorher ebenfalls in Theresienstadt gewesen. Sie hießen zum Beispiel: Pavel, Ruth, Ari oder Esther.

Zum ersten Mal in meinem Leben traf ich jüdische Kinder. Ich war mit den ›Angehörigen einer minderwertigen Rasse‹ zusammengesperrt worden. Etwas in dieser Richtung muss ich wohl geäußert haben. Es entsprach dem, was ich zu Hause gelernt hatte. Daraufhin nahm mich Tante Olga, Frau Fierz, auf die Seite und redete mir ins Gewissen. Ich weiß heute nicht mehr, was sie genau gesagt hat, aber es hat nachhaltigen Eindruck auf mich gemacht. Nie mehr habe ich etwas gegen die Judenkinder gesagt, auch wenn ich zuerst noch meine Bedenken hatte, ob sie uns Deutschen wirklich gleichwertig wären. Ich wollte nicht zurück in die Festung – also hielt ich meinen Mund. Und ziemlich schnell merkte ich, dass Tante Olga tatsächlich recht hatte.

In den nächsten Wochen wurde ich körperlich wieder gesund. Ich freundete mich mit einigen anderen Schlosskindern an. Vor allem mit Ruth. Sie hatte wie ich ihre ganze Familie verloren, darunter auch ihren älteren Bruder. Ich vermisste meine Grete so sehr – da haben wir uns einander irgendwie die Familie ersetzt. So verstehe ich das jedenfalls heute.

Ich war sehr traurig, als Ruth von einer entfernten Verwandten, die Auschwitz überlebt hatte, nach Palästina mitgenommen wurde. Ich versuchte, mich für sie zu freuen, weil sie sich freute, aber es gelang mir nicht wirklich.

Meine Familie. Ich hatte niemandem von meiner letzten Begegnung mit Mutter erzählt. Was aus meinem Vater geworden war, wusste ich tatsächlich nicht. Unsere Betreuer in den Schlössern versuchten nämlich, unsere Eltern oder Verwandten zu finden, damit wir wieder irgendwohin nach Hause konnten. Bei vielen Kindern klappte das auch. Bei mir nicht. Eines Tages wollte Onkel Přemysl mit mir sprechen. Ich ahnte schon, dass es etwas Wichtiges war, weil ich zu ihm ins Büro kommen und mich auf den Stuhl setzen sollte.

Er sagte mir, dass mein Vater in den letzten Kriegstagen umgekommen wäre. Heute weiß ich, dass er von Tschechen gelyncht wurde. Auch über Mutter und Grete wusste er Bescheid. Darüber hatte ich bisher kein Sterbenswörtchen verraten, aber Onkel Přemysl ahnte, was ich gesehen hatte. Er sprach sehr einfühlsam mit mir, sodass ich ihm schließlich alles erzählte. Dabei musste ich weinen und schämte mich dafür ganz furchtbar. ›Ein deutscher Junge weint nicht!‹, hatte es zu Hause geheißen. Bei Onkel Přemysl lernte ich jedoch, dass einem das nicht peinlich sein muss, wenn man Gefühle zeigt, ganz im Gegenteil. Das war eine große Erleichterung und Lektion auch für mein späteres Leben.

Jedenfalls stand nun fest, dass ich nirgends hinkonnte. Onkel Přemysl versprach mir, dass er gute Pflegeeltern für mich finden würde. Dann brauchte ich nicht im Heim aufwachsen und könnte sogar nach Deutschland zurück. Einige Zeit später kam das Ehepaar Lischka zu Besuch. Wir lernten einander kennen. Heute würde man sagen, die Chemie zwischen uns stimmte von Anfang an. Sie hatten keine eigenen Kinder und waren bereit, mich trotz meiner Herkunftsfamilie zu adoptieren. 1948 sind wir in einem Antifa-Transport in die Ostzone ausgesiedelt worden. Die Lischkas waren sudetendeutsche Sozialdemokraten, anerkannte Antifaschisten. Ich hatte es sehr gut bei ihnen. Mit Onkel Přemysl und Tante Olga stand ich bis zu ihrem Tod in Briefkontakt. Ohne sie, glaube ich, wäre aus mir nichts Vernünftiges geworden. Nein, das wäre es ganz bestimmt nicht.«

Opa Willi hustete.

»Trinken Sie ruhig einen Schluck«, vernahm Anne Jaels Stimme im Hintergrund.

»Herr Lischka, gibt es etwas, dass Sie noch hinzufügen möchten, sozusagen als Schlusswort?«

Opa räusperte sich noch einmal.

»Von Přemysl Pitter, Olga Fierz und ihren Freunden könnten wir heute alle was lernen. ›Ihr müsst in der Wahrheit leben wollen und auch lernen, darin zu leben‹, hat er oft zu uns gesagt. Damit hat er die Wahrheit der Bibel gemeint. Das hat sich mir fürs Leben eingeprägt. Danke, dass Sie dafür sorgen, dass diese Leute nicht vergessen werden.«

10

WAS WAR DAS DENN? ANNES Herz raste. Bisher kannte sie so etwas nur von Fotos aus Zeitungen oder Fernsehberichten. Über dem Eingang der Kita prangte in großen schwarzen Buchstaben:

EICHBERGER SCHÜTZT EURE KINDER

Etwas krakelig, wahrscheinlich eilig hingesprüht, aber deutlich lesbar und nicht zu übersehen.

Oma Brackelmann kam mit einigen Kindern durch das Gartentor.

»Gestern Abend war das noch nicht«, sagte sie mit hilflosem Gesichtsausdruck zu Anne, »jedenfalls um halb zehn bei meinem Abendspaziergang mit dem Hund.«

Anne sperrte den Eingang auf. »Kommt erstmal rein. Ich rufe nachher den Bürgermeister an.«

Außer der Schmiererei war keine Veränderung im Außenbereich oder in den Räumen festzustellen. Wer tat so etwas? Nachdem auch Renate eingetroffen war, ging sie wieder nach draußen, fotografierte die Hauswand und schickte das Bild an Martin. Wenig später antwortete er. Sie zeigte Renate sprachlos das Display mit dem Foto der Kirche, das er ihr geschickt hatte. Dort stand zwischen zwei Seitenfenstern in dicken schwarzen Blockbuchstaben:

EICHBERG BLEIBT DEUTSCH
KEINE ASYLANTEN

»Na, Mahlzeit«, stöhnte Renate, »sag bloß, wir haben auch solche Spinner im Dorf. Und jetzt?«

»Lohmann anrufen, oder?«

»Klar. Aber vielleicht solltest du dich vorher mit dem Pfarrer absprechen.«

»Gute Idee.« Anne ging ins Büro und schloss die Türe. Dann wählte sie Martins Nummer.

»Schöner Mist, oder?«, fragte sie, nachdem er sich gemeldet hatte.

»Allerdings. Hast du deinen Chef schon informiert?«

»Nein, ich wollte erst mir dir reden. Was passiert jetzt?«

»Normalerweise eine Anzeige wegen Sachbeschädigung. Dann ermittelt die Polizei gegen Unbekannt. Wenn man keine Anzeige macht, kann es Probleme mit der Versicherung geben. Falls die überhaupt zahlt.«

»Na ja, mein Chef ist Versicherungsmakler, der kennt sich da bestens aus. Aber wer von unseren Eichbergern macht denn sowas?«

»Vielleicht waren es ja keine Einheimischen. Hast du den Artikel in der *Morgenpost* über das Kirchgartenfest gelesen? Stand letzten Samstag drin.«

»Nein, wir sind ja erst gestern Abend aus Prag zurückgekommen.«

»Streit über Flüchtlingsunterkunft entzweit Dorfgemeinschaft – so ist der Artikel überschrieben. Ich könnte das Aas von Reporter erwürgen.«

»Martin!«

»Pfarrer dürfen wohl keine Wut im Bauch haben?«

»Doch, du hast recht. Weißt du was: Ich telefoniere jetzt gleich mit Lohmann und halte dich auf dem Laufenden.«

»Danke, ich dich auch. Die Kirchenverwaltung wird ebenfalls nicht begeistert sein. Bis dann.«

Sie legten auf.

Eine halbe Stunde später stand der Bürgermeister vor der Eingangstür und begutachtete wütend den Schriftzug.

»Zahlt das die Versicherung?«, fragte Anne vorsichtig.

»Nein. Den Schadensfall durch Graffiti hätten wir zusätzlich absichern müssen. So etwas war in Eichberg bisher nicht notwendig.«

»Holen Sie jetzt die Polizei?«

»Ich überlege gerade, ob das Sinn macht. Die Aufklärungsquote liegt um die zehn Prozent, bei den Tätern ist meistens nichts zu holen. Unsere Kirche ist auch beschmiert worden, sagen Sie?«

»Ja, mit einem anderen Spruch.« Sie zeigte ihrem Chef das Foto.

»Ich fahre gleich bei Herrn von Stein vorbei. Mal sehen, was er unternimmt. Sie machen einfach ihre Arbeit. Falls die Polizei kommt, sage ich Ihnen vorher Bescheid.«

Anne ging wieder ins Haus zurück. Es war bald Zeit für den Morgenkreis. Die Kinder hatten den Schriftzug schon längst vergessen. Sie konnten ihn sowieso nicht lesen. Höchstens Max. Er beschäftigte sich gerade allein auf dem Spielteppich mit den Modellautos. Sie setzte sich neben ihn auf den Boden.

»Max, weißt du, was seit heute über unserem Eingang geschrieben steht?«

Er ließ zwei Autos aufeinander zufahren und zusammenstoßen.

»Hast du es gelesen?«, fragte Anne noch einmal, »bitte schau mich an.«

Max hob langsam den Kopf und blickte ihr ins Gesicht. Jemanden anzuschauen, wenn man mit ihm redet, hatten sie in letzter Zeit immer wieder geübt.

»Warum müssen die Eichberger uns beschützen?«, fragte er leise.

Anne krampfte sich das Herz zusammen. Dieser liebe besondere Fünfjährige sollte sich noch keine solchen Gedanken machen müssen.

»Weißt du – das ist eine Lüge. Deshalb wäre es gut, wenn du den anderen nichts verrätst.«

»Geht klar.« Max zeigte ihr seine Faust mit Daumen nach oben. Die Praktikantin rief alle zum morgendlichen Stuhlkreis zusammen.

Während der vormittäglichen Brotzeit klingelte ihr Smartphone. Martin war dran. Diesmal gut gelaunt.

»Herr Lohmann und ich haben beschlossen, keine Strafanzeige zu stellen. Auch unser Schaden ist nicht versichert. Sag mal, geht ihr heute mit den Kindern spazieren?«

»Ja, hatten wir nach der Mittagsruhe vor.«

»Kommt doch bei mir im Pfarrgarten vorbei. Ich spendiere allen ein Eis und dann zeige ich euch was. Ich habe eine Idee.«

»Du machst mich neugierig.«

Er lachte. »Ja, da werden sich so einige Leute wundern. Also bis später. Ich freue mich auf euch.«

Die Zeit bis zum Nachmittag verflog schnell.

Die Kinder waren begeistert, denn ein Eis stand nicht jeden Tag in Aussicht. Martin stellte einen ganzen Karton Milcheis am Stiel auf den Gartentisch. Das traf jeden Geschmack. Dann ging er erst mit Renate und der Praktikantin um die Ecke zur Seitenwand der Kirche, während Anne die Kinder beaufsichtigte. Als die drei kurz darauf zurückkehrten, strahlte Renate übers ganze Gesicht. »Tolle Idee! Musst du dir gleich angucken. Lasst euch Zeit.«

Nun machten sie beide sich auf den Weg und überließen die Kinder Renate.

Anne merkte, dass sie die Kirchenwand mit offenem Mund angestarrt hatte, und klappte ihn wieder zu. Bestimmt hatte sie gerade ziemlich dümmlich aus der Wäsche geguckt.

»Und was sagst du dazu?«

»Darauf wäre ich nie gekommen.«

Martin hatte mit neongrüner Farbe einen»Like-Button« neben

EICHBERG BLEIBT DEUTSCH

gemalt. Den restlichen Text hatte er abgeändert.

KLEINER ASYLANTENANTEIL UNTER 1%

stand da jetzt.

»Wir müssen die Wand sowieso säubern und neu streichen. Ich habe keinen Spraylack genommen. Meine Farbe geht leichter runter.«

»Weißt du was? Das machen wir bei uns in der Kita auch. Wir müssen uns nur einen guten Spruch überlegen. Hilfst du mir? Gleich nachher um fünf, wenn alle weg sind?«

Martin lachte. »Okay, ich bin dabei.«

»Sag bitte nichts zu meinen Leuten. Das soll eine Überraschung werden.«

Um kurz nach fünf klopfte Martin an die Eingangstür der Kita. Er hatte die giftgrüne Farbflasche, zwei Malerpinsel und ein leeres Gurkenglas in einer großen Plastiktüte versteckt mitgebracht.

»Hast du dir schon einen Text überlegt?«, fragte er Anne.

»Wie wäre es mit einem Like nach *Eichberger schützt eure Kinder*? Und dann schreiben wir noch, vor was genau sie beschützt werden sollen.« Anne hatte schon darüber nachgedacht.

»Feine Idee! Vor was müssen wir sie denn schützen? Lass uns miteinander überlegen: Rassismus, Dummheit, Gewalt …«

»… Fremdenhass, Dumpfbacken, Lügen …«, ergänzte sie.

Sie sahen sich unschlüssig an.

»Dummheit und Fremdenhass finde ich gut. Das trifft es«, meinte sie schließlich.

»Ja und die Wörter sind nicht zu lang – wegen dem Entfernen.«

»Also, frisch ans Werk, Herr Pfarrer.«

»Anne?«

»Ja?«

»Es könnte sein, dass dein Chef unser Graffiti gar nicht gut findet.«

»Das ist mir egal, wie er es findet.«

»Ich meine nur. Du musst damit rechnen, dass er ausflippt und dir die Malerkosten aufbrummt. Mein Superintendent war einverstanden, aber nur unter der Bedingung, dass ich die Hälfte der Renovierungskosten übernehme. Er ist, Gott sei Dank, ein relativ aufgeschlossener Mensch.«

»Was meinst du, was das kostet?«

»Mit achthundert Euro bist du garantiert dabei.«

Sie überlegte kurz. Achthundert Euro, ein Flugticket nach Neuseeland.

»Das Risiko gehe ich ein.«

»Mensch Anne, du bist klasse!«

»Danke, gleichfalls.«

In der folgenden Stunde entstand ein ansehnliches neongrünes Ergänzungs-Graffiti über dem Eingang zum Blaubärschloss.

Einige Autos fuhren vorbei, während sie arbeiteten.

»Mein VW-Bus ist so geparkt, dass sie uns nicht gleich sehen können«, beruhigte sie Martin.

Als sie fertig waren und sich die grüne Farbe von den Händen gewaschen hatten, fuhr er sie nach Hause. Das Fahrrad hatte sie hinten eingeladen. Er drehte am Wanderparkplatz um, rollte zurück und hielt dann direkt vor dem Gartentürchen an.

Sollte sie ihn noch hereinbitten? Sie zögerte. Für heute Abend hatte sie sich eigentlich vorgenommen, in dem Buch zu lesen, das ihr Jael zum Abschied geschenkt hatte.

»Danke übrigens für das Foto aus Prag. Hast bestimmt eine Menge erlebt«, meinte Martin zögernd.

»Ja, das kann man laut sagen. Ich habe viele Fotos gemacht, die kann ich dir gerne mal zeigen. Aber heute bin ich leider zu müde.«

»Geht mir genauso. Ich habe wenig geschlafen am Wochenende.«

»Ging die Party wohl so lange, aus der du erst herausgeholt werden wolltest und wo du dann versumpft bist?« Sie konnte den leicht giftigen Unterton nicht verhindern.

»Ach, Anne. Ich habe den ganzen Samstag von früh bis spät in der Nacht in der Brauerei geschuftet. Dort gibt es im Moment wahnsinnig viel zu tun. Sonntag bin ich dann schon um sechs Uhr morgens heimgefahren, weil ich ja um zehn Gottesdienst halten musste. Deshalb bin ich so fertig – nicht wegen der Geburtstagsparty meiner Schwester.«

Sie wurde rot. Das spürte sie an der Hitze, die aus dem Ausschnitt über ihren Hals entlang nach oben kroch. Martin berührte vorsichtig mit den Fingerspitzen ihren Arm. »Ich habe mich übrigens das ganze Wochenende lang gefragt, wer der gut aussehende Typ aus Prag ist, der dich da im Arm hat.«

Ihr Herz schlug schneller.

»Er heißt David und war mit seiner Großmutter auch auf dem Treffen. Ein Israeli aus Jerusalem.« Sie drehte ihr Gesicht ganz zu ihm. »Nur ein sehr guter Freund.«

»Deine Fotos aus Prag würde ich wirklich gerne mal sehen. Hast du am Freitagabend Zeit?«

Sie zögerte.

»Ivi hat am Freitag Geburtstag. Ich weiß aber noch nicht, ob sie an diesem Tag oder später feiert. Ich sag dir morgen Bescheid, okay?«

Er nickte.

Sie öffnete die Beifahrertür und hüpfte aus dem VW-Bus. Dann schob sie die hintere Türe auf und hob ihr Fahrrad heraus.

»Danke fürs Heimfahren. Bis bald.« Mit diesen Worten schloss sie die Türe wieder und winkte ihm noch einmal zu, bevor sie zum Hauseingang lief.

11

JA, IVI WOLLTE TATSÄCHLICH AM Freitag ihren Geburtstag feiern. Am Mittwochvormittag hatte sie bei Martin an der Pfarrhaustür geklingelt und ihn eingeladen.

»Nur du und Anne, Torsten und ich. Erst gehen wir in das neue indische Restaurant und später ins *California* zum Abtanzen.«

Na ja, ein begnadeter Tänzer war er nicht gerade, sogar damals mit zwei gesunden Füßen nicht, aber Ivi hatte ihm versichert, Torsten wäre ebenfalls so begabt wie ein sibirischer Tanzbär. Es ginge doch nur um den Spaß. Und den würden sie garantiert haben.

Toll, dass sie ihn eingeladen hatte. Seit dem Kirchgartenfest verhielten sich viele Eichberger ihm gegenüber, wie wenn er schon seit Jahren zum Dorf gehören würde.

Was Anne wohl dazu sagen würde, dass er mit von der Partie war? Sie wusste bereits Bescheid, als sie ihn abends anrief.

»Ich soll dir noch ausrichten, dass wir dich um sieben am Pfarrhaus abholen. Torsten fährt.«

»Wird bestimmt ein schöner Abend. Allerdings bin ich ein mieser Tänzer.«

»Du hast doch ein Boot?« Wie kam sie denn jetzt darauf?

»Na klar, ich paddle sogar regelmäßig«, witzelte er.

Anne kicherte. »Dann brauchst du dir über die Tanzerei keine Gedanken machen. Mit Ruderbewegungen kommst du im *California* locker durch.«

»Übrigens«, Annes Stimme wurde wieder ernst, »nächste Woche habe ich Personalgespräch bei Lohmann. Du hattest Recht, er ist total ausgerastet wegen unserem Graffiti.«

»Au weia. Hätten wir es doch lieber sein lassen sollen?«

»Auf keinen Fall. Der beruhigt sich schon wieder. Aber …«, Anne zögerte einen Moment, »du könntest bei deinem allerobersten Chef ein gutes Wort für mich einlegen. Ich habe Angst, dass ich in dem Gespräch nicht ruhig und sachlich bleiben kann.«

»Mach ich, Anne.«

»Danke, dann sehen wir uns Freitag. Ich freue mich schon.«

Natürlich würde er für sie beten, das tat er inzwischen jeden Morgen. Sie hatte ihn heute zum ersten Mal von sich aus darauf angesprochen. Noch besser wäre jedoch, wenn sie mit dem allerobersten Chef selbst reden würde. Martin hatte in den Kirchenbüchern nachgesehen. Anne war getauft und konfirmiert und gehörte damit zu einer Minderheit im Dorf. Er seufzte. Aus eigener Erfahrung wusste er, dass Taufe und Konfirmation nicht unbedingt bedeuteten, dass man die liebevolle Gegenwart Gottes schon einmal bewusst erlebt hatte. Er würde Anne gerne danach fragen, aber bisher hatte sich noch keine gute Gelegenheit geboten.

Während seiner theologischen Ausbildung war er voller Vorfreude darauf gewesen, die Menschen zum Glauben einzuladen. Jetzt fand er sich in der Realität wieder. In der interessierten sich nur wenige Leute für Gott. Die meisten schienen auch ohne ihn ganz gut klar zu kommen. Jedenfalls, solange es ihnen gut ging.

»Wenn sie dem Tod ins Auge sehen, kommen fast alle ins Grübeln«, meinte sein Freund, der Militärpfarrer, neulich lakonisch. In Mazar i Sharif waren die Gottesdienste gut besucht und die Seelsorgetermine ausgebucht. Aber Gott war doch ein Gott zum Leben – nicht nur zum Sterben. Das würde er den Leuten so gerne rüberbringen.

Martin saß auf der Holzbank neben dem Pfarrhauseingang. Es war schwül an diesem Freitagabend. Die Sonne hatte sich hinter dunkelgraue Wolken verzogen. Wahrscheinlich war ein Gewitter im Anzug. Auf der Dorfstraße war niemand unterwegs. Kurz vor sieben, Abendessenzeit.

Das neue indische Restaurant in der Stadt hatte einen guten Ruf. Er selber war noch nie dort gewesen. Martin aß inzwischen immer im *Roten Ochsen* Mittag, wenn er tagsüber in Eichberg zu tun hatte. Die meisten Tage verbrachte er jedoch an seinem anderen Arbeitsplatz in der Stadt. Dann mussten ein Kaffee, ein belegtes Brot und ein Apfel reichen.

Ein heftiger Windstoß fegte durch die hohen Laubbäume im Garten und schüttelte Äste und Blätter durch. Auf der Straße drehte sich eine kleine Windhose aus Staub. Heute würde es ganz sicher noch ein Gewitter geben. Martin genoss die kühlenden Böen mit geschlossenen Augen. Die Turmuhr schlug erst vier, dann sieben Mal. Er war vorhin wieder lange unschlüssig vor seinem geöffneten Kleiderschrank gestanden und hatte dann zu dunkelblauen Jeans und dem weißen Hemd mit den dezenten blauen Streifen gegriffen, ein Weihnachtsgeschenk seiner Mutter. Dazu die schwarzen Schuhe, in denen er besonders gut laufen konnte. Und er hatte sein neues Rasierwasser benutzt. Ein schwarzer Audi stoppte auf der gegenüberliegenden Straßenseite. Da waren sie. Martin stand auf, nahm seine Jacke und Ivis Geschenk, schloss die eiserne Gartenpforte fest hinter sich, damit der Wind sie nicht hin- und her schlagen konnte, und ging hinüber.

Er stieg hinter Torsten auf die Rücksitzbank ein und setzte sich neben Anne.

»Hallo ihr drei. Alles Liebe zum Geburtstag, Ivi.«

Sie strahlte ihn über die Schulter an und nahm sein kleines liebevoll eingepacktes Geschenk zu sich nach vorne.

»Danke, Martin. Ui, was wird da Schönes drin sein? Also, dann – auf ins Vergnügen.«

Die Fahrt in die Stadt verging wie im Flug. Ivi war völlig aufgedreht. Sie hatte schon am Nachmittag mit der Familie gefeiert.

Über sein Geschenk, den Gutschein für das Cineplex, freute sie sich ganz offensichtlich sehr. Beim Haareschneiden hatten sie sich über Filme unterhalten. Ivi war, genau wie Anne, ein großer Kinofan; das hatte er sich gemerkt.

Er blickte unauffällig zu Anne. Sie sah umwerfend aus. Wie auf dem Bild, das sie ihm aus Prag geschickt hatte. Ob dieser David wirklich nur ein guter Freund war? Hoffentlich.

Der gute Ruf des Restaurants hatte nicht zu viel versprochen. Man tauchte wirklich in eine Bollywood-Welt ein. Die Einrichtung, Musik – alles war stilecht aufeinander abgestimmt. Sie saßen an einem Vierertisch in einer Nische. Anne und Ivi nebeneinander, er und Torsten ihnen gegenüber. Und das Essen war großartig.

»Es ist wirklich wie in Indien – nur nicht ganz so scharf«, sagte er nach seinen ersten Bissen.

»Du warst schon in Indien?« Ivi machte große Augen.

»Ja, einmal. In Nordindien zum Bergsteigen. Ist schon ein paar Jahre her.« Vor dem Absturz, hätte er beinahe hinzugefügt.

»Indien, da würde ich auch gerne mal hin, aber Torsten …«

»Ivi, im Himalaya gibt es noch viel weniger Komfort als bei unserem Angelwochenende an der Müritz. Sowas überlebst du nie«, neckte sie Torsten.

»Ich will ja auch nicht in die Pampa, sondern zum Taj Mahal, auf Elefanten reiten und im Palast schlafen!«

Alle lachten.

»Und du, Anne, was wäre dein Traumziel?«, fragte Martin.

Sie musste nicht lange nachdenken. »Australien oder Neuseeland. Aber nicht nur für zwei Wochen. Ich würde gerne mal ein ganzes Jahr *Work and Travel* dort unten machen.«

»Und wohin geht dein nächster Urlaub?«, wollte Torsten von Martin wissen.

»Wahrscheinlich setze ich mich in meinen Campingbus und fahre irgendwohin zum Paddeln. Camargue, Südfrankreich vielleicht. Dort ist im Oktober noch passables Wetter.«

»Klingt gut«, nickte Torsten, »hast du eigentlich ein spezielles Boot?«

»Mein Kanadier ist ganz normal von der Stange, aber der Sitz ist speziell für mich angefertigt. Ich bin schon vor meinem Unfall gerne gepaddelt, allerdings mit dem Kajak auf viel wilderen Gewässern. Na ja, und campen ist mit dem Bus ziemlich komfortabel.«

»Gruselig!« Ivi schüttelte sich, »ich finde Camping einfach nur gruselig.«

Anne kicherte. Was sie wohl von Abenteuerurlaub in der Natur hielt?

Er suchte ihren Blick.

»Also, ich finde Camping romantisch«, meinte sie neckisch.

»Ja, ja«, knurrte Ivi theatralisch, »solange, bis du es einmal gemacht hast. Stechmücken, quietschende Luftmatratzen, Ravioli aus der Büchse – da muss man schon blind vor Liebe sein, um sowas romantisch zu finden.«

Torsten warf seiner Frau grinsend eine Kusshand zu. Sie trat ihm daraufhin spielerisch unter dem Tisch ans Schienbein.

Martin musste Anne unbedingt fragen, wie der ruhige bodenständige Torsten, der sein Geld als Steuerberater verdiente, und die kapriziöse Ivi zu einem Ehepaar geworden waren.

Draußen hatte sich inzwischen tatsächlich ein Gewitter entladen. Das Licht der Straßenlaternen spiegelte sich in den Pfützen auf dem Parkplatz. Es regnete nicht mehr. Anne atmete tief durch. »Hm, ich liebe die Luft nach einem Gewitter.« Sie hängte sich bei Ivi ein. Die beiden Frauen liefen schnurstracks zum Auto, während er neben Torsten stehenblieb, der sich eine Zigarette anzündete.

»Jetzt geht es in den Tanztempel«, stöhnte er zwischen zwei Zügen.

»Ich war schon ewig nicht mehr in einer Disco. Konnte schon mit zwei gesunden Beinen nicht besonders gut tanzen.«

Torsten nahm einen weiteren tiefen Zug. Die Zigarette glühte auf. Dann klopfte er Martin auf die Schulter.

»Ivi geht dafür im August mit mir ein Wochenende an die Müritz zelten. Zwei Nächte im Freien unter den Sternen. Das ist das Rumgehüpfe wert.« Er drückte den Zigarettenstummel an einem Papierkorb aus und warf ihn hinein.

»He, wo bleibt ihr?«, scholl Ivis ungeduldige Stimme über den Parkplatz. Sie schlenderten zum Wagen.

Gott sei Dank ging es nicht gleich auf die Tanzfläche – die Frauen bestellten sich Longdrinks an der Bar. Torsten und er blieben beim Bier. Das Publikum war bunt gemischt. Ganz junge Leute, Anfang zwanzig, aber auch etliche Ältere.

»Sie spielen hier immer verschiedene Runden – eigentlich ist für jeden Geschmack etwas dabei«, sagte ihm Anne ins Ohr. Die Lautstärke der Musik hatte auch einen Vorteil: Man musste sich ziemlich nahekommen, um sich zu verständigen.

»Welche Sorte Musik magst du denn gern?«, fragte er und sog dabei den blumigen Duft ihres Parfums ein.

»Techno und Schlager mag ich jedenfalls nicht.« Ihr Atem kitzelte ihn am Ohr.

»Und jetzt kommt eine Runde speziell für unser heutiges Geburtstagskind. Happy birthday, Ivi!«, schallte es durch den Lautsprecher.

Sie juchzte auf und zog Torsten zu Stevie Wonders *Happy birthday to you* hinter sich her auf die Tanzfläche. Ivi war vorhin einmal kurz weg gewesen. Vermutlich hatte sie sich die kommende Runde gewünscht.

Anne beugte sich zu ihm. »Wir können die beiden unmöglich alleine tanzen lassen, oder?« Er schüttelte den Kopf und nahm Annes Hand. Gott sei Dank wechselte gerade die Musik in einen einfacheren Rhythmus. *Heroes* von diesem Schweden, der im letzten Jahr den Eurovison Song Contest gewonnen hatte. Das ging ja gerade noch. Die Tanzfläche füllte sich zusehends. Er zog Anne etwas an den Rand zu einer Säule. Mit dieser im Rücken fühlte er sich sicherer. Sie tanzte ausgelassen. Er wippte im Rhythmus mit. Es klappte ganz gut und fing sogar an, Spaß zu machen. Anne lächelte ihm aufmunternd zu.

Es folgte noch ein ähnlich flotter Titel. Das hatte Torsten vermutlich mit Rumgehüpfe gemeint.

»Soooo und jetzt kommt speziell für Ivi und Torsten ein Song aus der guten alten Zeit«, rief der Discomann in der Übergangspause. Die ersten Gitarrenklänge schwebten durch den Raum. Er erkannte es sofort. Alt – und langsam. Sehr langsam. Sollte er wirklich auf *Nothing else matters* von *Metallica* mit Anne tanzen? Sie ging einen Schritt auf ihn zu und legte die Hände auf seine Schultern. Ja, er sollte. Martin fasste sie vorsichtig um die Hüfte und versuchte sich in ihren Rhythmus einzuwiegen. Anne war ein wenig kleiner als er. Jetzt legte sie ihre Schläfe vorsichtig an seine Wange. Ihr Duft, ihre Wärme. Nur noch sie beide, die Musik hüllte sie ein. Er drehte seinen Kopf ein wenig und küsste sie zart auf die Schläfe. Daraufhin schmiegte sie sich an ihn.

Am liebsten hätte er sie nie wieder losgelassen. Es tat ihm fast körperlich weh, die Umarmung zu lösen, als der Song zu Ende war. Technobeats holten ihn in die Wirklichkeit zurück. Anne zog ihn an der Hand weg von der Tanzfläche. Sie drängten sich durch die Menschenmenge wieder an die Bar zurück zu zwei freien Hockern an der Ecke, wo es etwas ruhiger zuging. Er setzte sich längs zum Tresen und ließ sein Prothesenbein locker herunterhängen. Das tat nach der Anstrengung gut. Anne rutschte nahe heran, ihm gegenüber. Dann beugte sie sich zu ihm und sagte in sein Ohr: »Du tanzt doch prima.« Als sie den Kopf wieder zurücknahm, streifte sie mit den Lippen vorsichtig seine Wange.

»Anne«, flüsterte er zärtlich und nahm ihre Hand.

Ihr Gesicht bekam plötzlich einen schmerzlichen Ausdruck. Dann beugte sie sich wieder zu ihm. »Das ist kein Spielchen, oder?« Er bewegte langsam den Kopf hin und her, ohne ihrem Blick auszuweichen. »Niemals«, sagte er ernst, »kein Spielchen. Aber … es ist nicht so … einfach … mit diesen Dingen.« Wie sollte er ihr nur erklären, vor was er Angst hatte? Er hob hilflos die Schultern.

Sie nickte und zeigte auf ihr Herz. »Es tut weh, wenn man da drin zertrampelt wird. Und dann traut man sich nicht mehr.«

Er dachte an seine letzte kurze Beziehung zu einer Studienkollegin, wie sie vermieden hatte, seinen Stumpf anzusehen oder zu berühren.

»Manches geht bei mir nicht so einfach wie bei einem Mann mit zwei Beinen.« Plötzlich spürte er eine zarte Berührung am Übergang zu seiner Prothese. Er zuckte zusammen und legte reflexartig seine Hand über ihre. »Bitte kein Mitleid. Mitleid oder Verachtung – beides ist gleich schlimm.«

»Nein«, sagte sie, »wie Mitleid fühlt sich das überhaupt nicht an.« Sie streichelte sanft über sein Bein, da, wo normalerweise das Kniegelenk begann.

»Martin, es gibt bei mir auch so eine Stelle – sie ist nur unsichtbar. Da wirst du viel Geduld brauchen.«

»Wir haben doch alle Zeit der Welt, oder?«

Er legte seine Hand auf ihre Schulter. Sie rutschte vom Barhocker, umarmte ihn und dann drückten sie sich ganz fest. Nein, küssen würde er sie hier nicht. Zu viele Leute. Das war nicht der richtige Ort für diesen besonderen Moment. Ivi und Torsten tauchten neben ihnen auf. Anne löste sich sanft aus seinen Armen.

»Na, ihr Turteltauben«, kicherte Ivi ausgelassen. Anne wurde rot, er grinste verlegen.

Torsten bestellte noch zwei alkoholfreie Weizen. Die Frauen verschwanden wieder miteinander Richtung Tanzfläche.

»So, jetzt hat Ivi ihr Gehopse mit mir gehabt. Prost, Martin.«

Sie stießen mit ihren Biergläsern an.

»Anne ist 'ne feine Frau. Sie hat endlich jemand verdient, der es ernst mit ihr meint.«

War das jetzt eine Frage oder eine Feststellung?

»Ja, das hat sie«, bestätigte er.

»Hab mir schon gedacht, dass du kein so ein … Depp bist, der sie nur ausnutzen will.« Torsten klopfte ihm auf den Rücken.

»Wie Sven?«

»Hör mir bloß auf mit dem! Jahrelang hat er seine bösen Spielchen mit ihr getrieben. Ein paar Mal nebenher noch eine andere gehabt. Immer, wenn wir dachten, jetzt ist sie endlich von ihm losgekommen, hat er wieder Gas gegeben, einen auf reumütig gemacht, und alles ging von vorne los. Gut, dass das jetzt vorbei ist.« Er hob das Glas und prostete ihm zu.

»Na ja, Anne und ich müssen uns erst mal besser kennenlernen. Und mit mir wird sie es auch nicht gerade leicht haben.«

»Du meinst: wegen deinem Bein?«

Er nickte. »Darauf Rücksicht nehmen zu müssen, kann im Alltag ganz schön nervtötend sein.«

»Ich kenne Anne seit der Grundschule. Wenn eine Frau mit sowas klarkommt, dann sie. Glaub mir, ihr zwei schafft das.«

Torstens Optimismus tat ihm richtig gut. Ja, jetzt war er wohl offiziell mit Anne zusammen, aber erfahrungsgemäß ging es dann erst los mit den Herausforderungen.

Auf der Heimfahrt lag Annes Kopf an seiner Schulter. Sie war eingeschlafen. Kurz vor Eichberg streichelte er vorsichtig ihre Wange, um sie aufzuwecken. Sie stöhnte und streckte sich.

»Mann, bin ich müde«, nuschelte sie. Torsten hielt vor Annes Zuhause. Martin stieg auch aus und begleitete sie bis zur Haustür.

»Schlaf gut, bis morgen.«

Sie lächelte ihn an. »Nein, nicht bis morgen – bis heute Abend. Schau mal auf die Uhr.« Es war schon lange nach Mitternacht. Dann stellte sie sich auf die Zehenspitzen und küsste ihn zärtlich auf die Wange. »Gute Nacht, Martin.«

Er ging zurück zum Auto, stieg ein und als er gleich darauf wieder zum Haus schaute, war Anne schon drinnen verschwunden.

»Toll, dass ihr jetzt zusammen seid«, meinte Ivi, während sie den Berg herunterrollten.

12

DAS MUSSTE SIE ERST EINMAL verdauen. Anne lag nach dem Abendessen auf ihrem Bett und starrte an die Decke. Durch den einen Spalt weit geöffneten Fensterflügel hörte sie den Regen aufs Schieferdach tropfen. Normalerweise liebte sie dieses beruhigende gleichmäßige Geräusch, denn man konnte dabei besonders tief schlafen. Heute nahm sie es nur am Rande wahr. Sie war hellwach und stinksauer.

Das Gespräch mit Lohmann war gehörig in die Hose gegangen. Er hatte sich inzwischen leider nicht beruhigt, ganz im Gegenteil. Und das, obwohl Eichberg in der Zwischenzeit berühmt geworden war! Jemand hatte die Graffitis fotografiert und auf Facebook als Beispiel für Zivilcourage ins Netz gestellt.

Heute Vormittag gab es schon siebentausend Likes. Die vielen Kommentare hatte sie nicht alle gelesen, nachdem der dritte Beitrag schon drohte, »den lustigen Malern die Pinsel in die Fresse stecken zu wollen«.

Jedenfalls hatte ihr Lohmann eine Abmahnung wegen mutwilliger Sachbeschädigung überreicht. Renate musste als Zeugin fungieren. Ihr Chef war nicht bereit gewesen, auf dieses Schreiben zu verzichten, obwohl sie sogar angeboten hatte, den ganzen Schaden auf eigene Kosten gut zu machen, und Renate sich ausdrücklich auf ihre Seite gestellt hatte.

»Das können Sie gar nicht wieder gut machen, Frau Lischka. Hoffentlich gibt es nicht noch mehr Ärger im Ort durch diesen dummen Facebook-Artikel. Wie kann man nur so unüberlegt handeln? Mit dem Superintendenten habe ich auch schon geredet. Morgen kommt eine Malerfirma und macht die Schmierereien hier und an der Kirche weg. Dass Sie die Rechnung bezahlen, ist jetzt wohl das Mindeste, was Sie tun können.«

Lohmann war tatsächlich ernsthaft sauer. Sie hatte gar nicht versucht, sich zu verteidigen, sondern mit hängendem Kopf unterschrieben, den Brief in die Tasche gesteckt und war wie betäubt durch den Regen nach Hause geradelt. Martin ging vorhin nicht ans Telefon. Sie hatte eine Nachricht auf dem Anrufbeantworter hinterlassen.

Endlich rief er zurück.

»Und – wie war es?«

»Schlimm. Ich habe eine Abmahnung gekriegt.«

»Ach du Schande! Damit hätte ich nicht gerechnet.«

»Ich auch nicht. Und ich muss die Renovierung jetzt komplett bezahlen. Morgen geht's los.«

»Ich weiß schon, die Maler kommen. Dein Chef muss mit meinem gesprochen haben. Angeblich wird es billiger, wenn die Firma gleich zwei Graffitis wegmacht.«

»Diese Facebook-Geschichte nimmt Lohmann uns ganz besonders übel. Dabei können wir doch gar nichts dafür, wenn irgendjemand das postet.«

»Wenn ich geahnt hätte, was daraus für ein Ärger entsteht, hätte ich es von Anfang an gelassen und dich nicht auch noch angestiftet.«

»Nein, für mich fühlt es sich immer noch richtig an. Ich will mich nicht einschüchtern lassen, nur, weil ich mich auf die Seite der Flüchtlinge stelle.«

»Geht mir im Grunde genauso. Es tut mir nur leid, dass dir dein Chef jetzt solche Schwierigkeiten macht.«

»Hast du die Kommentare in Facebook gelesen?«

Martin schwieg einige Atemzüge lang.

»Ja. Einige sind ganz schön krass.«

»Nach dem dritten Beitrag habe ich lieber aufgehört.«

»Die weit überwiegende Mehrzahl der Kommentare ist positiv. Das beruhigt sich schon wieder. Morgen treiben sie eine andere Sau durchs Netz. Du wirst sehen.«

»Hoffentlich hast du recht.«

Sie wünschten sich mit zärtlichen Worten eine gute Nacht. Martin versprach, am nächsten Abend zum Essen auf den Eichberg zu kommen.

Zwei Tage später waren die Graffitis verschwunden. Die Kirche zierte nun ein großer heller Fleck zwischen den Fenstern. Über dem Eingang zum Blaubärschloss war die Farbausbesserung dunkler als der Rest der Fassade ausgefallen.

»Jetzt ist die Lüge endlich weg«, flüsterte ihr Max verschwörerisch zu und legte seinen Zeigefinger über die Lippen. Max sprach seit Neuestem von sich aus mit anderen. Das war das einzige freudige Highlight der Woche.

Dann kamen die beiden Briefe. Das heißt, einer davon war gar kein Brief, sondern nur ein großer Zettel. Eine Collage aus Zeitschriftenschnipseln, die jemand in den Briefkasten des Kindergartens geworfen hatte. Der andere war am folgenden Tag ganz offiziell in der Post. Niemand außer ihr hatte davon etwas bemerkt, Gott sei Dank. In einer ruhigen Minute rief sie

Martin an. Auch ihm drohten anonyme Briefeschreiber mit »kalt machen« und »die dumme Fresse einschlagen«. Klar, der Facebook-Artikel hatte deutschlandweit für Aufsehen gesorgt. Solche Drohungen waren wohl eine logische Folge, mit der man rechnen musste, wenn man sich heutzutage für Flüchtlinge einsetzte. Sie beschlossen gemeinsam, vorerst niemandem etwas davon zu erzählen. Immerhin waren die Graffitis ja inzwischen entfernt worden. Die Lage würde sich schon wieder beruhigen.

Anne lenkte sich die ganze folgende Woche lang mit der Vorfreude auf Samstag ab. Martin hatte sie eingeladen, mit ihm auf einer großen Talsperre in der Nähe Kanu zu fahren. Die Temperaturen waren dermaßen gestiegen, dass man sich geradezu nach einem Sprung ins kühle Nass sehnte. Er hatte sie schon gewarnt, denn an diesem Tag würde er seine Prothese nicht immer tragen. Darüber musste er sich keine Sorgen machen. Im Internet gab es genügend Bilder und Foren zum Thema Unterschenkelamputation, mit deren Hilfe sie sich schon längst informiert hatte.

Endlich war es Freitagabend – doch dann kam alles ganz anders.

Mitten in der Nacht klingelte ihr Smartphone. Im ersten Moment war sie versucht, das Gespräch wegzudrücken. Doch auf dem Display blinkte *Ivi ruft an*. Sie nahm sofort ab.

»Anne, komm sofort runter ins Dorf. Im Pfarrhaus brennt es.«

Ivi klang total aufgeregt.

»Komm schnell, Torsten und die Feuerwehrmänner sind schon dort.« Bevor sie noch etwas fragen konnte, hatte ihre Freundin aufgelegt.

Ihr Herz raste. Martin. So schnell sie konnte, zog sie Jeans und Sweatshirt an, steckte das Smartphone in ihre Hosentasche und rannte barfuß die Treppe hinunter. Im Vorbeieilen schlüpfte sie in ihre Birkenstocksandalen, die im Flur standen, und schnappte das Rad. Die Haustür war weit offen, Opa Willi lief gerade im Schlafanzug mitten auf die Straße und blickte ins Dorf hinunter. Aus dem Nachbarort hörte man eine Sirene heulen. Unten in der Dorfmitte blinkte es blau-gelb.

»Es brennt im Pfarrhaus«, rief Anne ihm zu, »ich muss hin.« Sie schwang sich aufs Rad und raste den Berg hinab.

Auf der Straße gegenüber dem Pfarrhaus stand eine große Menschentraube, direkt davor zwei Feuerwehrautos und ein Polizeiwagen. Im Gegenlicht sah man Rauch um das Haus wabern. Ekelhafter Brandgeruch verschlug einem den Atem. Ivi kam ihr entgegen.

»Sie haben ihn schon rausgeholt.«

Hektisch blickte Anne um sich. Nirgends konnte sie Martin entdecken. Nur Feuerwehrleute, die durcheinanderliefen und sich gegenseitig etwas zubrüllten. Gerade kamen zwei Männer in schwerer Atemschutzausrüstung aus dem Haus. Einige Meter entfernt erkannte Anne Torsten in seiner Feuerwehrmontur. Er hatte das Kommando. Sie lief zu ihm hin und packte ihn am Arm.

»Wo ist Martin?«, schrie sie verzweifelt, um den Krach der Generatoren zu übertönen.

»Er ist in Sicherheit, gleich kommt der Notarzt«, brüllte Torsten zurück und wandte sich dann wieder an seine Leute.

»Wo ist er, Torsten?« Sie zerrte an seiner Uniformjacke.

»Du kannst jetzt nicht zu ihm. Sie machen erste Hilfe. Bedank dich bei dem da drüben. Der hat ihn rausgeholt.« Torsten wies auf eine Gestalt, die etwa zehn Meter entfernt zusammengesunken am Bordstein saß. In der Ferne hörte man Martinshörner. Das Geheule kam schnell näher.

Ivi legte den Arm um sie. »Komm«, sagte sie mit beruhigender Stimme, »gehen wir mal zu unserem Helden rüber.« Der Feuerwehrmann hustete vor sich hin und spuckte aus. Neben ihm auf dem Boden lag eine Atemschutzmaske und eine Druckluftflasche. Er wirkte vollkommen erschöpft. Als sie vor ihm standen, verschlug es ihr die Sprache. Das rußverschmierte Gesicht mit den rotunterlaufenen Augen unter dem Feuerwehrhelm gehörte Sven.

»Du hast ihn da rausgeholt?«

Er nickte hustend.

»Wahrscheinlich wollte er ins Freie«, krächzte er, »er lag unten vor der Treppe. Dort war alles voller Rauch.« Er hustete und spuckte wieder neben sich aus.

»Scheiße, Anneli, es tut mir so leid. Hoffentlich schafft er's.«

Sie schluchzte wild auf. Gerade fuhr der Krankenwagen vor. Torsten dirigierte ihn durch die Einfahrt in den Garten. Dort hatten sie Martin also hingebracht. Anne riss sich von Ivi los. Sie musste unbedingt zu ihm. Unterwegs stieß sie mit einem Mann zusammen, der Fotos vom Pfarrhaus machte. Das war doch dieser *Morgenpost*-Fritze, mit dem dummen Artikel über das Kirchgartenfest? Egal, sie musste zu Martin. Doch Torsten fing sie ab, bevor sie zu der von Helfern umringten am Boden liegenden Gestalt durchdringen konnte. Er hielt sie fest umklammert. Sie zitterte am ganzen Körper.

»Ruhig, Anne, ganz ruhig. Sie helfen ihm, schau, sie helfen ihm doch«, sprach er immer wieder auf sie ein. Sie atmete tatsächlich ruhiger und sah zu, wie die Sanitäter das in goldene Rettungsfolie gewickelte Bündel mit der Sauerstoffmaske im Gesicht vorsichtig auf die Trage legten und dann zum Wagen eilten. Einer der Sanitäter drehte sich zu ihnen. »Ein Angehöriger da? Will jemand mitfahren?«

»Ich«, brüllte sie. Torsten ließ sie los.

»Ruf mich an. Ich hole dich dann im Klinikum ab«, hörte sie Ivis Stimme hinter sich.

»Alles okay?«, der Sanitäter am Steuer, neben den sie auf den Beifahrersitz geklettert war, musterte sie skeptisch. Sie nickte und schnallte sich mit bebenden Händen an. Dann fuhren sie los.

»Wie geht es ihm?«, fragte Anne nach einer Weile schüchtern. Hinten piepsten verschiedene Geräte und man hörte zischende Atemgeräusche.

Ein anderer Mann kümmerte sich im hinteren Teil des Wagens um Martin.

Der Fahrer neben ihr antwortete nicht.

»Er hat Glück gehabt, dass ihn so schnell jemand gefunden und rausgeholt hat. In der Klinik können wir Ihnen dann Genaueres sagen. Wir müssen erst noch ein paar Untersuchungen machen.« Die Antwort kam von hinten, das war offensichtlich der Notarzt.

So schnell war sie noch nie von Eichberg in die Stadt gefahren.

Der Sanitäter lenkte den Wagen direkt zur Notaufnahme. Dort wartete schon ein Team darauf, Martin zu übernehmen. Sie ergatterte nur einen kurzen Blick auf seine dunklen Wuschelhaare. »Frau von Stein?«, fragte der Notarzt. »Nein – wir sind nicht verheiratet. Ich heiße Anne Lischka.«

»Wie schon gesagt, Frau Lischka: Wir müssen jetzt einige Untersuchungen machen, um festzustellen, was ihm genau fehlt. Dort im Flur links neben der Palme ist das Wartezimmer. Sie bekommen dann Bescheid.«

Sie betrat den Warteraum. An den Wänden standen einige Metallstühle mit schwarzen Polstern. Außer ihr war niemand da. An der rechten Seite neben der Eingangstüre stand ein Heißgetränkeautomat. Mist, sie hatte nicht einmal einen einzigen Euro für einen Kaffee einstecken. Stöhnend ließ sie sich auf einen Stuhl fallen. Kurz darauf schaute eine Krankenschwester herein. »Am Ende des Gangs um die Ecke ist ein Wasserspender, wenn Sie etwas Kühles trinken wollen. Ich bin vorne am Eingang in dem Glaskasten, okay?«

Gott sei Dank, sie musste nicht verdursten. Sie ging gleich los, zapfte sich ein Wasser und stürzte es hinunter. Dann füllte sie den Becher noch einmal auf und nahm ihn mit in den Warteraum. Die Neonröhre an der Decke gab ein gleichmäßig sirrendes Geräusch von sich. Ab und zu hörte sie Schritte auf dem Flur. Jedes Mal hielt sie erwartungsvoll den Atem an, aber die Leute gingen an der Tür vorbei.

Sie konnte nur dasitzen, warten und nichts tun.

Doch, fiel ihr ein, sie konnte etwas tun. Das, was Martin vermutlich an ihrer Stelle machen würde, wenn die Sachlage andersherum wäre. Sie faltete ihre Hände und schloss die Augen. *Lieber Gott, bitte hilf, dass alles gut wird.* Eigentlich war Beten gar nicht so schwer. Sie wiederholte ihren Wunsch noch einmal in Gedanken und fügte an: *Bitte! Du weißt doch, wie lieb ich ihn habe.*

Minute um Minute verging. Vielleicht hatte Gott sie tatsächlich gehört, denn da, wo sich vorher ein großes Knäul voller Angst in ihrer Brust zusammengeballt hatte, machte sich langsam eine hoffnungswarme Ruhe breit. Endlich kamen wieder Leute den Flur entlang. Sie unterhielten sich leise. Diesmal stoppten die Schritte vor der Wartezimmertür. Ein älterer Mann und eine

Frau in ihrem Alter traten ein und stellten sich als die behandelnden Ärzte vor.

»Er hat eine Rauchgasvergiftung, mehrere Prellungen und eine gebrochene Rippe. Wir behalten ihn noch eine Weile auf der Intensivstation, bis er nicht mehr beatmet werden muss und stabil ist.«

»Kann ich zu ihm?«

»Ja, sie können für zehn Minuten hinein. Momentan ist er allerdings nicht ansprechbar. In vierundzwanzig Stunden sieht es sicher schon viel besser aus.« Der Arzt hatte eine väterlich tröstende Art zu sprechen.

Seine Kollegin nickte ihr aufmunternd zu. »Er ist jung und fit – offensichtlich hat er einen persönlichen Schutzengel, der auf ihn aufpasst. Viel länger hätte er nicht mehr in diesen Gasen liegen dürfen.«

Der Schutzengel hieß Sven, ausgerechnet Sven.

»Kommen Sie, ich bringe Sie zu ihm«, bot die Ärztin an. Anne war noch nie auf der Intensivstation der Klinik gewesen. Oma Hilde hatte die letzten Wochen auf der etwas abseits gelegenen Palliativabteilung verbracht. Dort kannte sich Anne gut aus. Heute ging es mit dem Aufzug nach oben. Sie starrte auf die Beschriftungen neben den Knöpfen. Im dritten Stock war die Gynäkologie. Nein, daran wollte sie sich jetzt wirklich nicht erinnern.

In einem Vorraum musste sie sich gründlich die Hände desinfizieren, bevor ihr die Ärztin in einen grünen Schutzkittel aus Plastik half. Dann ging es in einen Raum mit gedämpftem Licht. Auf den ersten Blick erkannte sie mehrere Betten in durch Stellwände abgeteilten Nischen, die jeweils von verschiedenen medizinischen Geräten umgeben waren. Drei waren besetzt. Überall leises Piepsen und Zischen. Die Ärztin ging zum hintersten der Betten. Dort lag Martin. Ein Beatmungsschlauch steckte in seinem Mund. Verschiedene Kabel kamen unter der dünnen Zudecke hervor und endeten in den Überwachungsgeräten. Eine Infusionsflasche hing über ihm an einem Ständer. Sein nackter Arm, in dem die Kanüle endete, lag auf der Decke.

»Zehn Minuten, okay? Ich hole Sie wieder ab. Und denken Sie daran, er ist noch nicht ansprechbar. Aber halten Sie ruhig seine Hand und reden leise mit ihm. Das spürt er auch im Unterbewusstsein.«

Sie setzte sich auf den Hocker und hielt die Luft an. Nein, sie durfte jetzt nicht losheulen. Vorsichtig berührte sie seine linke Hand. Die war ganz warm. Sie beugte sich ein wenig vor, um sein Gesicht besser sehen zu können. Er hatte die Augen nicht ganz geschlossen. Das sah irgendwie unheimlich aus. Zart streichelte sie seine Wange. Die dunklen Bartstoppeln kratzten. »Hallo, ich bin's. Alles wird wieder gut.« Sie unterdrückte ein Schluchzen. In diese blöden Plastikärmel konnte man nicht einmal seine Tränen abwischen. Sie liefen an ihrer Wange entlang, den Hals hinunter in den Kragen hinein. Wie hilflos und still Martin dalag. Wenn er doch noch sterben würde? Eine Welle aus Schmerz und Panik stieg in ihr auf. Nein, das durfte nicht geschehen.

»Lieber Gott«, flüsterte sie, »ich bete jetzt für Martin, weil er selber nicht kann. Bitte mach ihn gesund. Die Flüchtlinge brauchen ihn. Und ich brauche ihn auch. Du weißt das ganz genau.«

Sie schniefte.

Die nächsten Minuten saß sie still neben ihm und hielt seine Hand. Er zeigte keinerlei Reaktion.

Die Ärztin kam wieder in den Raum und nickte ihr zu. Anne küsste ihn sanft auf die Stirn und sagte leise: »Ich komme bald wieder.«

Ihre Lippen schmeckten ekelhaft nach Verbranntem.

Nachdem sie sich aus dem grünen Plastikmonster wieder in eine blasse müde Frau zurückverwandelt hatte, fragte sie die Ärztin: »Er ist doch außer Lebensgefahr, oder?«

»Ich hoffe es. Wissen Sie, diese Rauchgasvergiftungen sind tückisch. Man weiß nie genau, was für einen Gift-Cocktail die Patienten eingeatmet haben und welchen Schaden das in ihren Zellen angerichtet hat. Manche Folgen treten erst Stunden später auf. Deshalb behalten wir ihn noch eine Zeit lang hier auf der Intensivstation. Er bekommt reinen Sauerstoff und eine Behandlung in der Druckkammer, damit sein Körper die eingeatmeten Gifte möglichst schnell wieder ausscheidet. Besuchen Sie ihn ruhig heute Nachmittag wieder, wenn es Ihnen möglich ist. Er bekommt das mit, auch wenn er keine Reaktion zeigt.«

»Mache ich. Soll ich ihm etwas mitbringen? Schlafanzug? Unterwäsche? Waschsachen?«

»Schlafanzug braucht er vorerst nicht. Waschbeutel und Unterwäsche wäre gut, aber keine Handtücher. Bringen Sie ihm doch lieber etwas Persönliches mit. Ein Foto vielleicht.«

Auf dem Weg hinaus wurde ihr jedoch wieder bewusst, was eigentlich im Pfarrhaus geschehen war. *Hoffentlich kann ich überhaupt in seine Wohnung*, dachte sie erschrocken.

Draußen war es schon hell. Ivi hatte am Telefon versprochen, gleich loszufahren. Sie setzte sich auf eine Bank an der verabredeten Bushaltestelle vor der Klinik. Im Gebüsch daneben hüpfte eine Amsel auf dem Boden herum und scharrte emsig. Schon wieder in Mission früher Wurm.

Die Stadt erwachte samstags nur langsam. Bereits um diese frühe Uhrzeit war es sehr warm. Keine Abkühlung in Sicht. Mit dem Kanufahren würde es heute nichts werden, aber das war nun wohl das geringste Übel. Endlich rollte Ivis roter Flitzer heran. Sie stieg ein.

»Und – wie geht es ihm?«

Als sie an den hilflosen Körper dachte, der da oben im Bett lag, stiegen wieder Tränen in ihr hoch. Diesmal musste sie sich nicht beherrschen. Sie schluchzte hemmungslos.

»So schlimm?«, fragte Ivi ganz leise.

»Die Ärzte sagen, er schafft es wahrscheinlich. Er liegt auf Intensiv und ist nicht bei Bewusstsein. Rauchvergiftung, gebrochene Rippe und Prellungen.«

»Der Arme. Du Arme. Das tut mir so leid.«

»Es wird schon wieder, Ivi. Mir sind nur grad die Nerven ein bisschen durchgegangen.« Sie schnaufte tief durch und straffte die Schultern.

»Kein Wunder nach so einer Nacht.«

Ja, das war wirklich kein Wunder. Sie hatte nur drei Stunden geschlafen – vor Ivis Anruf – und war immer noch völlig aufgewühlt.

Blöde Mischung: hundemüde und gleichzeitig total aufgekratzt.

Ivi hielt vor einer Bäckerei.

»So, jetzt hole ich uns was zum Frühstück. Torsten ist schon dabei, Kaffee zu kochen, bis wir heimkommen.«

»Aber ist er nicht auch völlig fertig?«

»Ein bisschen mehr Schlaf als du hatten wir zwei auf jeden Fall.«

Während Ivi im Bäckerladen verschwand, schluchzte Anne schon wieder. Diesmal allerdings aus einem anderen Grund. Wie gut hatte sie es doch mit ihren Freunden.

Nach einem knusprigen Marmeladenbrötchen und einer großen Tasse Kaffee fühlte sie sich ein wenig besser.

»Sag mal, kann ich eigentlich in Martins Wohnung rein? Er braucht ein paar Sachen.«

Torsten runzelte die Stirn. »Ich bin mir nicht ganz sicher, ob die Kripo schon fertig ist. Wir können dann ja mal nachschauen.«

»Die Kripo?«

»Ja. Das war ein Anschlag.«

»Was?«

»Jemand hat einen Brandsatz durchs Gartenfenster ins Erdgeschoss geworfen. Es hat, Gott sei Dank, nicht richtig gebrannt, aber unten ist alles verqualmt und verrußt. Die Rauchmelder lagen zwar schon bereit, waren aber noch nicht installiert. Wenn Sven nicht so geistesgegenwärtig gewesen wäre …«

»Martin hätte tot sein können?«

»Ja, Anne. Sven mag sonst sein, wie er will, aber er ist auf jeden Fall mein bester Feuerwehrmann.«

»Das waren bestimmt diese … diese Dumpfbacken«, knurrte Ivi zornig.

»Warten wir erst mal ab, was die Kripo rausfindet«, beschwichtigte sie Torsten.

Später ging er mit Anne hinüber zum Pfarrhaus. Die Polizeibeamten waren noch vor Ort.

Im Haus standen alle Fenster und Türen offen. Es roch ekelhaft nach Rauch. Sie durfte mit einem Polizisten zusammen in Martins Wohnung. Dort stank es nicht mehr so bestialisch. Sie suchte Wäsche zusammen, fand im Bad, was er für seine tägliche Hygiene brauchen würde. Alles stopfte sie in einen Wäschekorb, der in der Badewanne stand. Auf dem Küchentisch sah sie das kornblumenblaue Büchlein liegen. Sie wusste, dass er jeden Tag beim Frühstück darin las, und nahm es mit. Ein Foto? Sie sah sich um. Nirgends standen oder hingen Bilder. Auf dem Nachttisch lag sein Smartphone. Das steckte sie ein. Bevor sie die Treppe hinunterging, hielt sie den Atem an, solange, bis sie draußen im Hof war. Nach Luft ringend, setzte sie den Wäschekorb ab. Opa Willi kam auf sie zu. »Ach Mädel, was haben wir für schlimme Zeiten.« Er drückte sie an sich und streichelte unbeholfen über ihr Haar. Die Kripo war vorläufig fertig mit den Ermittlungen. Die leitende Beamtin vereinbarte mit Anne, dass sie am Montagvormittag zu einer Befragung in die Kita kommen würde.

Alle Fenster wurden geschlossen. Vor dem zerbrochenen Fensterflügel im Erdgeschoss verriegelte Opa die Fensterläden.

Dann fuhr er mit Anne nach Hause. Die Sachen im Wäschekorb auf dem Rücksitz stanken nach Rauch. Hoffentlich ging der Geruch wieder raus. Sie steckte die Wäsche sofort in die Waschmaschine und tat eine doppelte Menge Weichspüler in die Kammer. Nach 30 Minuten war das Schnellprogramm durchgelaufen. In der Zwischenzeit hatte sie geduscht. Sie hängte Martins Sachen auf die Wäschespinne in die pralle Sonne. Danach fiel sie in ihr Bett, um wenigstens ein bisschen Schlaf nachzuholen.

Später saß sie mit Opa Willi im Schatten auf der Terrasse. Sie fühlte sich immer noch wie gerädert.

»Sag mal, Mädel, wissen eigentlich Martins Eltern schon, was passiert ist?«

»Das habe ich ganz vergessen. Ich sollte ihnen lieber gleich Bescheid sagen, oder?«

Opa nickte. »Weißt du denn, wie du sie erreichen kannst?«

»Ja, über Martins Smartphone. Er hat die Nummer bestimmt eingespeichert.« Sie sprang auf, huschte die Treppe hinauf in ihr Schlafzimmer und holte das Handy. Dann setzte sie sich wieder zu Opa Willi.

Sie zögerte, bevor sie es einschaltete. Hier begann Martins Privatsphäre. Durfte sie das überhaupt? Egal – irgendwie musste sie seine Familie erreichen und das war der schnellste Weg. Sie drückte entschlossen den Knopf. Vielleicht hatte er ja sowieso eine Sperre programmiert, die man nur mit Kennwort umgehen konnte. Der Bildschirm wurde hell. Aha, eine einfache Tastensperre, die man aufheben konnte, indem man ein Muster auf dem Touchscreen zeichnete. Sie hielt das Gerät leicht schräg. Tatsächlich, die Schmierspuren der Finger waren erkennbar: ein Z. Sie kam problemlos ins Hauptmenü. Unter den Kontakten fand sie einen Eintrag *Eltern* und wählte mit klopfendem Herzen die Nummer. Martins Mutter hob ab. Anne schilderte ihr, was vorgefallen war. Frau von Stein blieb sehr ruhig und gefasst. Sie würden in der nächsten Stunde losfahren und Anne später bei Martin im Klinikum treffen.

»Gut, dass du ihr das mit dem Brandanschlag noch nicht gesagt hast«, meinte Opa Willi, »das ist im persönlichen Gespräch sicher besser.«

»Ich kann es noch gar nicht glauben. Wer von unseren Eichbergern tut so etwas?«

»Es waren bestimmt keine Leute aus dem Dorf. Vielleicht die gleichen, die auch die Schmierereien auf dem Kerbholz haben. Wir in Eichberg sind ja nicht die einzigen in Deutschland. Fast jeden Tag kommt Ähnliches im Fernsehen.«

»Das ist so niederträchtig!«

»Eigentlich dachte ich nicht, dass ich das auf meine alten Tage noch erleben muss. Was haben wir nur für eine verkehrte Welt.«

Opa hatte recht. Wer hätte je gedacht, dass man in Deutschland um Gesundheit und Leben fürchten müsste, nur, weil man sich auf die Seite von Hilfsbedürftigen stellte?

Sie dachte an Přemysl Pitter und seine Mitstreiter. Denen war es damals auch so gegangen. Jael hatte ihr zum Abschied in Prag ein Buch geschenkt, das sie seit einigen Tagen vor dem Einschlafen verschlang. Darin erzählte Pitter selbst über sein Leben.

»Er war schon mal wach vorhin.« Die Krankenschwester half ihr nach der Händedesinfektion in den obligatorischen grünen Kittel. »Wenn Sie schön leise sind, können Sie bis zum Ende der Besuchszeit bei ihm bleiben.«

»Nachher kommen seine Eltern.«

»Okay, dann müssten Sie wieder raus. Mehr als zwei Leute dürfen nicht zu ihm ans Bett.«

»Geht klar. Danke. Sagen Sie: ist er übern Berg?«

Die Krankenschwester zog ihre sommersprossige Stupsnase kraus.

»Sprechen Sie nachher lieber nochmal mit dem Arzt.«

»Sie dürfen nichts sagen, nicht wahr?«

»Leider nicht. Aber seit meinem Dienstbeginn hat sich sein Zustand verbessert.« Sie zwinkerte Anne verschwörerisch zu.

»Er ist eine echte Kämpfernatur, nicht wahr?«

Anne lächelte breit und zwinkerte zurück.

Dann betrat sie wieder das Krankenzimmer. Diesmal war es heller und angenehm klimatisiert. Draußen im Freien herrschte inzwischen eine Bullenhitze.

Martin hatte die Augen jetzt ganz geschlossen und schien friedlich zu schlafen. Das Kopfteil seines Bettes war höhergestellt, so dass er halb saß. Er wurde immer noch beatmet, auch die Infusion lief noch in seine Armvene. Sie zog leise den Hocker unter dem Bett hervor und setzte sich. »Hallo«, flüsterte sie. Seine Hand war ganz heiß und ein wenig angeschwollen. Sie schob ihre unter seine. Da, seine Finger bewegten sich. Hatte er sie erkannt? Seine Lider zuckten, er öffnete die Augen, aber sie fielen ihm gleich wieder zu. »Lass sie ruhig geschlossen, wenn es zu anstrengend ist. Ich leiste dir ein wenig Gesellschaft.« Er drückte ganz leicht mit seinen Fingern gegen ihre Handfläche.

»Verstehst du mich? Wenn du *ja* sagen willst, drück einmal, bei *nein* zweimal.« Er drückte einmal.

»Hast du Schmerzen?« Martins Finger bewegten sich zweimal. Toll, sie konnte auf diese Weise mit ihm kommunizieren.

»Ich habe deine Eltern angerufen. Sie kommen nachher.« Einmal.

»Weißt du, was passiert ist?« Martin Augenlider zuckten. Er schien zu überlegen. Zweimal.

»Im Pfarrhaus hat es gebrannt. Du hast eine Rauchvergiftung, deswegen wirst du beatmet. Und ein paar Prellungen, nichts Schlimmes. Alles wird gut.« Einmal.

»Ich habe dein blaues Büchlein mitgebracht. Soll ich dir vorlesen, was für heute drinsteht?« Einmal.

Sie zog ihre Hand unter seiner vor und blätterte auf den 2. Juli.

»Herr, du hast mich heraufgeholt aus dem Totenreich, zum Leben mich zurückgerufen von denen, die hinabfuhren in die Grube.

Und dann steht da noch ein zweiter Vers:

Er hat uns errettet von der Macht der Finsternis und hat uns versetzt in das Reich seines lieben Sohnes.«

Sie schob ihre Hand wieder unter seine Finger. »Soll ich es nochmal lesen?« Einmal. Sie wiederholte den Text langsam. Als sie aufschaute, bemerkte sie eine Träne, die Martins Wange hinunterkullerte. Sie flüsterte andächtig: »Gott hat dich wirklich aus dem Totenreich wieder heraufgeholt.« Einmal.

»Er hat dazu ausgerechnet Sven benutzt. Der hat dich rechtzeitig rausgezogen.« Diesmal antwortete Martin nicht. Seine Finger lagen ganz locker auf ihrer Handfläche. Er war offenbar eingeschlafen. Die gleichmäßigen Geräusche der medizinischen Geräte lullten auch sie ein. Sie schreckte erst auf, als eine Hand ihre Schulter berührte. Sie lag mit dem Oberkörper seitlich auf Martins Bettkante, die Stirn an seiner nackten Schulter. Wie peinlich. Die Krankenschwester mit der Stupsnase grinste unter ihrem Mundschutz.

»Seine Eltern sind jetzt da.« Anne nickte ihr zu und fragte dann leise: »Martin, bist du wach?« Einmal.

»Deine Eltern sind da. Ich komme morgen wieder. Ich hab dich lieb.« Einmal – Pause – Dreimal. Sie zog ihre Hand unter seiner vor, küsste ihn zum Abschied auf die Wange und ging zur Tür. Dreimal gedrückt hieß bestimmt: *Ich dich auch.*

Seine Eltern warteten auf dem Gang. Martins Vater sah man an, dass er viel Zeit draußen an der frischen Luft verbrachte. Er war eine ältere, größere und glattrasierte Ausgabe von Martin mit graumelierten Schläfen. Seine Mutter mit dem hochgesteckten hellbraunen Haar und dem freundlichen Gesicht war ihr auf Anhieb sympathisch.

»Sie sind bestimmt Anne«, meinte Martins Vater. Sie nickte und gab ihnen nacheinander die Hand.

»Martin weiß schon, dass Sie kommen.«

»Er ist bei Bewusstsein? Gott sei Dank«, atmete Frau von Stein auf.

»Reden kann er wegen des Beatmungsschlauches leider nicht. Wir haben uns mit Zeichen verständigt. Wenn er einmal mit den Fingern drückt, heißt das *ja*, zweimal heißt *nein*. Er ist noch ziemlich müde.«

»Leider dürfen wir nicht zu dritt hinein«, meinte seine Mutter, »wir würden uns aber gerne noch mit Ihnen unterhalten.«

»Wollen wir uns nachher im Klinikbistro treffen? Die Besuchszeit endet um achtzehn Uhr, das ist noch über eine Stunde. Ich besorge einstweilen etwas in der Stadt und komme danach wieder her«, schlug Anne vor.

Seine Eltern waren einverstanden und sichtlich erleichtert.

So hatte Anne an diesem Abend Martins Eltern kennen gelernt. Er hatte ihnen bei seinem letzten Besuch zu Hause offenbar schon von ihr erzählt.

Sie berichtete, was sie über das Unglück und seine Vorgeschichte wusste – auch, dass die Kripo Ermittlungen aufgenommen hatte.

»Wir waren ja so einiges gewohnt von unserem abenteuerlustigen Ältesten«, seufzte Frau von Stein, »eigentlich dachten wir, jetzt läuft sein Leben endlich mal in ruhigeren Bahnen.«

»So ist er halt, Ursel, er macht's entweder g'scheit oder garnet.« Martins Vater schmunzelte. Anne spürte einen gewissen Stolz hinter diesen Worten. Seine Eltern standen offenbar voll und ganz hinter dem Flüchtlingsprojekt, trotz aller Folgen.

»Und Sie zwei beide?« Frau von Stein blickte sie mit einem erwartungsvollen Lächeln an. Anne spürte, wie sie errötete. Was sollte sie jetzt zum Thema Beziehungsstatus antworten?

»Wir haben uns gern. Aber es ist alles noch ganz am Anfang.« Das war die ehrlichste aller möglichen Antworten.

Anne verstand sich mit Ursel und Georg, wie sie die beiden dann nennen durfte, auf Anhieb. Sie kamen überein, dass Anne die Besuche bei Martin in den nächsten Tagen übernehmen würde. Der Arzt hatte angedeutet, dass sie ihn am Montag auf die normale Station verlegen könnten, wenn sein Zustand sich weiterhin so gut entwickeln würde. In Franken war die Gerstenernte in vollem Gange. Martins Eltern mussten noch am gleichen Abend wieder zurückfahren.

13

MEISTENS SCHANZTEN SIE IHR DIE langweiligen Routinefälle zu. Richtig spannende Sachen verteilten die Herren Kollegen normalerweise unter sich. Na ja, wenigstens ging es bei dem Brandanschlag in Eichberg um mehr als nur Diebstahl oder nicht artgerechte Tierhaltung. Da steckte schon eine Menge krimineller Energie dahinter. Und manches Detail an diesem Fall war wirklich ungewöhnlich.

Kriminalkommissarin Grit Weber schaltete einen Gang runter. Hier in der Pampa waren die Straßen ungewohnt eng und kurvig. Man konnte in der Erntezeit außerdem nie wissen, ob hinter dem nächsten Hügel ein Mähdrescher mitten auf der Fahrbahn stand.

Der Notruf an die Leitstelle war von einer unbekannten männlichen Person über ein nicht registriertes Kartenhandy abgegeben worden. Der Anrufer hatte sofort nach der Meldung aufgelegt, ein Rückruf oder eine Ortung war bisher nicht erfolgreich. Den Brandsatz musste ein Profi präpariert haben, der damit kein Feuer auslösen wollte, sondern ganz gezielt Rauchschäden verursachen. Bei dem anderen Anschlag letztes Jahr auf eine geplante Asylunterkunft in der Nachbarstadt hatte es lichterloh gebrannt, niemand hatte anonym die Rettungsleitstelle verständigt. Damals waren wenigstens keine Menschen in Gefahr geraten.

Dieser junge Pfarrer war dem Sensenmann gerade noch von der Schippe gesprungen. Gestern Abend konnte sie ihn leider noch nicht vernehmen.

Vielleicht würde das Gespräch mit der Kita-Leiterin ein wenig Licht in die Sache bringen.

Die Kommissarin parkte den Wagen direkt vor dem blauen Haus. Dass sich in einem Kaff wie Eichberg noch eine Kita hielt, grenzte an ein Wunder. Sie schlenderte auf den Eingang zu.

Die Erzieherin hatte sie schon erwartet und gleich ins Büro gebeten. Nun saßen sie sich gegenüber, jede mit einem Kaffeetopf vor sich auf dem Tisch. Die junge Frau hatte ihr alles erzählt, was sie von der schrecklichen Nacht wusste.

Grit war danach gleich in die Offensive gegangen: »Sagen Sie, Frau Lischka, haben Sie eine Idee, wer dahinterstecken könnte?«

Die Kita-Leiterin dachte kurz nach. »Nein. Vielleicht hat es etwas mit den Schmierereien zu tun, die wir an der Kirche und am Blaubärschloss hatten.«

»Ich habe die Bilder im Internet gesehen. Warum wurden diese Vorfälle eigentlich nicht angezeigt?«

»Mein Chef meinte, das wäre sinnlos. Er wollte der Polizei nicht unnötig Arbeit machen. Ich glaube, bei der Kirche war es genauso.«

»Die Schäden sind inzwischen schon beseitigt, oder? Schade, das hätte uns jetzt vielleicht weitergebracht.«

»Ich habe Fotos davon. Im Originalzustand, ohne unsere grünen Ergänzungen.«

Das war ja ein Lichtblick, immerhin.

»Sie haben die witzigen Sprüche dazu gemalt?«

»Ja, ich und der Pfarrer.«

»Waren Sie eigentlich bei dem Dorffest, über das die *Morgenpost* berichtet hat? Wie war doch der Titel? *Streit über Flüchtlingsunterkunft entzweit Dorfgemeinschaft.*«

»Ich war dabei; alles halb so wild. Der Journalist hat total übertrieben.«

»Wer im Dorf hat sich denn gegen die Flüchtlinge ausgesprochen?«

Grit beobachtete die Reaktion der Kita-Leiterin genau. Die überlegte offensichtlich, was sie sagen sollte. Und was lieber nicht.

»Ich glaube nicht, dass diese Leute etwas mit den Graffitis und dem Brandanschlag zu tun haben. Das kann gar nicht sein.«

»Wie kommen Sie darauf?«

»Der Feuerwehrmann, der Pfarrer von Stein gerettet hat, war zum Beispiel einer davon.«

»Sie meinen Sven Kittel?« Den hatte Grit bereits verhört. Optisch ein Prachtexemplar von Mann.

»Ja. Er war als Soldat in Afghanistan und ist nicht begeistert, dass jetzt die jungen Araber hierherkommen, statt für den Frieden in ihrem eigenen Land zu kämpfen.«

»Kann man irgendwie verstehen, oder?«

»Das schon. Aber in unser Pfarrhaus sollen doch nur zwei Witwen mit ihren Kindern einziehen. Jesidinnen aus dem Irak. Die haben es in den Sammelunterkünften besonders schwer.«

Die Kommissarin nickte. Diese Probleme waren ihr nur zu gut bekannt.

»Sagen Sie, Frau Lischka, was glauben Sie dann, wer dahintersteckt, wenn es niemand aus dem Dorf war?«

»Los ging es erst nach diesem blöden Zeitungsartikel…«, die junge Frau stockte und schien sich an etwas zu erinnern. »Moment mal, da fällt mir noch etwas ein: Dieser Reporter von der *Morgenpost* war auch in der Brandnacht beim Pfarrhaus. Eigentlich komisch.«

»Warum?«

»Na, er war schon vor dem Rettungswagen da. Wie hat er das geschafft? Woher hat er so schnell von dem Unglück erfahren?«

Das war allerdings eine Spur, der Grit unbedingt nachgehen musste.

»Ich werde das prüfen. Danke, ein interessanter Hinweis.«

»Vielleicht können Sie auch etwas mit diesem Zeug anfangen?«

Die Kita-Leiterin öffnete eine Schreibtischschublade und holte verschiedene Zettel und Briefumschläge heraus.

»Drohbriefe?«

»Ja. Herr von Stein hat ebenfalls welche erhalten. Wir haben sie wohl nicht ernst genug genommen.«

»Haben Sie mit jemand darüber gesprochen? Mit Ihren Vorgesetzten?«

»Nein, nur mit Herrn von Stein.«

»Sie beide sind befreundet, nicht wahr?«

Die junge Frau nickte. »Wir haben nicht gedacht, dass diese Psychopathen tatsächlich ernst machen.«

Grit konnte die zwei jungen Leute gut verstehen. Sie hätte an deren Stelle vermutlich genauso gehandelt. Wer sich heutzutage öffentlich für die Flüchtlinge einsetzte, sah sich schnell Anfeindungen ausgesetzt, die sich, Gott sei Dank, fast immer in Worten erschöpften. Fast immer. Hier in Eichberg lag der Fall leider anders.

»Wieso sind eigentlich Ihre witzigen Graffitis schon wieder weg?«

»Herr Lohmann, mein Chef, wollte sie unbedingt so schnell wie möglich beseitigen. Damit es nicht noch mehr Unruhe im Dorf gibt.«

»Aha.« Der Bürgermeister war also nicht stolz auf die Zivilcourage seiner Einwohner.

»Ich habe wegen der grünen Graffiti eine Abmahnung bekommen und muss die ganzen Malerkosten bezahlen.«

Offensichtlich ärgerte sich die Kita-Leiterin sehr darüber.

»Ganz schön hart, die Reaktion Ihres Chefs«, sagte Grit. Was sie gleichzeitig über Lohmann dachte, war nicht gerade salonfähig.

»Die Malerkosten machen mir nicht so viel aus, aber die Abmahnung. Wenn die Kita geschlossen werden sollte und ich mich woanders bewerben muss, macht sich das nicht gut in meinen Personalunterlagen.«

»Die Kita wird geschlossen?«

»Wenn die Kinderzahl unter zehn sinken sollte, wird auf die umliegenden Einrichtungen verteilt. Mit den zusätzlichen Flüchtlingskindern wäre die Schließungsgefahr natürlich geringer.«

»Und die Eichberger Eltern haben nichts gegen Ausländer? Woanders gibt es da massiv Ärger, habe ich gehört.«

»Ein paar sind nicht so begeistert, aber mehr als die Hälfte unserer Eltern steht voll hinter dem Projekt.«

Alles wichtige Informationen, die Grit hier sammeln konnte. Den Bürgermeister musste sie sich auf jeden Fall noch einmal vorknöpfen.

»Wenn Ihnen noch etwas in den Sinn kommt, bitte rufen Sie mich an. Informieren Sie mich über alles, was Ihnen auffällt – egal, wie unwichtig es Ihnen erscheint.« Sie reichte ihr eine Visitenkarte.

»Mache ich. Hoffentlich finden Sie die Schuldigen bald, bevor sie noch andere Unterkünfte anzünden.«

»Ich habe einen ganz persönlichen Ehrgeiz, diese Typen zu erwischen, glauben Sie mir.«

Die Kita-Leiterin lächelte sie daraufhin erleichtert an.

Auf der Rückfahrt ließ Grit sich nochmal alle Informationen durch den Kopf gehen. Als nächsten Schritt würde sie sich den Reporter vorknöpfen. Der Fall Eichberg begann ihr Spaß zu machen.

14

ENDLICH WAR ER DIESEN EKELHAFTEN Beatmungsschlauch los. Gut, dass über seinem Kopf der dreieckige Haltegriff baumelte. Er zog sich vorsichtig daran hoch, bis er aufrecht saß und die Beine seitlich am Bettrand herunterbaumeln lassen konnte. Er brauchte dringend Krücken, um aufzustehen. Der nette Krankenpfleger hatte ihm vorhin versprochen, welche zu organisieren. Nur nicht noch mehr an Muskelkraft abbauen. Martin kannte das von seinem Kletterunfall. Mit jedem Tag, den er danach im Liegen verbringen musste, wurde er schwächer und der Weg zurück in den Alltag anstrengender.

Immerhin hatten sie ihn heute früh von der Intensivstation hierher auf die Abteilung für Innere Medizin verlegt. In ein winziges Einzelzimmer. Wenn er wie jetzt aufrecht saß, konnte er durch das gegenüberliegende Fenster auf den Klinikvorplatz blicken. Zwei Kinder in Badekleidung spielten im Becken des Springbrunnens, dem einzigen Ort vor dem Haupteingang, wo es ein wenig Schatten durch die Bäume auf der Grünfläche gab. Die Mutter saß mit einem älteren Herrn, der einen Morgenmantel trug, auf einer Bank.

Wahrscheinlich würde Anne bald auftauchen, das Mittagessen war schon eine ganze Zeit her. Und immer noch klebte dieses für die Pflege praktische, aber ansonsten ziemlich lächerliche hinten offene Krankenhaushemd auf seiner Haut. Jetzt eine lauwarme Dusche – das wäre klasse. Er seufzte.

Es klopfte an der Tür, der Krankenpfleger kam mit zwei Krücken unter dem Arm herein.

»So, die müssten passen. Wollen Sie mal probieren, aufzustehen?«

»Gerne, wenn Sie mich vorher abkabeln?« Seine Stimme klang dünn und heiser, eine Folge der Beatmung.

Der Krankenpfleger, ein hagerer blonder Typ im gleichen Alter, grinste. »Wenn Sie es problemlos zum WC schaffen, mache ich Ihnen den Katheter heraus, okay?« Er nahm den Beutel vom Haken und stellte sich neben Martin bereit, um ihn notfalls zu stützen.

Er nahm die Krücken, rutschte vorsichtig vom Bettrand und stand erst einen Moment da. Puh, sein Brustkorb! Er atmete tief durch, um den Schmerz wegzudrücken.

»Die Rippen, nicht wahr? Tut bestimmt noch weh«, bedauerte ihn der Pfleger. Martin fasste sich ein Herz und hinkte los. Es klappte unerwartet gut. Sein Kreislauf machte keine Probleme.

»Man merkt, dass Sie Übung haben, mit den Krücken zu laufen. Ich kann den Katheter wirklich abmachen«, lobte ihn der nette Krankenpfleger.

»Ja, ich bin heilfroh, wenn ich aufstehen und herumlaufen kann. Nachher bekomme ich Besuch.«

»Aber das Zimmer verlassen Sie vorerst bitte nicht – da muss erst der Doc grünes Licht geben.«

»Geht klar. Und vielen Dank für die Krücken, Herr … ?«

»Bruder Andreas.«

»Bruder?«

»Ja, bin ein katholischer Ordensmann. Wir beide haben uns sozusagen dem gleichen Sport verschrieben, nur in unterschiedlichen Clubs.«

Martin musste lachen. »Also, dann Sportsfreund: vielen Dank für die Krücken.« Einen Ordensmann hatte er in dieser Klinik wirklich nicht erwartet. Äußerlich war es Bruder Andreas auch nicht anzusehen. Er trug die gleiche Arbeitskluft wie die anderen Pflegekräfte.

Endlich konnte er sich waschen und Zähne putzen. Hinterher war er ganz schön erschöpft, aber wenigstens frei von Mund- und Körpergeruch. Er setzte sich wieder auf sein Bett, ließ das Kopfteil in einer höheren Position einrasten und stellte das in den Rufknopf integrierte Radio an, aus dem gleich darauf leise Musik dudelte.

»Hallo, Martin.« Er schreckte hoch. Anne stand neben seinem Bett. Hatte er wieder gedöst?

»Grüß dich, schön, dass du da bist.« Er schaltete das Radio aus.

Sie beugte sich hinunter und gab ihm einen Kuss.

»Gibt's hier keinen Stuhl?«

»Doch, schau mal im Bad nach. Da steht ein Hocker.«

Anne holte ihn und setzte sich zu ihm ans Bett.

»Du siehst viel besser aus. Kannst du wohl schon aufstehen?« Ihr Blick fiel auf die Krücken, die er in die Halterung an seinem Nachtkästchen geklemmt hatte.

»Das tut noch ziemlich weh, aber ich bin schon im Zimmer rumgelaufen.«

»Ich habe dir was mitgebracht.« Sie stand auf, holte die Sporttasche, die sie in der Ecke vor dem Schrank abgestellt hatte und packte aus. »Schau mal: kurze und lange Sporthosen, Socken, T-Shirts und deine Sandalen.«

»Prima, dann kann ich das doofe Engelshemd endlich ausziehen.« Er zog sich hoch und schwang die Beine seitlich aus dem Bett. Annes Blick wanderte zu seinem Stumpf. »Hätte ich deine Prothese wohl auch mitbringen sollen?«

»Nein, vorerst nicht. Ich komme hier ganz gut mit den Krücken zurecht.« Er hatte das Krankenhaushemd inzwischen abgestreift und saß nun in Unterhosen da. Die großen Blutergüsse auf seinem Oberkörper schimmerten in verschiedenen Farben zwischen schwarz, blau und violett. Anne schien ein wenig verlegen. »Kann ich dir irgendwie helfen?«

»Geht schon, danke.« Er zog zuerst ein Shirt über, dann die kurze Sporthose. Anne sah derweilen aus dem Fenster.

»Oder soll ich lieber die Hose mit den langen Beinen anziehen?«

Anne drehte sich überrascht um. »Bei der Hitze?«

»Ich dachte, vielleicht ist dir der Anblick … angenehmer.«

»Quatsch, es war nur ein bisschen ungewohnt, dich ohne Kleidung zu sehen.« Sie kicherte. »Obwohl, wenn wir am Wochenende Boot gefahren wären, hättest du ja auch nur eine Badehose angehabt.«

»Und du ganz bestimmt keinen Rollkragenpullover.« Sie lachten miteinander. Gott sei Dank, der Anblick seines Stumpfes bereitete Anne offenbar keine Probleme.

»Aber jetzt erzähl mal: Wie geht es dir? Wann darfst du hier raus?« Sie setzte sich wieder vor ihn auf den Hocker. Er ließ die Beine über die Bettkante baumeln, beugte sich vor und stützte sich mit den Armen auf seinen Oberschenkeln ab. Sie nahm seine Hände in ihre.

»Ein paar Tage muss ich schon noch bleiben. Sie wollen sichergehen, dass keine Spätfolgen auftreten. Eine Lungenembolie zum Beispiel. Ich hoffe, dass ich bald wieder arbeiten kann. Sag mal, wie sieht es denn jetzt im Pfarrhaus aus? Steht es überhaupt noch?«

»Ja, ja – es ist nicht abgebrannt, aber es stinkt darin bestialisch. Das Erdgeschoss ist total verrußt, das muss man komplett saubermachen und neu streichen. Bei dir oben riecht es nicht ganz so schlimm, aber gründlich putzen muss man dort auch. Wahrscheinlich kannst du vorerst noch nicht drin wohnen. Sag mal, erinnerst du dich eigentlich an diese Nacht?«

Er überlegte. Wie sollte er ihr das erklären? »Nicht wirklich. Es kommt mir wie ein böser Alptraum vor. Kennst du das: Du wachst auf und weißt, du hast gerade etwas Grässliches geträumt – aber du kannst beim besten Willen nicht sagen, was? Nur das schreckliche Gefühl ist noch da.« Sie nickte.

»Die Zeit zwischen dem Bettgehen am Freitagabend und dem Aufwachen hier in der Klinik ist für mich so ein schmerzhafter Alptraum ohne echte Erinnerung. Weißt du denn, wie alles passiert ist?«

»Jemand hat einen Brandsatz durch das Gartenfenster in das große Zimmer geworfen. Der ist, Gott sei Dank, nicht richtig losgegangen.«

»Es war also wirklich ein Anschlag? Ich dachte zuerst, vielleicht ein Kurzschluss. Die Elektriker waren ja am Freitagvormittag zu Gange und sind nicht ganz fertig geworden. Dummerweise haben sie sich ausgerechnet die Rauchmelder für Montag aufgehoben.«

»Nein, den Brand hat jemand mit Absicht gelegt. Sven hat dich bewusstlos im Erdgeschoss vor der Treppe gefunden und rausgezogen. Als ich hinkam, war die Feuerwehr schon im Einsatz.«

»Keine Ahnung, wie ich nach unten vor die Treppe geraten bin. Vielleicht heruntergefallen? Irgendwo müssen ja die Prellungen und die gebrochene Rippe herkommen.«

»Das ist gut möglich. Deine Krücken lagen auch dort im Flur. War die Kommissarin eigentlich schon bei dir?«

»Ja, aber da hatte ich den Schlauch noch intus und war halb weggedämmert. Bestimmt kommt sie noch einmal. Vielleicht hat sie eine Idee, wer hinter der Sache steckt.«

»Wir hätten diese Drohbriefe ernster nehmen sollen.«

»Und dann immerzu in der Angst leben, dass uns etwas passiert? Anne, das hält kein Mensch lange aus. Außerdem geschieht doch in den allermeisten Fällen überhaupt nichts. Diese Menschen machen sich nur mit Worten Luft.«

»Na ja, jetzt ist aber tatsächlich was passiert. Ich hoffe nur, es kommt nicht noch mehr. Ich bin in den letzten Nächten bei jedem Geräusch aufgeschreckt.«

Anne sah wirklich unglücklich aus. Er ließ ihre Hände los, nahm sie in die Arme und drückte sie vorsichtig an seine Brust. Sie umklammerte ihn, was ihn vor Schmerz aufstöhnen ließ. Sofort lockerte sie ihren Griff wieder. Ihre Schultern bebten.

»Du hättest tot sein können«, nuschelte sie schluchzend in sein T-Shirt.

»Ich bin aber noch sehr lebendig.«

Er spielte zärtlich mit ihrem Zopf. »Es wird nichts mehr passieren, glaub mir.«

Sie schwieg und kuschelte sich an seine Brust. Nach einer Weile löste sie die Umarmung und sah ihn an.

»Wenn du aus der Klinik entlassen wirst, wo willst du dann wohnen?«, fragte sie zaghaft.

»Bis ich wieder nach Eichberg kann, bleibe ich hier in der Stadt. Meine bisherige Wohnung steht noch leer, bis ein neuer Vikar kommt.«

»Du könntest so lange auch bei mir einziehen, wenn du magst. Im Haus ist genug Platz.« Sie lächelte erwartungsvoll.

Ihm dämmerte, dass er sich gleich auf schwieriges Terrain begeben würde. Er musste Anne die berufsmoralischen Grundsätze eines evangelischen Pfarrers klarmachen, ohne sie zu verletzen.

»Anne, das ist lieb von dir, aber es geht nicht.«

»Warum nicht?«

»Ich kann nur mit einer Frau zusammenleben, mit der ich auch verheiratet bin. Egal ob im Pfarrhaus oder außerhalb.«

Sie musterte ihn mit hochgezogenen Brauen und großen Augen.

»Echt? Aber ist das nicht ein bisschen … altmodisch?«

»Pfarrer ist eben kein Beruf wie jeder andere. Wir möchten so leben, wie wir predigen und es in der Ordination versprochen haben. Das wird alles sogar in einem Pfarrdienstgesetz geregelt.«

»Und wenn du offiziell bei Opa Willi wohnst?«

Er seufzte. »Und wo würde ich inoffiziell wohnen? Nein, Anne, das möchte ich nicht.«

Sie sah enttäuscht aus. Er streichelte zärtlich mit dem Daumen an ihrer Wange entlang. »Das heißt doch nicht, dass ich nichts für dich empfinde. Ganz im Gegenteil.«

Wenigstens lächelte sie jetzt wieder.

»Aber wie willst du dann jemals herausfinden, ob eine Frau zu dir passt, bevor du sie heiratest?«

Er atmete innerlich auf.

»Ganz einfach. Ich gehe mit ihr vier Wochen auf eine Campingtour in der australischen Wildnis. Entweder hat sie mich danach an die Krokodile verfüttert, wir sind beide draufgegangen, oder wir können getrost heiraten. Außerdem, du weißt doch: ich vertraue Gott. Auch in diesen Dingen.« Das meinte er durchaus ernst. Wobei es auch gerne ein anderes abenteuerliches Reiseziel sein dürfte.

Anne frotzelte: »Ivi würde dich am ersten Tag an die Krokodile verfüttern, wenn du auf Campingurlaub bestehst.«

»Das glaube ich gleich. Und du?«

»Ich würde gerne mit dir diesen Australientest machen. Natürlich erfolgreich.« Anne stand auf, so dass sie beide fast auf gleicher Höhe waren, und legte ihre Arme um seinen Hals. Dann küssten sie sich zum ersten Mal leidenschaftlich, wie es sich für ein verliebtes Paar gehörte. Wenn es nach einer Weile nicht an der Tür geklopft hätte, wären sie wohl nicht so einfach voneinander losgekommen.

Doch jetzt fuhren sie erschrocken auseinander, wie zwei ertappte Teenager.

Die Türe ging langsam auf, dann trat die Kommissarin ins Zimmer. »Störe ich?«

»Nein, kommen Sie ruhig rein.« Er konnte ihr doch nicht sagen, was er wirklich dachte.

»Können wir uns heute unterhalten? Vorgestern waren Sie ja noch nicht so weit.«

»Klar.«

Die Kommissarin wandte sich an Anne. »Leider muss ich Sie bitten, draußen zu warten.«

Anne zuckte mit den Achseln. Dann langte sie noch einmal in die Sporttasche und legte sein Smartphone auf das Nachtkästchen. »Ich geh mal runter ins Bistro und kaufe mir etwas zu trinken. Schick mir eine Nachricht, wenn ihr fertig seid.« Sie warf ihm eine Kusshand zu und verließ das Zimmer.

Die Kommissarin war ziemlich enttäuscht, dass er sich nicht an die Vorgänge in der fraglichen Nacht erinnern konnte. Dann hatte sie ihn noch nach den Drohbriefen gefragt und ob er einen bestimmten Täter-Verdacht hätte. Er konnte ihr nicht weiterhelfen. Nein, Sven Kittel steckte seiner Meinung nach nicht dahinter. Der hatte ihm schließlich das Leben gerettet. Und ja, er würde wieder nach Eichberg zurückkehren, um genau da weiterzumachen, wo er aufgehört hatte.

Endlich war sie wieder gegangen. Er tippte *fertig* in sein Smartphone, kurz darauf war Anne zurück.

»Und? Haben die schon was rausgefunden?«

»Ich glaube nicht.«

Anne blieb noch bis zum Ende der Besuchszeit bei ihm. Am liebsten hätte er sie neben sich auf das Bett gezogen und wäre in ihrem Arm eingeschlafen.

15

BISHER HATTE ANNE NICHT GEGLAUBT, dass an Murphys Gesetz: *Alles, was schiefgehen kann, wird auch schiefgehen,* etwas dran sein könnte.

Die folgenden Wochen belehrten sie eines Besseren.

Eines Morgens, als Renate Frühdienst hatte, meldeten drei Eltern ihre Kinder zum nächstmöglichen Zeitpunkt ab. Somit war die Mindestzahl unterschritten, bevor die Flüchtlingskinder neu dazu kommen würden. Wann die nach Eichberg umziehen könnten, stand bisher in den Sternen. Das Pfarrhaus war momentan unbewohnbar.

Anne kauerte auf dem Bürostuhl, stützte ihre Ellenbogen auf dem Schreibtisch ab und barg ihr Gesicht in den Händen. Renate saß neben ihr auf dem Besucherstuhl und strich ihr mütterlich übers Haar. Sie hatte versucht, es Anne schonend beizubringen.

»Das ist sowas von gemein, Renate!«, schniefte sie.

»Na ja, du kannst es den Leuten nicht verdenken. Sie wollen die beste Einrichtung für ihre Kinder. Und das sind in ihren Augen leider nicht mehr wir.«

»Sven ist schuld. Der hat alle aufgehetzt.«

»Nein, so einfach ist das nicht. Besonders seit dem Brandanschlag. Manche haben jetzt einfach Angst um ihre Kinder. Und das Angebot dieser neuen privaten Elterninitiative klingt für Sven und Co. wirklich verlockend: Keine Flüchtlinge, Musik- und Begabtenförderung, lange Betreuungszeiten sogar an Samstagen – das können wir alles nicht bieten.«

»Und jetzt? Was machen wir ohne unseren Job?«

»Wir suchen uns 'nen neuen. Oder wir fahren von unserer Riesenabfindung erstmal in Urlaub. Du träumst doch schon lange von Australien, oder?«

»Ich glaub nicht, dass ich eine Abfindung bekomme. Mit der Abmahnung?«

»Das kann Lohmann nicht machen, da hat der Gemeinderat schon noch was mitzureden. Wir haben hier jahrelang gute Arbeit geleistet. Notfalls gehen wir zum Anwalt. Kopf hoch, Anne, deswegen geht doch die Welt nicht unter.«

Sie setzte sich auf, holte ein Taschentuch aus der Schublade und putzte sich die Nase. Dann atmete sie durch.

»Okay, ich ruf ihn jetzt an.« Sie wählte die Mobilfunknummer ihres Chefs und stellte den Lautsprecher ein, so dass Renate mithören konnte.

Lohmann wirkte seltsamerweise nicht besonders überrascht. Er wollte so schnell wie möglich eine Gemeinderatssitzung einberufen, um die Schließung vorzubereiten. Hatte er wohl schon Bescheid gewusst?

»Machen Sie sich keine Sorgen, Frau Lischka. Wir bringen die übrigen Kinder samt der Praktikantin gut unter. Und ich werde mich gleich wegen neuer Arbeitsplätze für Sie umhören. Ach, bevor ich es vergesse: Mit dem Flüchtlingsprojekt in Eichberg ist sowieso Schluss. Ich habe heute Vormittag mit den Verantwortlichen im Kirchenamt gesprochen.«

»Wie? Was? Wieso denn?«

»Erstens ist kein Geld für die nochmalige Renovierung da und zweitens will die Kirche aufgrund der Unruhe, die das Projekt verursacht hat, lieber davon absehen.«

»Aber zahlt den Schaden nicht die Brandversicherung?«

»Nein, es hat ja nicht gebrannt. Also: im versicherungstechnischen Sinne hat es nicht gebrannt. Schwel- und Sengschäden muss man extra versichern. Die Kirche hat mal wieder nur die billigste Police. Dass die Kripo einen Schuldigen ermittelt, den man in einem Prozess auf Schadenersatz verklagen kann – und der dann auch wirklich zahlt –, halte ich aus meiner Erfahrung für unwahrscheinlich. Und wenn, kann sich das monatelang hinziehen.«

»Und jetzt?« Sie war vollkommen fassungslos.

»Für Herrn von Steins Schäden in seiner Wohnung kommt eventuell die Hausratversicherung in Frage. Falls er eine hat.«

Anne schwieg in den Hörer. Eigentlich hatte sie nach dem Schicksal der Flüchtlingsfamilien gefragt, nicht nach Martins Hausratversicherung.

»Frau Lischka, nehmen Sie es nicht so schwer. Sie werden sehen, alles nimmt ein gutes Ende. Adieu.« Er legte auf.

»Puhh!« Renate atmete schnaubend aus.

»Alles nimmt ein gutes Ende«, äffte Anne ihren Chef nach. »Ja, für seinen blöden Gemeindehaushalt. Und für Sven und die anderen Fremdenfeinde im Dorf. Das kotzt mich dermaßen an.« Sie hieb mit der Faust auf die Tischplatte. Die Blechdose mit den Stiften schepperte.

»Und die Flüchtlingskinder? Wo sollen die nun hin? Martin wird vollkommen fertig sein, wenn er davon erfährt. Und was das Schlimmste ist: Diese Typen lachen sich jetzt kaputt. Sie haben ihr Ziel in Eichberg erreicht.«

Sie hieb noch einmal auf die Tischplatte. Heftiger, als sie es beabsichtigt hatte. »Aua!«

»Anne, es nützt nichts. Wir müssen das Beste draus machen.« Renate versuchte, sie zu beruhigen. Sie wollte sich aber nicht beruhigen lassen. Die Anspannung der letzten Tage brauchte dringend ein Ventil.

Bis zum Feierabend schlich sie durch die Kita wie ein hungriger Tiger im Käfig. Kurz vor fünf tauchte Sven auf, um seine Kinder abzuholen.

»Ich muss dich dringend sprechen, unter vier Augen«, zischte sie ihm eisig zu. Er musterte sie mit hochgezogener Augenbraue.

»Heute Abend bin ich am Steg angeln. Etwa ab sieben. Du weißt ja, wo das ist.«

Gleich nach dem Abendbrot zog Anne ihre Sportkleidung an und joggte Richtung Waldteich. Sven saß schon auf dem Steg und sah ihr entgegen.

»Hallo, Anneli.«

Sie stellte sich mit verschränkten Armen vor ihn.

»Dir ist schon klar, dass du mich und Renate arbeitslos machst? Warum hast du die anderen Eltern auch noch gegen uns aufgehetzt?«

»Ich hab niemand gegen euch aufgehetzt. Wir sind nur auf eine Lösung gestoßen, die besser zu uns passt. Dort bekommen unsere Kinder die optimale Förderung und das ist doch gerade für Max wichtig, oder nicht? Ihr werdet schnell eine neue Anstellung finden. Das sagt Herr Lohmann auch.«

Aha, die beiden Herren hatten also schon darüber gesprochen!

»Unser Flüchtlingsprojekt ist jetzt im Eimer. Das gefällt dir wohl?«

Sven erhob sich und baute sich einen Meter entfernt vor ihr auf.

»Du kennst meine Meinung. Ich glaube, es ist besser so für ganz Eichberg.«

»Hast du den Brandsatz ins Pfarrhaus geworfen, Sven?«

»Sag mal, spinnst du?«

»Ich könnte der Kommissarin erzählen, dass du mir gedroht hast, damals abends.«

»Jetzt reicht es aber! Ich hol' deinen neuen Freund da raus, riskier dabei selber 'ne Rauchvergiftung – und du hast noch nicht einmal ›danke‹ gesagt!«

Das stimmte allerdings. Damit hatte er ihr kurz den Wind aus den Segeln genommen.

»Und übrigens«, fuhr er fort, »die Kommissarin hat mich bereits mehrmals interviewt. Beim zweiten Mal wollte sie ein Alibi für den Abend. Ich habe ihr meine Meinung zu den Asylanten nämlich nie verheimlicht. Aber deswegen Häuser anzünden, Leute umbringen? Anneli – das traust du mir wirklich zu?« Sven sah ihr direkt in die Augen. Er wirkte fassungslos und enttäuscht. Keine Spur von Jähzorn oder beißendem Spott, womit sie in dieser Situation normalerweise gerechnet hätte. Sie blickte betroffen nach unten auf die Holzbretter des Steges.

»Nein, Sven. Bitte entschuldige«, sagte sie nach einer Weile leise, »und danke, dass du Martin rausgeholt hast. Das meine ich wirklich ernst.«

Die ganze Anspannung glitt von ihr ab und wich einer bleiernen inneren Leere. Sie schniefte und wischte sich mit zitternden Fingern eine Träne aus dem Gesicht.

»Ach, Kleines! Das ist alles zu viel für dich. Kein Wunder, dass dir da die Nerven durchgehen. Kann ich gut verstehen.« Früher hätte er sie in den Arm genommen, fest an seine breite Brust gedrückt und hin und her gewiegt. Gott sei Dank, bewegte er sich jetzt nicht in ihre Richtung. Sie schwiegen eine Weile und sahen sich an.

»Na, dann gehe ich mal wieder. Sonst beißt ja nie ein Fisch an.« Sie versuchte, zu lächeln und wollte sich dann zum Gehen umwenden. Er legte ihr vorsichtig die Hand auf die Schulter.

„Alles wieder okay?"

„Ja, Sven."

Er tippte sich grüßend an die Schirmmütze. »Dann mach's gut, Anneli.«

»Du auch.«

Mit dem Heimweg ließ sie sich Zeit. Nein, Sven hatte den Brandsatz nicht geworfen. Da war sie sich jetzt sicher. Und mit der Schließung ihrer Kita musste sie sich abfinden, ob es ihr passte oder nicht.

Ihr kam Jaels verlockendes Angebot wieder in den Sinn. Aber für ein paar Wochen nach Prag, ausgerechnet jetzt, wo die Beziehung mit Martin ins Laufen kam? Schlechter Zeitpunkt.

Er wollte sie am Abend noch anrufen. Sollte sie ihm verraten, dass es mit seinem Flüchtlingsprojekt vorbei war?

Nein, das würde sie lieber dem Superintendenten überlassen.

Sie war erst ein paar Minuten wieder zu Hause, als ihr Smartphone läutete.

Martin wusste bereits über alles Bescheid, auch über die Schließung der Kita.

»Und was wird jetzt aus den Flüchtlingsfamilien? Die haben sich doch bestimmt auch schon auf Eichberg gefreut«, meinte sie traurig.

»Das ist die einzige gute Nachricht: Sie können demnächst in eine Wohnung in der Stadt umziehen. Kindergarten und Schule sind gleich um die Ecke. Wenigstens darum hat sich mein Chef gekümmert.«

»Gott sei Dank.«

»Aber du, Anne? Was hast du nun vor?«

»Weiß noch nicht.«

»Soll ich mich mal umhören, ob irgendwo in einem kirchlichen Kindergarten eine Stelle frei ist?«

»Das ist lieb von dir. Lass uns am Wochenende darüber reden, ja?«

Sie wollte nicht irgendeine Stelle irgendwo. Unbefristete Vollzeit-Arbeitsplätze waren dünn gesät; besser bezahlte Leitungspositionen noch viel dünner.

Vier Wochen später hatte sich Anne halbherzig bei zwei Einrichtungen in der näheren Umgebung beworben. Die Tipps kamen von Lohmann. Beide waren schlechter bezahlte befristete Stellen, aber wenigstens in Vollzeit. Geantwortet hatte ihr noch niemand.

Jaels Einladung nach Prag ging ihr immer noch im Kopf herum. Und da war auch die geplante Israelreise. Eigentlich müsste sie dringend ihre Flüge buchen und sich um die Visa kümmern. Aber wenn sie eine neue Stelle antrat, konnte sie doch nicht gleich um Urlaub bitten?

Opa Willi brachte noch ganz andere Aspekte ins Spiel.

»Mädel, warum nutzt du die Situation nicht dafür, dir endlich deine Träume zu erfüllen? Du könntest zuerst nach Prag gehen, danach reisen wir miteinander nach Jerusalem. Vielleicht magst du ja länger als ich in Israel bleiben? Und dann fliegst du gleich von dort aus in die weite Welt.«

»Ja, aber – dann müsstest du von Tel Aviv alleine heimfliegen?«

»Na und, ich bin doch kein kleines Kind mehr. Bestimmt holt mich jemand vom Flughafen ab. Martin zum Beispiel.«

Da war Opa beim richtigen Stichwort gelandet.

»Martin und ich, also wir beide … du weißt ja. Ich bin mir nicht sicher, ob das im Moment gut wäre, wenn ich monatelang alleine unterwegs bin.«

Opa Willi schürzte die Lippen und sah sie dann ernst an. »Wenn du jetzt deinen Traum wegen ihm begräbst, wird das später ziemlich sicher Sprengstoff in eurer Beziehung. Du wirst es höchstwahrscheinlich bereuen.«

»Meinst du?«

»Ich weiß, wovon ich spreche.«

Ihr war schlagartig klar, dass Opa Willi wirklich aus Erfahrung redete. Welche Träume hatte er für seine Ehe begraben müssen? Oder wäre er mit Hilde gar nicht zusammengekommen, wenn er Ruths Einladung nach Israel damals in den fünfziger Jahren angenommen hätte?

»Überleg dir das gut, Mädel.«

»Mach ich.«

»Wenn Martin der Richtige ist, wartet er die paar Monate auf dich. So eine Zeit der Trennung kann eine gute Prüfung sein.«

Ihr Bauchgefühl hatte eigentlich schon entschieden. Jetzt musste sie nur noch den Mut finden, es praktisch anzugehen.

Sie würde Martin in den nächsten Tagen reinen Wein einschenken. Vor dem Einschlafen bat sie Gott, ihr dabei zu helfen.

Für Renate hatte es eine überraschende Wendung gegeben, die auch für die übrigen Eltern, die ihre Kinder gerne weiter im Blaubärschloss gelassen hätten, eine tolle Lösung war. Torsten hatte alles organisiert. Die Eichberger Feuerwehr renovierte das Pfarrhaus auf ehrenamtlicher Basis. Renate sollte dort ab Oktober als Tagesmutter arbeiten. Eine andere junge Frau aus dem Dorf machte gerade die Fortbildung zur Tagespflege, um sie zu unterstützen. Alle Spielsachen, Geräte und Materialien aus dem Blaubärschloss durften sie mitnehmen. Sogar der Bürgermeister war damit einverstanden. Also hatte Martin in Zukunft zumindest unter der Woche Gesellschaft im Haus.

16

IN EIN PAAR TAGEN WAR es soweit. Endlich konnte er wieder nach Eichberg umziehen.

Martin fühlte sich zwar wohl in der Stadt, aber die Aussicht, Anne wieder jeden Tag sehen zu können, ließ sein Herz höherschlagen. Während seines Exils in den letzten Wochen hatten sie vor allem samstags und sonntags Zeit miteinander verbracht. An den anderen Tagen mussten oftmals Telefonate reichen. Aber es war nicht das gleiche, nur eine Stimme zu hören, ohne den anderen im Arm zu halten und ihm in die Augen sehen zu können. Vielleicht lag es an der Entfernung, dass ihn manchmal das Gefühl beschlich, Anne würde ihn nicht wirklich in ihr Herz blicken lassen. Sie betonte zwar immer, alles wäre okay, es ginge ihr gut, aber er wurde den Eindruck nicht los, dass da noch etwas war. Etwas, das in ihr arbeitete. Wahrscheinlich bildete er sich alles nur ein. *Wenn ich wieder bei Eichberg wohne, kommt alles ins Lot,* beruhigte er sich.

Jedenfalls war seine Laune heute besonders gut. Er wartete beim Brunnen auf dem Rathausplatz auf Anne. Zuerst Eis essen, dann die Läden der Stadt nach neuen Jeans für ihn durchstöbern und später zur Grillparty bei seinen Kollegen – das waren wirklich gute Aussichten.

Da kam Anne um die Ecke geschlendert. Toll sah sie aus in ihrer hellen Lederjacke. Braungebrannt, die Haare lässig mit der Sonnenbrille aus dem Gesicht gesteckt. Sie küssten sich zur Begrüßung. Dabei nahm er wieder ihren blumigen Duft wahr, nach dem sie immer roch.

»Sag mal, was benützt du eigentlich für ein Parfum?«, fragte er sie später, als sie gerade durch die Kosmetikabteilung eines Kaufhauses schlenderten.

»Magst du es?«

»Ja, sehr.«

Sie lachte. »Das haben die hier nicht. Man bekommt es nur in speziellen Läden oder im Internet.«

»Und wie heißt es?«

»Jasmin und Bergamotte. Es ist von einer französischen Firma aus der Provence.«

Das war wirklich keiner der 08/15-Düfte, die überall angepriesen wurden.

»Es ist das erste Parfüm, das ich nicht als Fremdkörper empfinde. Es passt zur mir.«

Er schnupperte an ihrer Halsbeuge, was sie zum Kichern brachte. Ja, so war Anne. Auf den ersten Atemzug blumig verspielt voller Lebensfreude, doch mit einer geheimnisverhangenen Schwere im Hintergrund.

Der Nachmittag ging viel zu schnell vorüber. Zum Schluss liefen sie mit mehreren Taschen bepackt zu Annes Auto. Es war nicht bei der einzigen Jeans geblieben, sondern Schuhe, Hemden und ein Kleid für Anne waren noch dazugekommen.

»Was für Leute kommen eigentlich zu diesem Grillfest?«, wollte sie auf der Fahrt von ihm wissen.

»Ich glaube, zwei oder drei Kollegen aus dem Kirchenkreis mit ihren Frauen und Kindern, vielleicht noch jemand aus der Gemeinde. Die sind alle ganz nett, du wirst sehen.«

»Wie lange wird das Fest dauern?«

»Es wird nicht so spät, denke ich. Manche haben noch kleine Kinder und außerdem wird es abends jetzt schon schnell kühl.«

»Gut. Martin, ich müsste hinterher mal mit dir reden.«

»Was gibt es denn?«

»Nicht jetzt, dazu brauchen wir Ruhe.«

Ihm wurde kurz ganz komisch. Wie sie das gerade gesagt hatte, so ernst.

»Was Schlimmes?«

»Nein, nein. Aber eben nichts, was man zwischen Tür und Angel bespricht.« Sie lächelte ihn an, lieb wie immer.

Gott sei Dank.

Die anderen Gäste waren schon da, als sie im großen Garten des alten Stadtpfarrhauses eintrafen. Der Gastgeber, ein älterer Pfarrer, der bald in den Ruhestand gehen würde, fächerte gerade Luft in den qualmenden Grill. Bettina, seine Frau, hieß sie willkommen und komplimentierte Anne gleich mit in die Küche, damit sie ihr beim Heraustragen des Essens helfen konnte. Martin unterhielt sich mit seinen Kollegen und warf immer mal einen Blick zu Anne, die später mit zwei Müttern bei den Kindern an der Schaukel stand und sich unterhielt. Sie lächelte ihm zu.

Später saßen sie an Bierzeltgarnituren, die zu einem großen Viereck aneinandergestellt waren. Martin hatte einen Kasten Dinkelbier spendiert. Diesmal gab es einheimische Bratwürste, die genauso berühmt und lecker waren wie die fränkischen. Die Kinder spielten im Garten Verstecken. Anne saß neben ihm. Ihre Oberschenkel berührten sich vertraut.

»In drei Wochen geht es los mit unsrem neuen Beratungsbüro«, begann Bettina mit ihrem Lieblingsthema, als die Erwachsenen unter sich waren.

Anne sah ihn fragend an.

»Gegenüber vom Klinikum«, flüsterte er ihr ins Ohr. Anne zuckte mit den Schultern. Sie konnte offensichtlich nichts mit seiner Information anfangen. Die anderen Gäste wussten über Bettinas Engagement Bescheid.

»Vielleicht solltest du Anne kurz erklären, was ihr da macht?«, wandte er sich an Bettina.

»Du hast doch bestimmt schon von der *Aktion Leben* gehört? Wir informieren Frauen darüber, was bei einem Schwangerschaftsabbruch an seelischen und körperlichen Problemen auf sie zukommen kann und wo sie Hilfe erhalten, wenn sie es sich anders überlegen. Hast du nicht Lust, uns am Eröffnungstag beim Verteilen von Infomaterial zu helfen?«

Martin spürte, wie sich Annes Körper anspannte.

»Da habe ich keine Zeit«, antwortete sie zögerlich.

»Dann vielleicht ein andermal? Wir haben dieses Jahr auch einen Stand am Weihnachtsmarkt.«

»Da kann ich auch nicht.«

Bettina hakte nicht mehr nach, sondern erzählte munter weiter von ihren Plänen und Aktionen.

In einer kurzen Atempause räusperte sich Anne plötzlich und fragte: »Glaubt ihr wirklich, Frauen, die abtreiben lassen wollen, nehmen das leichtfertig in Kauf oder haben sich das vorher nicht genau überlegt? War jemand von euch schon mal ungewollt schwanger und wusste nicht ein noch aus?«

Niemand antwortete, bis Bettina wieder das Wort ergriff: »Nach unserer Erfahrung machen sich manche Frauen und Ärzte nicht bewusst, dass sie damit ein unschuldiges lebendiges Wesen töten. Es gibt immer eine Lösung für die Frauen, es nicht tun zu müssen.«

»Dann seid ihr also nicht mit der gesetzlichen Regelung in Deutschland zufrieden?«

Martin hielt kurz die Luft an. Hoffentlich würde Anne nicht Öl ins Feuer dieser Diskussion gießen. So kannte er sie ja gar nicht. Er stupste sie unter dem Tisch mit dem Knie an. Darauf rutschte sie ein Stückchen von ihm weg.

»Bist du wohl damit einverstanden?«, fragte Bettina erstaunt.

Martin wollte dem Gespräch jetzt unbedingt ein Ende setzen. »Lass uns lieber mit dem Thema aufhören. Das passt doch besser auf eine Demo als auf ein Grillfest«, flüsterte er in Annes Ohr.

»Nein«, antwortete sie ihm laut, »sie hat mich etwas gefragt und ich werde ihr antworten.« Dann wandte sie sich an Bettina. »Ja, ich finde die gesetzliche Regelung für die Abtreibung in Deutschland in Ordnung. Das muss jede Schwangere trotzdem mit ihrem eigenen Gewissen ausmachen. Und es gibt nicht für jede Frau eine einfache Lösung, das Kind zu behalten.«

Es herrschte betretene Stille.

»Martin, darüber solltet ihr beide noch einmal in Ruhe reden, nicht wahr?«, meinte Bettina schließlich trocken. Dann wechselte sie, Gott sei Dank, das Thema.

Anne erhob sich kurz darauf und sah ihn an. »Es ist spät, ich würde gerne heimfahren.«

Er begleitete sie zum Auto. »Wolltest du nicht mit mir über etwas sprechen?«, erinnerte er sie. Vielleicht könnte er sie doch noch bewegen, ein wenig bei ihm zu bleiben.

»Lass uns das auf morgen verschieben, Martin. Ich würde gerne nach Hause ins Bett; ich bin hundemüde und habe Kopfschmerzen.«

Er nahm sie in den Arm und küsste sie. Anne erwiderte seinen Kuss nur kurz und wandte sich dann zu ihrem Auto um.

»Dann sehen wir uns morgen zum Frühstück?«

Sie nickte. »Schlaf gut, bis morgen um zehn. Sei mir nicht böse, ich bin total fertig. Morgen reden wir über alles, okay?«

Als er zum Grillfest zurückkehrte, waren die anderen Gäste bereits beim Aufräumen.

»Sag mal, bist du sicher, dass Anne als Frau für dich in Frage kommt?«, wollte Bettina wissen.

»Wieso denn nicht?«

»Es scheint mir, als hättet ihr nicht die gleichen Ansichten; vor allem, was den Glauben betrifft.«

Im ersten Moment kochte Zorn in ihm hoch, aber dann sah er die ehrliche Besorgnis im Gesicht der um etliche Jahre älteren Frau. Trotzdem – das ging ihm zu weit.

»Lass das ruhig meine Sorge sein.«

»Na ja, es geht mich ja eigentlich nichts an, welche Frau du dir aussuchst. Aber pass auf dich auf, Martin.«

Er verabschiedete sich und ging nach Hause. Schlafen konnte er nicht. Er ärgerte sich immer noch über das entgleiste Gespräch.

Was war bloß in Anne gefahren, dass sie sich dermaßen provoziert gefühlt hatte? Sie wirkte in letzter Zeit oft gereizt und irgendwie innerlich abwesend.

Er hatte ihren Ärger in der Arbeit dahinter vermutet, aber wenn er genau nachdachte, fing das nach dem Abend am Stausee an.

Sie hatten das Kanufahren zwei Wochen nach seiner Klinikentlassung nachgeholt. Ein Tag voller Spaß und Unbeschwertheit, jedenfalls bis das Unwetter aufzog. Bis zuletzt hatten sie gehofft, dass die dunklen Wolken einen anderen Weg nehmen würden, denn sie wollten noch Stockbrot am Lagerfeuer backen. Dann schafften sie es gerade noch in seinen VW-Bus, bevor das Gewitter mit aller Macht losbrach.

Auf dem hinteren Sitz hatten sie sich zusammen unter eine Wolldecke gekuschelt. Er war bis über beide Ohren verliebt und hatte sich von seinen Gefühlen hinreißen lassen. Anne erwiderte seine Zärtlichkeiten zuerst, doch dann flüsterte sie unvermittelt: »Bitte nicht«, und rutschte auf die Seite. »Sei mir bitte nicht böse«, flehte sie. Es war dunkel im Auto, er konnte ihr Gesicht nicht sehen. Nein, er war ihr nicht böse, nur ziemlich ernüchtert.

Anne hatte die Sache ihm gegenüber bisher mit keinem Wort erwähnt. Und danach zog diese zerstreute Gereiztheit ein.

Störte sie sich doch an seiner Behinderung? Vielleicht hatte sie ihn mit Sven verglichen? Oder mit diesem David? Wer weiß, was sie mit dem gutaussehenden Typ in Prag gemacht hatte?

Und was wollte sie ihm eigentlich heute Abend sagen? Vielleicht doch etwas Schlimmes?

Anne brach nach ein paar Metern Heimfahrt in Tränen aus. Eine leichtfertige Mörderin. Das also war sie in den Augen von Martins Freunden, wenn man den Extrakt aus dem Gespräch in zwei Wörter fasste. Martin dachte bestimmt genauso. Er hatte sie nicht unterstützt, ganz im Gegenteil. Seiner Meinung nach hätte sie sogar den Mund halten sollen.

Anne hatte es damals ganz bestimmt nicht leichtfertig darauf angelegt, schwanger zu werden. Trotzdem war es passiert, weil das Johanniskrautpräparat, das sie sich in der Apotheke gegen ihre Niedergeschlagenheit besorgt hatte, die Wirkung der Pille beeinträchtigte. Vor zwölf Jahren stand dieser Hinweis noch nicht in den Beipackzetteln. Sie bemerkte es, kurz nachdem Sven mit ihr Schluss gemacht hatte.

Nur Ivi war eingeweiht und stand ihr treu zur Seite. Sie hatte sich die Entscheidung wirklich nicht leichtgemacht. Ihre Eltern stritten damals die ganze Zeit untereinander und mit Oma Hilde, was schließlich dazu führte, dass sie wegzogen, um ihre Ehe zu retten, wie sie es bezeichneten. Alle waren mit sich selbst beschäftigt. Sie selbst steckte gerade in der letzten Phase ihrer Ausbildung; damit wäre dann Schluss gewesen. Und erst der Hickhack mit Sven, wenn sie das Kind ausgetragen hätte! Sie war damit vollkommen überfordert und letztlich erleichtert, als sie den Schein für die Klinik in Händen hielt. *Es ist besser so,* hatte sie sich immer wieder selbst beruhigt. Der Eingriff auf der Gynäkologie war eine grauenhafte Erfahrung. Sie lag mit einer örtlichen Betäubung unter den grünen Tüchern und begriff währenddessen, dass in ihrem Unterleib etwas Lebendiges zerstückelt wurde.

Hinterher konnte Anne wochenlang nicht richtig schlafen, aß kaum etwas und schloss sich die meiste Zeit in ihrem Zimmer ein. Nur mit Ivi traf sie sich. Zu Hause dachten alle, der Liebeskummer wegen Sven sei schuld daran. Wie lautete Oma Hildes Lebensmotto, das sie ihr jeden Tag mehrmals unter die Nase rieb? »Jammern hilft nichts, es muss immer weitergehen.«

Und so war es einfach weitergegangen, Jahr um Jahr. Zuletzt dachte sie, die Zeit hätte die Wunden geheilt. Aber seit dem Erlebnis im Schlosspark von Štiřín und den Gesprächen mit David über Trauer war ihr klar, dass sie die Sache bestenfalls unter den Teppich der Verdrängung gekehrt hatte. Jetzt kroch alles wieder darunter hervor.

Sie war schuld am Tod ihres Kindes. Hatte man in so einem Fall überhaupt das Recht, zu trauern?

Zu Hause angekommen, warf sie ihren Laptop an und schrieb eine lange E-Mail an David. Sie schilderte ihren eigenen Fall als den einer Freundin und bat ihn um einen guten Rat.

In Jerusalem war es durch die Zeitverschiebung eine Stunde später, also schon nach Mitternacht. Vermutlich würde er erst am nächsten Tag antworten.

Danach legte sie sich ins Bett. Beim Schreiben der E-Mail hatte sie ihre Gedanken sortiert. Jetzt war ihr klar, was sie unbedingt mit Martin klären musste – und zwar so schnell wie möglich. Wie sollte sie sonst jemals mit ihm über ihren wunden Punkt sprechen, der ihnen den Abend am Stausee gründlich verdorben hatte?

17

SIE HATTE TROTZDEM MERKWÜRDIG RUHIG geschlafen. Diese Ruhe war immer noch in ihr, als sie einen Korb mit Frühstücksutensilien packte. Für Brötchen und Kaffee sorgte Martin.

Draußen nieselte es. Also würden sie in seiner Küche sitzen statt im Garten.

David hatte noch nicht geantwortet.

Kurz vor zehn schwang sie sich aufs Rad und fuhr durch den Regen hinunter ins Dorf. Opa Willi war mit dem Auto in die Stadt unterwegs.

Martins Bus parkte schon in der Einfahrt. Die Haustür war nur angelehnt. Jetzt roch es nicht mehr nach Rauch, sondern angenehm frisch nach neuer Farbe.

»Hallo, ich bin schon oben«, rief Martin. Sie schloss die Türe und stieg die Treppe hinauf. Er hantierte in der Küche.

»Ich setze gerade Kaffee auf. Grüß dich, Anne.«

Sie ging zu ihm hin und gab ihm einen Kuss auf die Wange. »Hallo, Martin. Schön, die frische Farbe überall.«

»Nicht wahr? Siehst du, so ist doch noch etwas Gutes dabei herausgekommen.« Martin stutzte. »Außer für dich. Hast du schon eine Reaktion auf deine Bewerbungen?«

Sie schüttelte den Kopf. »Aber das macht nichts. Ich fange sowieso dort nicht an.«

»Ist wohl was Besseres in Aussicht?«

»Ja, kann man so sagen.«

Sie setzten sich an den Tisch. Martin griff das blaue Büchlein. »Darf ich? Oder lieber nicht?«

»Na klar, gerne.«

Wieso fragte er sie das? Hatte er noch nicht gemerkt, dass sie die Losungen für den Tag gerne hörte?

Martin blätterte, räusperte sich und las die Bibeltexte.

Nach einem Moment der Stille im Anschluss meinte er: »Lass es dir schmecken, Anne.«

»Du auch.«

Sie strich sich ein Brötchen mit Butter und Honig. Während des Frühstücks erzählte sie ihm eine lustige Begebenheit mit ihren Kita-Kindern.

Nach dem Frühstück wurde es ernst. Martin hörte mit dem Smalltalk auf.

»Du Anne, es tut mir leid wegen gestern Abend. Bettina war mal wieder auf Volldampf mit ihrem Lieblingsthema.«

»Vielleicht war das ganz gut. Mir ist endlich klargeworden, wie ihr alle tickt.«

Sie hatte das ganz bewusst so gesagt, um zu sehen, ob Martin dieser Verallgemeinerung widersprechen würde.

»Ich ticke nicht wie Bettina.«

»Dann sind Frauen, die unter straffreien Bedingungen abtreiben, in deinen Augen also keine Mörderinnen?«

Martin zog die Stirn in Falten.

»Schwieriges Thema.«

»Aber du musst doch eine Einstellung dazu haben?«

Er seufzte.

»Abtreibung ist immer Tötung eines ungeborenen Lebens. Aber es steht mir nicht zu, die Frauen dafür zu verurteilen. Kennst du das Sprichwort: *Beurteile nie das Leben eines anderen Menschen, bevor du nicht hundert Meilen in seinen Mokassins gelaufen bist*?«, fügte er an.

»Gutes Zitat, aber was ist mit den Frauen? Landen sie deswegen in der Hölle? Mord ist doch eine schwere Sünde, oder nicht?«

»Gott vergibt uns alle unsere Sünden, wenn wir sie einsehen, um Vergebung bitten und den festen Vorsatz haben, es nicht wieder zu tun.«

Hatte er ihre Frage nicht verstanden?

»Und dann muss man nicht in die Hölle?«

»Man kommt in den Himmel, wenn man zu Jesus gehört. Nur dadurch, dass man wirklich an ihn glaubt, entsprechend lebt und auch in der Öffentlichkeit dazu steht. Nicht durch viele gute Taten oder weniger Sünden.«

»Ach, das ist dann wohl dieses *Entschieden-für-Jesus-Sein*? Danach hat mich Bettina gestern auch gefragt.«

»Sie wollte ernsthaft wissen, ob du eine Entscheidung für Jesus getroffen hast?« Martin war offensichtlich fassungslos.

»Nicht ob, sondern wann.«

»Und – was hast du geantwortet?«

»Damit, dass ich getauft und konfirmiert bin, war sie jedenfalls nicht zufrieden.« Sie sah Martin fest in die Augen. »Sie meinte außerdem, die Ehefrau eines Pfarrers müsse mit ihrem Mann unbedingt immer einig im Glauben stehen, oder so ähnlich. Sonst würde man Probleme bekommen.«

»Au weia, was hat sie denn noch alles zu dir gesagt?«

»Im Großen und Ganzen war es das.«

Martin schwieg betreten.

Ein bitterer Geschmack von Verzweiflung kroch in ihr hoch. »Du denkst also genauso?«, fragte sie schließlich.

Martin seufzte tief und schloss dabei kurz die Augen. Dann sah er sie direkt an und meinte leise: »Bettina hat im Grundsatz nichts Verkehrtes gesagt. Aber ich finde es unmöglich, wie sie sich in unsere Angelegenheiten mischt.«

Jetzt war es auf dem Tisch. Martin hatte Farbe bekannt, er teilte Bettinas Ansichten.

»Eigentlich wollte ich gestern Abend mit dir über etwas ganz anderes reden. Ich werde in zwei Wochen nach Prag gehen, um bei dem Jugendprojekt mitzuarbeiten, von dem ich dir vorgeschwärmt habe. Ende November fliegen wir nach Israel. Später möchte ich direkt von dort nach Australien, mindestens für fünf Monate. Das ist mein allergrößter Traum schon seit Jahren. In dieser Zeit will ich mir darüber klarwerden, was meine zukünftige Aufgabe sein könnte.«

»Was, für mehrere Monate? In zwei Wochen schon? Warum hast mir das nicht schon längst gesagt?«

»Weil ich mich erst vor Kurzem endgültig dazu entschlossen habe.«

»Und was wird dann aus uns?«

»Ich wollte dich eigentlich bitten, diese Monate als meinen Testmodus für unsere Beziehung zu betrachten und am Schluss den gemeinsamen Campingurlaub in Australien anzuschließen, über den du mal mit mir gesprochen hast.«

»Und jetzt willst du das wohl nicht mehr?«

Sie nahm allen Mut zusammen.

»Ich bin die falsche Frau für dich.«

»Aber wieso denn?«

»Ich weiß noch nicht, ob ich wirklich so wie du an Gott glaube. Und in den Augen deiner Freunde bin ich… sowas wie eine Mörderin. Du brauchst eine Frau, die wirklich zu dir passt.«

So, jetzt war es raus.

Martin stand mit hängenden Armen da. In seinen Augen glitzerte es feucht.

Sag doch endlich was, dachte sie verzweifelt, *irgendwas, dass es für uns trotzdem eine Zukunft gibt.*

Doch er starrte nur düster vor sich hin. Das tat so weh!

Sie schluchzte auf, ging auf ihn zu und wollte die Arme um ihn schlingen. Doch er schob sie grob von sich. Sein Gesichtsausdruck hatte sich vollkommen verändert.

»Hör mit deiner Mitleidstour auf, ja?«, fauchte er sie an, »und dort in Israel wohnst du bei diesem David, nicht wahr? Vielleicht ist er ja schon längst mehr als nur ein guter Freund?«, seine Stimme überschlug sich, »das hättest du mir auch gleich an dem Abend am Stausee sagen können.«

Sie schnappte nach Luft, drehte sich um, stürmte aus der Küche, dann die Treppe hinunter.

»Und ich dachte, du hast mich wirklich lieb«, rief er ihr hinterher.

Sie knallte die Haustür ins Schloss, griff ihr Fahrrad und trampelte los, als wenn tausend Furien hinter ihr her wären. So schnell hatte sie den Eichberg noch nie erklommen. Zu Hause warf sie sich aufs Bett und heulte, bis sie nicht mehr konnte.

Später, als sie sich beruhigt hatte, stand sie auf und sah nach, ob David inzwischen geantwortet hatte.

Sie fand eine E-Mail in ihrem Posteingang.

Liebe Anne,

gut, dass du dich um deine Freundin kümmerst!

Ich will versuchen, euch aus der Ferne ein paar Tipps zu geben.

Das größte Problem sind Schuldgefühle über eine Tat, die man nicht mehr ändern kann. Ob es dafür Vergebung gibt, fragst du? Ja, wir Juden glauben, dass JHWE *unsere Schuld vergibt, wenn wir sie aufrichtig bereuen. Bei euch Christen ist es doch auch so. Wenn deine Freundin nicht an einen Gott glauben will, fällt dieser Punkt leider weg.*

Sie sollte mit ihrem toten Kind sprechen, ihm alles sagen, was auf ihrem Herzen lastet, oder ihm einen ehrlichen Brief schreiben. Dem Kind einen Namen zu geben, falls es nicht schon einen hat, ist auch hilfreich. Diese Methode hilft übrigens vielen meiner Patienten, die ähnliche Probleme haben.

Vor allem sollte deine Freundin sich selbst vergeben lernen und mit sich selbst nicht unbarmherziger sein, als sie es mit einem anderen Menschen wäre. Wenn sogar JHWE *ihr vergibt, wieso könnte sie es dann nicht auch tun?*

Das dritte Thema ist die Trauer. Natürlich darf sie um ihr Kind trauern, nein, sie muss sogar. Alles andere wäre unmenschlich. Bestimmt kommt der Prozess in Gang, wenn das mit den Schuldgefühlen besser wird. Du könntest ihr ja vom Ritual unserer Großeltern erzählen. Vielleicht hilft ihr das, einen passenden Weg zu finden, damit sie ihr Kind »gehen lassen« kann.

Am besten wäre natürlich, deine Freundin würde vor Ort professionelle psychologische Unterstützung bekommen. Du kannst sie ja nicht mit zu uns nach Jerusalem bringen. Oder etwa doch?

Schreib mir, wie es ihr und dir mit diesen Vorschlägen geht.

Hast du Martin schon von deinen Reiseplänen erzählt?

Ich freu mich auf Post von dir! David

Sie las die Mail mehrmals. Davids Worte taten so gut. Sie würde seine Ratschläge befolgen. Mit dem Brief an das Kind würde sie anfangen. Gleich jetzt. Entschlossen setzte sie sich an ihren Schreibtisch.

Martin war fix und fertig. Er hatte alle Kommunikationsregeln verletzt, von denen er in seiner Ausbildung gehört hatte. Warum klappte das bestens im Gespräch mit fremden Menschen, aber nicht, sobald es ihn selbst und seine persönlichen Schwachpunkte betraf?

Er wählte die Nummer seines Freundes. Gott sei Dank war der zu Hause und hatte auch Zeit für ein Gespräch.

Nachdem Martin ihm detailliert alle Wortwechsel geschildert hatte, an die er sich erinnern konnte, herrschte Stille am anderen Ende der Leitung.

»Sag mal«, fragte sein Freund schließlich, »hast du dir keine Gedanken gemacht, warum Anne so heftig auf das Abtreibungsthema reagiert hat, obwohl du mir sie sonst als eher zurückhaltend beschrieben hast?«

»Nein, nicht wirklich«, gab er kleinlaut zu.

»Könnte es sein, dass sie persönlich davon betroffen ist?«

»Wie? Anne? Abgetrieben?«

»Vielleicht. Oder eine gute Freundin, deren Dilemma sie hautnah miterlebt hat.«

Martin dachte nach.

»Jetzt wo du das sagst, wird mir einiges klarer.«

»Und?«

»Schöner Mist. Was mach ich jetzt?«

»Was schlägst du denn selber vor?« Das war die Methode seines Freundes. Selten verteilte er Patentrezepte, was jemand tun oder lassen sollte, sondern versuchte, einen selbst auf Lösungen zu stoßen.

»Mich bei ihr entschuldigen?«

»Gute Idee. Meinst du, das reicht aus? Ein einfaches ›Entschuldige bitte, ich hab es nicht so gemeint‹?«

»Wenn ich unsere Beziehung retten will – nein.«

»Willst du?«

Martin überlegte. »Ich dachte wirklich, sie könnte die Frau fürs Leben sein. Aber wenn wir glaubensmäßig nicht an einem Strang ziehen können? Wie gehe ich damit um?«

»Was nicht ist, kann ja noch werden?«

»In zwei Wochen ist sie sowieso weg. Dann sitzt dieser David am längeren Hebel.«

»Das entspringt doch mehr deiner Fantasie, wenn du ehrlich bist, oder?«

Sein Freund hatte Recht. Eigentlich gab es keinen triftigen Grund, Anne zu misstrauen.

»Wenn du sie nicht mal einige Monate ihren Weltreise-Traum leben lassen kannst, ohne vor Eifersucht auszurasten, solltest du wirklich noch einmal über eure Beziehung nachdenken. Ob du überhaupt reif dafür bist. Verzeih meine Direktheit, Martin.«

Er schwieg betreten.

»Denk in Ruhe noch einmal nach. Das mit dem Entschuldigen finde ich auf jedem Fall notwendig. Falls du die Freundschaft jedoch retten willst, habe ich ausnahmsweise einen konkreten Vorschlag für dich.«

»Was denn?«

»Erzähle ihr ehrlich, was damals in den Pyrenäen passiert ist. Das mit Julie und Raymond.«

»O Mann!«

»Wie gesagt, lass es dir in Ruhe durch den Kopf gehen. Am besten im Gebet. Was hältst du davon?«

»Klingt plausibel.«

»Du kannst mich jederzeit anrufen, okay?«

Sie verabschiedeten sich und Martin legte auf.

Anne erzählen, wie seine Eifersucht einen Menschen das Leben gekostet und zwei andere für ihr restliches Leben gezeichnet hatte? Das war ganz schön viel verlangt. War diese Sache nicht schon längst von Gott vergeben und, wie es in der Bibel so schön hieß, *ins äußerste Meer geworfen*?

Martin schaute aus dem Fenster. Der Himmel war noch bedeckt, aber es hatte aufgehört, zu regnen.

Er packte seine Utensilien samt Kanu ins Auto und fuhr Richtung Stadt. Ein paar Kilometer vorher bog er zu der Bootsanlegestelle am Fluss ab. Hier konnte man wunderbar den kleinen Strom entlang paddeln. Bei den gleichmäßigen Ruderbewegungen ordneten sich seine Gedanken normalerweise von selbst.

Anne schrieb. Nach ein paar Sätzen war ihr wie selbstverständlich klar, dass sich ihre Worte an einen kleinen Jungen richteten. »Wie heißt du?«, fragte sie leise. Sie hatte sofort *Fabian* im Sinn. Das war schon immer ihr Lieblingsname. Sie strich die Anrede *Mein liebes Kind* durch und schrieb *Mein lieber Fabian* daneben. Danach rollten Tränen ihre Wangen hinunter am Hals entlang in den Ausschnitt ihres T-Shirts, während sie Zeile um Zeile schrieb. Warum sie sich damals für den Abbruch entschieden hatte, erklärte sie ihm. Wie oft sie in der Kita gedacht hatte: *Das* könnte mein Kind sein. Über den Schmerz. Über die Scham. Dass es ihr leidtat und sie ihn um Verzeihung bitten würde.

Nach vier eng beschriebenen Seiten kam sie zum Ende. Ihre Hand schmerzte. Sie war es nicht mehr gewöhnt, längere Texte mit dem Füller zu schreiben.

Anne setzte sie zum Abschluss darunter und sah das Wort lange an. Nein, das war nicht der richtige Schluss. Sie saß eine Weile in Gedanken versunken da. Was ihr dabei konkret durch den Kopf gegangen war, wusste sie hinterher nicht mehr. Als sie wieder zu sich kam, ergänzte sie kurzerhand *Deine Mutti Anne*. So, jetzt passte es. Sie faltete die Blätter sorgfältig zusammen und steckte sie in ein weißes Kuvert, klebte es aber nicht zu.

Sie stand auf, öffnete das Fenster und sah hinaus. Es regnete nicht mehr. Über den Bäumen im Wald schwebten hellgraue Dunstschwaden. Sie sog die kühle Luft ein, die süßlich erdig nach Herbst duftete.

Sie zog sich eine Regenjacke und Wanderstiefel an, steckte den Brief in die Brusttasche und ging um das Haus herum in den Garten. Durch das Küchenfenster sah sie Opa Willi am Tisch sitzen, in ein Modellbahnmagazin vertieft.

Dort am Zaun wuchsen die schönen dunkelroten Dahlien. Anne brach eine der vollen Blüten ab und schüttelte vorsichtig die Wassertropfen herunter. Aus dem Schuppen holte sie sich die kleine grüne Gartenschaufel, dann ging sie hinaus auf die Straße und lief langsam Richtung Wald. Schließlich stand sie bei ihrem Lieblingsplatz und sah sich nach einer geeigneten Stelle um. Der Boden direkt bei den Felsen war viel zu karg und steinig. Sie entschied sich, einige Meter entfernt mitten zwischen dem Heidekraut zu graben. Hier war die Erde weicher, allerdings von dichtem Wurzelwerk der Büsche durchzogen. Ganz schön anstrengend, dazwischen ein kleines Loch zu graben. Sie zog ihre Regenjacke aus, legte sie auf einen Felsen und arbeitete weiter. Schließlich stieß sie auf steinigen Untergrund und richtete sich mit einem Stöhnen auf. Ihr Rücken schmerzte von der ungewohnten Anstrengung. Etwa dreißig Zentimeter, das war tief genug. Sie legte die Schaufel beiseite, nahm das Kuvert aus der Jackentasche, zog die beschriebenen Blätter heraus und faltete sie auseinander. »Mein lieber Fabian«, flüsterte sie und las ihm dann den ganzen Brief noch einmal vor. *Ja*, dachte sie am Ende, *so ist alles richtig*. Dann steckte sie die Seiten wieder in den Umschlag, leckte über die Gummierung und klebte ihn zu. Es war Zeit für den Abschied. Der Brief passte nur zusammengeknüllt in das Loch. Darüber legte sie einen faustgroßen Stein, den sie neben den Felsen fand, obenauf die dunkelrote Dahlienblüte. Schaufel um Schaufel – langsam verschwand das Loch im Waldboden, zum Schluss noch einige Äste des Heidekrauts darüber drapiert, dann war nichts mehr zu erkennen. Heute Mittag, als sie um ihre Worte an Fabian rang, hatte sich der uralte Schmerz um ihr Herz gekrallt, so dass sie kaum atmen konnte. Nun hatte er losgelassen. Er lauerte wohl noch irgendwo in ihrem Inneren, aber im Moment spürte sie einen großen Frieden. Das Alte war sicher noch nicht völlig vorbei, aber etwas Neues hatte begonnen.

Auf dem Heimweg fielen plötzlich Sonnenstrahlen auf ihr Gesicht. Was hatte Jael damals in Theresienstadt gesagt? »Das Leben geht weiter. Auf Regen folgt Sonnenschein.«

Martin blieb an diesem Wochenende nur bis nach dem Gottesdienst in Eichberg. Danach packte er ein paar Kleidungsstücke ein, verschloss das Pfarrhaus und fuhr wieder in die Stadt zurück. Sein Kollege hatte nichts dagegen, dass er noch zwei weitere Wochen die kleine Vikarwohnung im Souterrain belegte. Martin hatte es mit dem Geruch nach frischer Farbe im Pfarrhaus begründet, der ihm Kopfschmerzen verursachte. Doch vermutlich waren es weniger die Lösungsmittel, die ihm Kopfzerbrechen bereiteten. Würde Anne eine Entschuldigung überhaupt annehmen? Und wie sollte er das rein praktisch angehen? Außerdem hatte er sich noch nicht durchgerungen, dem Rat seines Freundes zu folgen, was die Vorfälle in den Pyrenäen betraf.

War es nicht auch Annes Sache, den Kontakt zu ihm zu suchen, wenn ihr wirklich etwas an ihm lag?

Immer wieder kontrollierte er seine WhatsApp-Nachrichten. Nichts. Vermutlich war sie froh, ihn los zu sein.

So verging die folgende Woche wie ein zäher Brei ohne Würze. Und er vermisste Anne jeden Tag mehr.

Erst zum Sonntagsgottesdienst fuhr er wieder nach Eichberg. Vor Beginn sah er unauffällig durch die Reihen. Nein, Anne saß nicht neben ihrem Großvater. Wie hatte er nur darauf hoffen können? Allerdings huschten im letzten Moment des Glockenläutens überraschend Ivi und Torsten herein und nahmen ganz hinten Platz. Ivi winkte ihm verstohlen zu.

Nachdem Martin am Ende des Gottesdienstes alle anderen Besucher mit Handschlag verabschiedet hatte, kamen die beiden zu ihm.

»Hast du Lust, mit uns Mittagessen zu gehen?«, fragte Ivi.

»In den *Roten Ochsen*?«

»Wir dachten eigentlich an die *Alte Waldmühle* bei Blankenhausen. Kennst du das?«

»Nein, klingt aber gut.«

»Prima, dann fahr uns einfach hinterher«, schlug Torsten vor.

Während der Fahrt kreisten verschiedene Gedanken in seinem Kopf. Wussten Ivi und Torsten Bescheid? Und wenn ja: Was genau hatte ihnen Anne erzählt?

Die *Alte Waldmühle* lag idyllisch mitten auf einer Lichtung. Die letzten zwei Kilometer fuhren sie über ein kleines unbefestigtes Sträßchen. Hierher fanden bestimmt nur Eingeweihte.

Leider war es an diesem Sonntag schon viel zu kühl, um unter der großen Kastanie im Biergarten zu sitzen.

»Im Herbst kann man sich hier draußen nur mit Helm aufhalten«, spottete Ivi, »dauernd fällt einem eine Kastanie auf den Kopf.«

»Oder ins Bier«, ergänzte Torsten.

Sie setzten sich an einen Tisch in der gemütlichen Wirtsstube neben dem Kachelofen. Nach der Essensbestellung sahen sie einander an.

»Na, von dir hört man ja Sachen«, ergriff Ivi das Wort.

Martin wusste nicht, was er darauf antworten sollte, und zuckte mit den Achseln.

»Willst du sie ernsthaft einfach so wegfahren lassen? Ohne nochmal mit ihr zu reden?«, wollte Torsten wissen.

»Was soll ich denn machen? Würde sie mir denn überhaupt zuhören?«

»Gute Frage«, nickte Ivi, »so, wie sie momentan drauf ist … aber vielleicht solltest auch du ihr mal genauer zuhören.«

»Was hat sie euch denn überhaupt erzählt?«

»So, wie ich es interpretiere, hatte sie eine komische Begegnung mit deinen Arbeitskollegen und denkt jetzt, sie wäre völlig ungeeignet als Pfarrersfrau«, meinte Ivi trocken.

»Das hat sie total missverstanden!«

»Dachte ich mir's doch. Na ja, aber dass du ihr vorgeworfen hast, hinterrücks etwas mit David zu haben, hat sie dir echt übelgenommen. So eine ist Anne nämlich nicht. Weißt du nicht, dass ihr Opa auch mit nach Israel fliegt?«

»Nein, keine Ahnung.«

»Ihr zwei habt wirklich dringenden Redebedarf«, seufzte Torsten.

Martin nickte. Der Wirt tischte gerade das Essen auf und unterbrach damit das Gespräch.

»Anne hat wahrscheinlich genauso viel Schiss, dich anzurufen wie du sie. Deswegen tut sie besonders kratzbürstig«, meinte Ivi und stach mit Schwung in ihren Kartoffelkloß.

»Meinst du? Vielleicht hat sie mich ja auch schon längst abgehakt.« Martin begann, seine Forelle zu filetieren.

Torsten und seine Frau sahen sich erst an und schüttelten dann verzweifelt die Köpfe.

»Ivi und ich haben eine Idee. Nächsten Donnerstag veranstalten wir bei uns zu Hause ein Abschiedsessen für Anne. Hiermit bist du auch eingeladen und wehe, du kommst nicht.« Torsten drohte ihm spaßhaft mit dem Suppenlöffel.

»Verratet ihr das Anne vorher?«

Ivi wiegte kauend den Kopf hin und her. »Mal sehen, wann ich ihr sage, dass du kommst. Vermutlich nicht allzu lange im Voraus, damit sie keine Zeit hat, groß nachzudenken.«

»Ist das nicht ein bisschen fies?«

»Nein, in diesem Fall handelt es sich um notwendige Taktik«, meinte Torsten lakonisch.

»Torstens Taktiken sind berühmt«, grinste Ivi.

»Berühmt?«

»In der Schule hat er mir heimlich die Luft aus den Fahrradreifen gelassen – nur, um sich dann als großer Kavalier hervorzutun und sie wieder aufzupumpen.«

Sie lachten.

»Er wollte unbedingt mein Tischherr am Abschlussball sein, also hat er alle Mitbewerber in der Klasse bestochen.«

»Nicht alle«, ergänzte Torsten und lehnte sich lässig zurück, »zweien habe ich mit einer Abreibung gedroht, sollten sie es wagen, dich zu fragen.«

»Ihr seid wohl schon seit der Schulzeit zusammen?«, wollte Martin wissen.

»Ach woher, das hat noch etliche Jahre gedauert, bis Torsten mich endlich überzeugt hatte.« Ivi strahlte ihren Mann verliebt an.

»Langzeit-Taktik«, nickte Torsten, »nicht gleich aufgeben, Martin.«

Nach dem Mittagessen fühlte er sich um Welten besser. Er war fest entschlossen, die Angelegenheit mit Anne am folgenden Donnerstag wieder einzurenken. Rechtzeitig, bevor sie auf große Reise ging.

19

KOMMISSARIN GRIT WEBER HATTE SICH ein letztes Mal nach Eichberg aufgemacht. Ihre Ermittlungen in Sachen Brandanschlag waren abgeschlossen.

Sie klingelte an der Haustür des schmucken Fachwerkhäuschens mit dem großen Garten am Ortsrand. Stimmen und Schritte kamen näher. Der Bürgermeister öffnete und sah sie erstaunt an.

»Guten Abend, Herr Lohmann. Darf ich reinkommen?«

»Selbstverständlich, Frau Kommissarin.« Er ließ sie eintreten und schloss die Tür.

»Gibt es wohl Ermittlungsergebnisse?«

»Dürfte ich mir einmal Ihren Keller anschauen? Nur wenn es Ihnen recht ist, natürlich.«

»Meinen Keller? Aber sicher – kommen Sie.«

Lohmann öffnete eine Seitentür im Flur, machte Licht und stieg vor ihr die steile Steintreppe hinunter, die in ein niedriges kleines Gewölbe führte. Von da gingen Türen in weitere Räume ab.

Grit warf einen Blick in den Heizkeller, das Öllager und die Abstellkammer. Nichts. Inzwischen war auch Frau Lohmann zu ihnen gestoßen und beobachtete sie argwöhnisch.

»Sagen Sie, Frau Lohmann, Sie kochen doch bestimmt Marmelade oder Kompott ein. Wo bewahren Sie das denn auf?«

»In der Speisekammer, aber die ist oben, direkt hinter der Küche«, antwortete die flott herausgeputzte Mittfünfzigerin.

»Dann würde ich gerne noch einen Blick in Ihre Speisekammer werfen, wenn ich darf.«

Der Bürgermeister und seine Frau sahen sich an. Er zuckte ratlos mit den Achseln.

Dann gingen sie alle drei hoch in die Wohnung durch die Küche in die kleine Speisekammer.

Grit triumphierte innerlich. Da standen sie in Reih und Glied. Sie deutete auf die braunen Bügelverschluss-Flaschen auf dem Regal.

»Johannisbeersaft. Wir haben weiße Johannisbeeren«, sagte Frau Lohmann stolz.

»Der Anschlag wurde mit solch einer Flasche verübt.«

Der Bürgermeister winkte lachend ab. »Ach, Frau Weber, diese Sorte Flaschen finden Sie hier in jedem zweiten Haus. Überall auf den Dörfern.« Das stimmte vermutlich.

»Haben Sie denn keine Fingerabdrücke oder weitere Indizien gefunden?«

»Leider nicht. Im Gegensatz zu den anderen Brandanschlägen im Umkreis waren hier echte Spezialisten am Werk. Sie haben fast an alles gedacht.« Grit beobachtete genau Lohmanns Gesichtsausdruck. Er zuckte mit keiner Wimper, aber das war bei der Ausbildung, die er vor vielen Jahren genossen hatte, auch nicht verwunderlich. Das verlernte man nie.

»Dann sind Sie wohl gekommen, um mir mitzuteilen, dass die Täter nicht ermittelt werden können?«

Grit meinte einen leisen Spott in Lohmanns Gesichtszügen zu erkennen.

»Die Kita wurde geschlossen und das Flüchtlingsprojekt abgebrochen, nicht wahr?«, fragte sie.

»Das stand ja letztens groß in der *Morgenpost*. Haben Sie doch bestimmt auch gelesen.«

»Ach ja, Dirk Schmitt, der Reporter. Ein guter Freund aus Jugendtagen, nicht wahr?«

Jetzt hatte es Lohmann nicht mehr hinbekommen, unbeteiligt zu gucken.

»Frau Kommissarin, Sie werden ja wohl nicht wegen unserem Johannisbeersaft gekommen sein. Kann ich Ihnen noch irgendwie helfen? Wenn nicht, würde ich gerne endlich meinen Feierabend genießen.«

»Nein, nein, genießen Sie nur, Herr Lohmann. Ich gehe dann mal wieder.«

Er begleitete sie zur Haustür. Sie drehte sich noch einmal zu ihm um.

»Nachweisen kann ich die Tat leider niemandem, aber ich habe trotzdem ein persönliches Ermittlungsergebnis. Ach – und übrigens: Sie werden doch nicht wirklich diese arme Kita-Leiterin die Renovierungskosten bezahlen lassen? Die Frau hat wenigstens Zivilcourage.«

Lohmann glotzte sie wortlos an. Die weiße Zornfalte über der Nasenwurzel hob sich deutlich in seinem rot angelaufenen Gesicht ab. »Sie gehen jetzt besser«, zischte er leise.

Grit nickte ihm noch einmal besonders freundlich zu und schlenderte zu ihrem Wagen.

Damit hatten Lohmann und Schmitt nicht gerechnet, dass sich jemand nach so vielen Jahren auf die Spuren ihrer Vergangenheit als Offiziere bei der Staatssicherheit machen würde. Grit hatte ihre inoffiziellen Quellen für solche Fälle. Doch für eine Anzeige reichten ihre Erkenntnisse nicht aus. Leider.

Am Ortsausgang stoppte sie ihren Wagen noch einmal. An der ehemaligen Kita stand ein Baugerüst. Das hatte sie auch in der *Morgenpost* gelesen. In das Häuschen würde demnächst ein Versicherungsbüro einziehen. Lohmann und Partner.

20

ANNE STAND VOR IHREM KLEIDERSCHRANK. Wie kalt war der Herbst in Prag? Hier in Eichberg fiel Anfang November manchmal schon der erste Schnee. Sie nahm ihre Outdoorjacke vom Bügel. Die konnte man mit oder ohne Innenjacke tragen. Schließlich türmte sich ein kleiner Berg Kleidung auf ihrem Bett. Das waren die notwendigsten Sachen für die nächsten Wochen. In ihrer Unterkunft bei Jael gab es glücklicherweise Waschmaschine und Trockner. Mitte November würde sie für drei Tage nach Hause kommen und dann mit Opa Willi nach Israel aufbrechen. Die Flüge waren inzwischen gebucht.

Heute Abend hatten sie Ivi und Torsten zu einem Abschiedsessen eingeladen. Sie würde ihre Freunde schrecklich vermissen. Gut, dass es heutzutage WhatsApp und Skype gab. Was hatten nur die Frauen der Seefahrer früher empfunden, wenn ihre Ehemänner monatelang unterwegs waren – ohne Lebenszeichen? Sie schaltete ihr Smartphone ein. Nichts, keine neue Nachricht. Wie kam sie nur auf die Idee, Martin würde sich kurz vor der Abreise doch noch bei ihr melden? »Schlag dir das endlich aus dem Kopf«, murmelte sie. Gleichzeitig wusste sie, dass das nicht so einfach möglich war. Sie seufzte. Wenn er sich bis morgen früh nicht gemeldet hatte, würde sie ihm eine Nachricht schicken. Übermorgen um neun musste sie am Bahnhof in der Stadt sein. Nachmittags kam sie schon in Prag an. Sie konnte es noch gar nicht glauben. Am folgenden Montag rückte die erste deutsche Schulklasse an, bei deren Betreuung Anne helfen sollte.

Sie lief den Weg ins Dorf zu Fuß. Heute wollte sie sich ein Glas Wein gönnen und nicht mehr Autofahren müssen. Es nieselte zwar ein wenig, aber das war nicht weiter schlimm. Für den Besuch bei ihren Freunden musste sie sich nicht extra aufbrezeln, um es mit Ivis Lieblingsausdruck zu sagen. So ein bisschen kühle Feuchtigkeit im Gesicht tat wirklich gut. In Australien würde sie sich vielleicht noch nach solchen erfrischenden Momenten sehnen. Sie schmunzelte in sich hinein.

Die Haustür bei den Lohmanns stand einen Spalt offen. Es duftete verlockend nach gutem Essen.

Sie klopfte und trat in den Flur. »Komm rein«, rief Ivi aus der Küche. Hinter ihr rumpelte Torsten mit einem Korb voller Holz ins Haus und schloss die Tür.

»Ich heize uns lieber mal ein. Es wird definitiv Herbst.« Mit diesen Worten verschwand er im Wohnzimmer. Anne ging zu Ivi in die Küche.

»Kann ich dir was helfen?«

»Schon fast alles fertig. Aber du könntest den Tisch decken. Schau, die Teller und Gläser stehen schon auf der Anrichte.«

Anne nahm den Stapel und ging damit ins Wohnzimmer. Sie legte drei Gedecke auf und wollte gerade das vierte wieder mit in die Küche nehmen, da sagte Torsten: »Ivi hat sich nicht verzählt. Wir haben noch einen Überraschungsgast.«

»Aha. Wen denn?«

Anne stellte das vierte Gedeck auf dem Tisch.

»Jemand, der sich auch gerne von dir verabschieden will.«

Ihr Herz begann zu klopfen. »Doch nicht etwa … Martin?«

Torsten nickte. »Wird dringend Zeit, dass ihr zwei euch mal ausdeutscht.«

»Und er kommt wirklich freiwillig, um mich zu sehen?«

»Nein, ich muss ihn mit der Seilwinde herzerren! Anne, frag doch nicht so blöd.«

Es klingelte an der Haustür.

»Na, dann will ich ihn mal reinlassen«, schmunzelte Torsten. Anne huschte zurück in die Küche. »Ivi, warum hast du mir nicht gesagt, dass Martin auch kommt? Dann hätte ich mich darauf vorbereitet.«

Ihre Freundin legte den Kopf schief. »Du siehst doch ganz proper aus. So wird er dich die meiste Zeit sehen, wenn ihr mal zusammenwohnt, oder?«

Anne schnappte nach Luft und spürte, wie ihr heiß wurde. »Ich glaube nicht, dass wir jemals zusammenwohnen. Und ich hab nicht mein Aussehen gemeint!«

»Hier, trag mal den Salat rein.« Ivi drückte ihr die große Schüssel in die Hände. »Bitte Anne, redet vernünftig miteinander und gebt euch wenigstens eine Chance.«

Dann stand sie vor ihm, die Salatschüssel wie ein Bollwerk vor ihrer Brust. Der Hausherr war gerade mit dem Anheizen des Kaminofens beschäftigt.

»Hallo, Martin.«

»Grüß dich, Anne.«

Sie sahen sich schweigend an. Schließlich lächelte er, nahm ihr vorsichtig die Salatschüssel aus den Händen und stellte sie auf den Tisch. Torsten ging an ihnen vorbei hinaus, sie waren allein im Raum.

Martin fasste schüchtern nach ihrer Hand. »Es tut mir so leid. Bitte lass uns nachher über alles reden.«

Sie nickte, zog ihre Hand dann aber sanft zurück. »Ja, das ist eine gute Idee.«

Ivi trat mit der dampfenden Auflaufform, die sie auf einem Holzbrett vor sich hertrug, ins Zimmer. »So, Leute, Essen fassen«, rief sie fröhlich.

Für ein Abschiedsfest war die Stimmung ausgesprochen gut. Es handelte sich ja erst mal nur für sechs Wochen und außerdem hatte sich Anne nicht für eine mehrjährige Marsmission ohne Rückkehrgarantie beworben, stellte Ivi beruhigt fest.

Draußen war es schon dunkel, als Martin und Anne aufstanden, um zu gehen. Auf der Straße fragte er: «Willst du noch mit zu mir ins Pfarrhaus kommen? Oder ist dir ein anderer Ort lieber?«

Sie dachte kurz nach.

»Pfarrhaus ist okay«, meinte sie, »da hat die ganze Misere schließlich angefangen.« Sie schlenderten nebeneinander her. Es war nicht weit zu laufen.

»Stell dir vor, man könnte das Leben wie einen Film zurückspulen und nochmal neu laufen lassen. Das habe ich mir die letzten Tage oft gewünscht«, seufzte Martin.

Sie sah ihn von der Seite an. Jetzt nur nicht schwach werden.

»Irgendwann wären diese Probleme aber trotzdem aufs Tablett gekommen – meinst du nicht auch?«

»Das schon, aber beim zweiten Versuch hätte ich mich vielleicht nicht so idiotisch verhalten.«

Dazu sagte sie nichts. Inzwischen hatte es begonnen, zu regnen. Sie zog die Kapuze ihrer Jacke über den Kopf.

Martin schloss die Haustür zum Pfarrhaus auf und ließ sie eintreten. Es roch immer noch ein wenig nach frischer Farbe. Sie ging hinter ihm die Treppe hinauf ins Wohnzimmer und setzte sich in den Sessel. Bei ihrem letzten Besuch in diesem

Zimmer war sie neben Martin auf dem Sofa gesessen, eng an ihn gekuschelt.

Zu viel Nähe wollte sie unbedingt vermeiden. Diesmal würde sie sich nicht so einfach wieder rumkriegen lassen, wie damals von Sven.

Martin rumorte in der Küche, dann kam er mit einem Tablett in den Händen zurück. Er stellte zwei Gläser und verschiedene Bier- und Limonadenflaschen vor sie auf den gekachelten Couchtisch, der sicher schon mehrere Pfarrer in diesem Haus überlebt hatte.

Sie entschied sich für Zitronenlimonade. Martin goss sich ein Bier ein. Dann sahen sie einander an. Und jetzt?

»Wir müssen unbedingt lernen, miteinander zu reden«, sagte er ernst. Sie nickte. »Und gut zuhören, was der andere wirklich meint.«

»Theoretisch habe ich im Studium jede Menge über Kommunikation gelernt. Das brauche ich auch dauernd in der Arbeit. Aber in privaten Dingen bekomme ich es manchmal nicht hin.«

Sie dachte nach. »Geht mir wahrscheinlich ähnlich.«

»Anne, es tut mir aufrichtig leid. Die Verdächtigungen mit David und die blöde Bemerkung wegen dem Abend am Stausee.« Er sah betroffen aus, seine schiefergrauen Augen blickten sie bittend an. Sie wartete darauf, dass er noch irgendeine fadenscheinige Begründung für sein Verhalten nachschieben würde. Stattdessen sagte er: »Bitte verzeih mir, das war nicht okay.« Er meinte es wirklich ehrlich. Jetzt war es an ihr. Wollte sie seine Entschuldigung annehmen?

»Das hat weh getan«, antwortete sie leise, »David ist wie ein großer Bruder für mich. Und was am Stausee passiert ist, hat ganz andere Gründe, die du nicht wissen kannst.« Sie fasste sich ein Herz. »Und dafür entschuldige ich mich bei dir. Ich hätte dir gleich alles erzählen sollen, dann wäre es nicht so weit gekommen.«

»Es gibt Dinge, über die man nicht so einfach reden kann«, seufzte er, »das kenne ich gut.«

So, jetzt würde sie ihm reinen Wein einschenken. Sie holte tief Luft.

»Martin, ich hab vor zwölf Jahren abgetrieben.« Das Blut rauschte im Rhythmus ihres Herzschlags in ihren Ohren.

»Bitte erzähle es niemandem weiter. Nur ich und Ivi wissen davon. Und jetzt du.«

Er wirkte gar nicht schockiert, sondern beugte sich zu ihr und sagte voller Mitgefühl: »Das war bestimmt nicht einfach für dich.«

»Nein. Es war schrecklich. So etwas wünsche ich niemandem. Verstehst du jetzt, warum mich das Thema dermaßen auf die Palme gebracht hat? Wer lässt sich denn schon gerne in einen Topf mit Mördern werfen?« Sie hielt kurz inne. »Selbst, wenn letztlich was Wahres dran ist.«

»Und jetzt denkst du, deswegen könnte ich dich nicht mehr liebhaben und unsere Beziehung hätte keine Zukunft?«

Sie nickte. Er nahm einen langen Schluck aus der Bierflasche, stellte sie auf den Tisch und sagte ruhig und entschlossen: »Das ändert nichts an meinen Gefühlen für dich. Rein gar nichts.«

»Da bist du dir sicher? So auf die Schnelle?«

»Ja. Glaub mir, da bin ich mir absolut sicher.«

Er langte über den Tisch und strich ihr liebevoll über den Arm. Dann lehnte er sich wieder zurück.

»Aber eine Sache gibt es, die mir wirklich zu schaffen macht, Anne. Ich könnte nie mit einer Frau leben, die das, was ich glaube, in den Schmutz zieht und in deren Augen Jesus nicht existiert.«

Sie rang nach den richtigen Worten.

»Das verstehe ich gut. Man kann nicht mit jemand leben, dessen grundsätzliche Ansichten in solch wichtigen Dingen so sehr abweichen. Das würde ich auch nicht wollen.

Darüber musst du dir aber bei mir keine Sorgen machen. Ich bin gerade dabei, Gott in aller Ruhe selber zu finden. Weißt du, ich möchte nicht nur irgendwelches Zeugs nachquatschen.«

In Martins Gesicht ging die Sonne auf, bis er sie breit anlächelte.

»Seit ich mit Opa in Prag war, denke ich ganz grundsätzlich über mein Leben nach. Ob nicht vielleicht eine besondere Aufgabe auf mich wartet. Deswegen bin ich inzwischen sogar froh, dass die Kita geschlossen wurde. Sonst hätte ich mich ja nie getraut, endlich etwas zu verändern. So vieles ist in den letzten Monaten passiert, lauter kleine Mosaiksteine, die ineinanderpassen. Das kann doch alles kein Zufall sein, oder?«

Er schüttelte den Kopf. »Ich glaube auch nicht an Zufälle. Auch dass wir beide uns getroffen haben, ist keiner.«

Sie schwieg. Da war noch etwas, das sie ihm endlich sagen wollte. Hoffentlich fand sie jetzt Worte, die sein Herz erreichen konnten.

»Martin, bitte schau mir in die Augen. Ich muss dir etwas ganz Wichtiges sagen.« Sie vertiefte sich in seinen Blick.

»Dein Bein stört mich überhaupt nicht. Sag sowas nie mehr. Denk es auch nie mehr. Ich habe dich lieb, genauso, wie du bist.« Seine Augen wurden feucht, aber er schaute nicht weg.

»Was im Bus am Stausee passiert ist, hat nur mit mir zu tun. Mit dem, was ich dir vorhin erzählt habe. Ich werde darüber hinwegkommen, aber es braucht ein wenig Geduld.«

Sie sahen einander immer noch an. Da war es wieder, dieses unerklärliche Band, das sie von Anfang an zwischen ihnen gespürt hatte. Er nickte andächtig. »Das war das Schönste, das je eine Frau zu mir gesagt hat, Anne.«

»Es tut so gut, dass wir endlich richtig miteinander reden. Und es klappt heute doch ganz ordentlich, oder?«

»Hätten wir das ohne Ivi und Torsten je hingekriegt?«

»Ich wollte dir spätestens morgen früh eine Nachricht schicken. Einfach so nach Prag abgehauen wäre ich nicht.«

Sie stand auf und ging um den Tisch herum zu ihm hinüber. Auch er rappelte sich hoch. Dann schlangen sie ihre Arme in einer festen Umarmung umeinander.

»Für einen typischen Romantikfilm eignen wir beide uns nicht gerade«, flüsterte er ihr ins Ohr.

»Stimmt. Da müsstest du jetzt mit einer roten Rose zwischen den Zähnen die Feuerleiter hochklettern«, gluckste sie.

»Das würde dir gefallen?«

»Ja, aber ich würde es nie zugeben.«

Endlich konnten sie wieder miteinander witzeln.

Martin brachte sie mit dem VW-Bus nach Hause. Sie hatten sich zu einem letzten gemeinsamen Mittagessen am nächsten Tag verabredet. Danach würden sie sich verabschieden. Er musste abends zu einem wichtigen beruflichen Termin und am nächsten Vormittag einen Gottesdienst im Altenstift halten. Da saß sie schon im Zug nach Prag.

Vor dem Einschlafen ließ sie den Abend noch einmal innerlich Revue passieren. Gut, dass sie den Mut gefunden hatte, ihm alles zu sagen. Gott sei Dank.

Und dann hatte sie noch eine Idee für das perfekte Abschiedsgeschenk.

21

MARTIN HATTE ANNES ABSCHIEDSGESCHENK GLEICH am Abend nach dem beruflichen Treffen ausgepackt. Es war ein Buch. *Unter dem Rad der Geschichte* hieß es, geschrieben von einem Přemysl Pitter. Diesen Namen hatte Anne immer wieder bei ihren Erzählungen über die Pragreise erwähnt.

Eine handgeschriebene Karte lag darin:

Lieber Martin,

wenn du dieses Buch liest, verstehst du bestimmt, was mich vor ein paar Monaten in Prag so beeindruckt hat. Ich will kein unwesentliches Leben mehr führen, sondern meine Aufgabe finden. Oder gibt es womöglich eine gemeinsame Bestimmung für uns beide? Was meinst Du?

Opa Willi freut sich bestimmt, wenn du ihn mal auf ein Bier besuchst. Frag ihn ruhig aus über Přemysl Pitter, er kannte ihn persönlich.

Ich freue mich schon jetzt auf deine E-Mails ☺

Wolltest du nicht auch gerne Prag kennenlernen? Ich wohne bei Jael und Radek Vesely in der Drtinova 34, Prag-Smichov.

Deine Anne

P. S.: So sehr ich mich auf Prag freue – du wirst mir fehlen!

Er schluckte. *Du fehlst mir auch*, dachte er.

Da gab es noch etwas, das er in Ordnung bringen musste. Seit dem Gespräch vorgestern war ihm das klar, aber er hatte noch nicht den Mut gefunden. Erst wollte er es auf einen späteren Zeitpunkt verschieben, vielleicht in eine sternklare Nacht im australischen Outback. Wenn er jedoch ehrlich war, würde er es dann vermutlich ganz bleiben lassen. Deshalb hatte er einen wahnwitzigen Plan gemacht. Er konnte seinen Altenheimgottesdienst tatsächlich mit einer Kollegin gegen einen Sonntagsdienst tauschen.

Anne würde staunen.

Er las noch einmal durch, was er geschrieben hatte. Die ganze schlimme Geschichte in allen Details: Julie, die sich nie endgültig zwischen ihm und Raymond entscheiden konnte. Raymond, der ihm damals den Europacup im Sportklettern vor der Nase weggeschnappt hatte. Seine unbändige Eifersucht, die sie alle drei in die Tiefe riss, weil er abgelenkt und leichtsinnig gewesen war. Die quälenden Vorwürfe hinterher. Der Versuch, sich selber das Leben zu nehmen. Und wie gut es tat, zu wissen, dass Gott ihm vergeben und einen neuen Anfang geschenkt hatte. Trotz allem und völlig unverdient. Anne sollte das alles wissen.

Dann stellte er den Wecker auf kurz nach acht und legte sich schlafen.

Am nächsten Morgen stieg er in seinen VW-Bus. Das kleine Päckchen mit der roten Rose legte er neben sich auf den Beifahrersitz. Darin befanden sich das blaue Büchlein mit den täglichen Bibelversen und sein Brief. Er war aufgeregt.

Bis zum Bahnhof musste er quer durch die Stadt fahren. Normalerweise brauchte man dafür fünfzehn Minuten. Doch dann passierte es. In der Altstadt in einer Einbahnstraße staute sich der Verkehr. Es ging weder vor noch zurück. Und Annes Abfahrtszeit rückte immer näher. Was war nur los da vorne? Martin steckte den Kopf aus dem Seitenfenster und fragte einen Fußgänger, der aus Richtung der Stauursache kam.

»Da ist einer dem Müllauto reingefahren. Ist nur ein Blechschaden. Es geht bestimmt gleich weiter.«

Na hoffentlich, sonst platzte sein ganzer schöner Plan.

Er trommelte mit den Fingern auf das Lenkrad. Endlich ruckte sich ganz vorne etwas. Im Zeitlupentempo drängte sich die Karawane an den beiden Unfallfahrzeugen vorbei.

Endlich gelangte er wieder auf die breite Hauptstraße. Bis zur Abfahrt blieben noch sieben Minuten. *Bitte lass den Zug Verspätung haben*, betete er.

Immerhin fand er auf Anhieb eine Parklücke an der Bahnhofstraße.

Martin schnappte das Geschenkpäckchen und hastete, so schnell er konnte, auf den Bahnsteig. Der rote Regionalexpress war schon abfahrbereit. Es stand nur noch die Zugbegleiterin dort, mit der Pfeife im Mund, und bedeutete ihm mit einer hektischen Handbewegung, gefälligst einzusteigen. Zwei schnelle Schritte, er war im Waggon. Die Türen schlossen sich mit dem typischen grellen Gepiepe, der Zug fuhr schon an. Sein Herz klopfte, er atmete erstmal durch. Dann machte er sich auf die Suche nach Anne. Die meisten Plätze waren frei. Im nächsten Waggonteil sah er sie an einem Vierertisch sitzen. Sie schaute aus dem Fenster. Auf dem Tisch vor ihr stand ein Kaffeebecher. Martin setze sich direkt neben sie. Sie wandte den Kopf und stieß ein erstauntes Schnaufen aus. »Martin! Wo kommst du denn her?«

Er legte das Geschenkpäckchen mit der Rose vor sie auf den Tisch neben den Kaffeebecher. »Der Zug hat leider keine Feuerleiter«, grinste er. Dann fiel sie ihm um den Hals. »Mensch, du bist verrückt«, lachte sie und gleichzeitig lief eine Träne über ihre Wange. »Ich liebe dich«, sagte er leise und küsste sie dann zärtlich. Als er sie wieder losließ, bemerkte er ihren verlegenen Blick zu den Fahrgästen auf den Plätzen schräg gegenüber. Zwei Herren im mittleren Alter. Der eine nickte ihnen wohlwollend zu.

»Wer zugestiegen? Die Fahrkarten bitte«, schallte es durch den Waggon. Die Schaffnerin stand bei ihnen und kontrollierte zuerst Annes Schein. Dann war er an der Reihe. Ihm wurde siedend heiß. »Ich habe leider keine.«

»Soso, das nennt man schwarzfahren.« Die Schaffnerin öffnete ihre Umhängetasche.

»Es sind ganz außergewöhnliche Umstände, darf ich es Ihnen erklären?«

Die Zugbegleiterin hielt inne, zog spöttisch einen Mundwinkel nach oben. »Na, da bin ich aber gespannt.«

»Diese Frau fährt nach Prag.« Er deutete auf Anne. »Und von dort aus fliegt sie erst nach Jerusalem und dann nach Australien. Für viele lange Monate.« Anne nickte.

»Ich musste ihr unbedingt noch sagen, dass ich sie liebe.«

Er deutete auf die Rose auf dem Tisch. »Eigentlich wollte ich das auf dem Bahnsteig machen, aber es war Stau in der Stadt und ich kam zu spät. Und dann bin ich ganz kurz vor der Abfahrt in den Zug gesprungen. Das war meine letzte Chance. Ich konnte die Frau meines Lebens doch nicht einfach so wegfahren lassen?«

Die Schaffnerin konnte sich das Lachen nicht verkneifen. »Ich gebe zu, das ist keine von den üblichen Ausreden. Aber ohne Fahrkarte fahren Sie trotzdem schwarz. Tut mir leid.«

»Wir hätten da eine Idee«, ließ sich plötzlich der Mann von schräg gegenüber vernehmen und zeigte der Zugbegleiterin seinen Dienstausweis. »Bundespolizei, wir nehmen den jungen Herrn bis zur nächsten Station in Gewahrsam. Dort holt er sich schnell ein Ticket am Automat und steigt wieder ein. Wäre das eine Lösung?« Die Zugbegleiterin lachte jetzt schallend. »Na, dann will ich dem jungen Glück auch nicht im Weg stehen bei so viel Hilfsbereitschaft. Bis nachher.« Sie ging weiter in den nächsten Waggonteil.

»Danke«, sagte Anne zu den Polizisten, »das ist echt nett von Ihnen.«

»Sie wissen doch – die Polizei, dein Freund und Helfer.« Alle lachten.

»Das war noch viel romantischer als Feuerleiter und Rose zwischen den Zähnen«, flüsterte sie ihm ins Ohr.

»Als Happy End?«

»Nein, als Happy-Neubeginn«, witzelte sie, »das wird jetzt eine ganz neue, andere Geschichte.«

Anmerkungen der Autorin

DIE HAUTPERSONEN DES ROMANS, IHRE Lebensgeschichten und die Handlung sind meiner Phantasie entsprungen, Eichberg könnte fast überall in Deutschland sein.

Was allerdings historischen Tatsachen entspricht, ist der Hintergrund um Přemysl Pitter und die »Aktion Schlösser«. In den Wirren der Nachkriegszeit 1945–1948 hat dieser tschechische Humanist zusammen mit der Schweizerin Olga Fierz und einem Team engagierter Mitarbeiter jüdische Kinder aus Konzentrationslagern, vor allem Theresienstadt, herausgeholt und sie auf vier dafür vom Staat requirierte Schlösser südlich von Prag gebracht, wo sie sich erholen und die Weichen für ihre Zukunft gestellt werden konnten. Als Pitter sah, wie mit den Sudetendeutschen in den tschechischen Internierungslagern umgegangen wurde, sorgte er dafür, dass er auch verwaiste und verlorengegangene deutsche Kinder auf den Schlössern unterbringen konnte. Durch diese mutige und beherzte Aktion wurden über 800 Kinder »gerettet«, davon etwas mehr als die Hälfte mit deutscher Nationalität.

Die liebevolle Fürsorge in den Schlössern half vielen traumatisierten Kindern, lebenstüchtige Erwachsene zu werden, die die christliche Botschaft von Nächstenliebe und Vergebung am eigenen Leib erfahren hatten und in die nächste Generation weitersäten. Von ihren beeindruckenden Erzählungen habe ich mich inspirieren lassen.

Falls Sie weiterlesen möchten …

… HABE ICH EINE GUTE Nachricht für Sie: Přemysl Pitters Autobiografie *Unter dem Rad der Geschichte* (die Anne Lischka von Jael Winterstejn-Vesela bekommt und die sie schließlich auch Martin von Stein überreicht, bevor sie sich erstmal auf die Reise macht) ist ab März 2017 wieder erhältlich.

Ich bin dankbar, dass ich an dieser Neuausgabe mitwirken durfte!

»Přemysl Pitter hat mir den Glauben an die Menschheit zurückgegeben.« **Jehuda Bacon**

»Přemysl Pitter ist ein Beispiel für Humanismus und Toleranz.« **Václav Havel**

Přemysl Pitter
Unter dem Rad der Geschichte
Autobiografie
Neu bearbeitet von Sabine Dittrich
ISBN 978-3-86256-083-7
Neufeld Verlag, Schwarzenfeld 2017

Und falls Sie wissen möchten …

… WIE JAEL WINTERSTEJN-VESELA UND ihr Mann Radek sich kennengelernt haben, darf ich Ihnen meinen Roman *Erben des Schweigens* empfehlen.

Wer bin ich wirklich? Woher komme ich? Diese Fragen brechen auf, als die selbstständige Grafikerin Jael Winterstejn bei einem Sommerspaziergang zufällig einen Grabstein mit ihrem eigenen Namen entdeckt.

Die Suche nach der Geschichte, die sich dahinter verbirgt, wird zu einer spannenden Reise in die Vergangenheit ihrer Familie. Plötzlich ist Jael ganz persönlich von Schuld und Vergebung, Rache und Versöhnung betroffen.

Jaels Nachforschungen führen sie zu Begegnungen in Prag und im ehemaligen Sudetenland. Dort trifft sie den sympathischen Tschechen Radek. Auch er scheint ein Erbe des Schweigens zu sein …

Sabine Dittrich
Erben des Schweigens
Roman

ISBN 978-3-86256-042-4
E-Book: ISBN 978-3-86256-740-9
Neufeld Verlag Schwarzenfeld, 2. Auflage 2015

NEUFELD VERLAG

*Der **Neufeld Verlag** ist ein unabhängiger, inhabergeführter Verlag mit einem ambitionierten Programm. Wir möchten bewegen, inspirieren und unterhalten.*

Stellen Sie sich eine Welt vor, in der jeder willkommen ist!

Das wär's, oder? Am Ende sehnen wir alle uns danach, willkommen zu sein. Die gute Nachricht: Bei Gott bin ich willkommen. Und zwar so, wie ich bin. Die Bibel birgt zahlreiche Geschichten und Bilder darüber, dass Gott uns mit offenen Armen erwartet. Und dass er nur Gutes mit uns im Sinn hat.

Als Verlag möchten wir dazu beitragen, dass Menschen genau das erleben: *Bei Gott bin ich willkommen.*

Unser Slogan hat noch eine zweite Bedeutung: Wir haben ein Faible für außergewöhnliche Menschen, für Menschen mit Handicap. Denn wir erleben, dass sie unser Leben, unsere Gesellschaft bereichern. Dass sie uns etwas zu sagen und zu geben haben.

Deswegen setzen wir uns dafür ein, Menschen mit Behinderung willkommen zu heißen.

Folgen Sie uns auch auf www.facebook.com/NeufeldVerlag und in unserem Blog unter www.neufeld-verlag.de/blog!